Charmed

Charmed

Zauberhafte Schwestern

Phoebe & Cole –
Gesichter der Liebe

Roman von
Tabea Rosenzweig
und Sergej Koenig

Bibliografische Information Der Deutschen Bibliothek
Die Deutsche Nationalbibliothek verzeichnet diese Publikation in
der Deutschen Nationalbibliografie; detaillierte bibliografische
Daten sind im Internet über http://dnb.ddb.de abrufbar.

Das Buch »Charmed – Zauberhafte Schwestern. Phoebe & Cole –
Gesichter der Liebe« von Tabea Rosenzweig und Sergej Koenig
entstand auf Basis der gleichnamigen Fernsehserie von
Spelling Television, ausgestrahlt bei ProSieben.

1. Auflage 2002
© der deutschsprachigen Ausgabe:
Egmont vgs verlagsgesellschaft mbH
Alle Rechte vorbehalten.
Lektorat: Ilke Vehling
Produktion: Wolfgang Arntz
Umschlaggestaltung: Sens, Köln
Titelfoto: © Spelling Television Inc. 2002
Satz: Kalle Giese, Overath
Druck: Clausen & Bosse, Leck
Printed in Germany
ISBN 3-8025-2992-8

**Besuchen Sie unsere Homepage
www.vgs.de**

Inhalt

Feuer und Flamme   7

Gestern – Heute – Morgen   71

Drum prüfe, wer sich ewig bindet ...   133

Das fünfte Rad am Wagen   205

Feuer und Flamme

Der Ring ziert meine Hand,
der Kranz die Stirn besetzt;
Satin und Perlenband,
sie wurden mir zum Pfand,
und ich bin glücklich jetzt.

Edgar Allan Poe »Braut-Ballade«

1

*I*CH FRAGE MICH, WIE VIEL Kreativität durch die Erledi-
gung stupider Hausarbeit schon im Keim erstickt wurde,
überlegte Phoebe Halliwell und seufzte.

Sie nahm ein weiteres frisch gewaschenes Handtuch
vom Wäschehaufen, der auf ihrem Bett lag, und faltete es
umständlich zusammen. Andererseits, so fiel ihr auf,
kann man während einer solch anspruchslosen Tätigkeit
wunderbar über sein Leben nachdenken ...

Es war viel passiert in letzter Zeit – Schreckliches und
Großartiges gleichermaßen. Prue hatte im Kampf gegen
den Dämon Shax ihr Leben verloren, und Phoebe konnte
noch immer nicht glauben, dass ihre älteste Schwester
nie wieder hierher zurückkehren würde. Zurück nach
Halliwell Manor, in das prächtige Haus, das ihnen ihre
verstorbene Großmutter vor einigen Jahren hinterlassen
hatte – zu einem Zeitpunk, da noch keine von ihnen
wusste, dass sie Hexen waren.

Sie, Piper und Leo hatten wirklich alles versucht, Prue
wieder ins Leben zurückzuholen, hatten ihr gesamtes
Hexenwissen aufgeboten und immer wieder das *Buch
der Schatten* konsultiert, um die geliebte Schwester doch
noch dem Reich der Toten zu entreißen – doch vergebens.

Und als sie schon dachten, der Kampf gegen die dunkle
Seite sei endgültig verloren und die *Macht der Drei* wäre
mit Prues Tod unwiederbringlich zerstört, da war Paige
aufgetaucht, ihre Halbschwester. Eine Schwester für eine
Schwester – das Schicksal geht manchmal merkwürdige

Wege, dachte Phoebe. Immerhin hatten sie es beim Kampf gegen die dämonische Bruderschaft von Thorn geschafft, Coles menschliche Seele zu retten, und schon bald würde sie diesen Mann, ihre große Liebe, heiraten.

In diesem Moment flog die Tür auf und Cole platzte ins Zimmer. »Schatz, weißt du schon das Neueste?«

Phoebe sah kurz von ihrer monotonen Arbeit auf. »Du willst mir helfen, die Wäsche zusammenzulegen?«

»Äh, nein . . .«, begann Cole, »ich habe . . .«

»Was nützt es«, unterbrach ihn Phoebe frustriert, »eine Hexe zu sein, wenn man noch nicht mal mit der Nasenspitze wackeln kann, damit sich die dumme Wäsche von selbst macht?«

»Welche Hexe kann denn so was?«

»Na, Samantha!«

Cole schaute sie verständnislos an.

»Samantha Stevens aus ›Verliebt in eine Hexe‹«, erklärte Phoebe. »Eine meiner Lieblingsserien.«

Cole hatte noch immer keinen blassen Schimmer, wovon Phoebe eigentlich sprach.

»Sorry, ich vergaß, dass du nur etwa einen Monat lang wie ein Mensch gelebt hast«, sagte sie.

»Aber ich werde immer menschlicher«, ergriff Cole wieder das Wort und lief aufgeregt im Zimmer auf und ab. »Was würdest du sagen, wenn ich das Ganze noch weiter treiben und mir . . . einen Job suchen würde?«

»Mann, wenn Arbeiten ein Kriterium fürs Menschsein ist, dann hab ich ein echtes Problem«, erwiderte sie lachend.

»Das ist mein Ernst, Phoebe. Paige hat erfahren, dass beim *South-Bay-Sozialdienst* einer der Anwälte der Prozesskostenhilfe-Abteilung ausgestiegen ist, und da hat sie mich . . . empfohlen.«

»So, hat sie das?«

Cole setzte sich aufs Bett und machte sich auf eine längere Diskussion gefasst. »Wenn du allerdings der Meinung bist, dass ich den Job als Rechtsbeistand nicht annehmen sollte ...«

»Nein, keineswegs. Ich fänd's ... toll. So hast du endlich wieder was zu tun. Und die Arbeit wird dir helfen, deine Identität zu finden.« Sie senkte den Blick und murmelte: »... während ich meine langsam aber sicher verliere.«

»Was?«

»Nichts.«

Aber Cole war nun doch alarmiert. »Nein, raus mit der Sprache.«

»Ach, es ist nur ...«, begann Phoebe. »Na ja, bald bin ich deine Ehefrau und ... Ich meine, ich mochte Samantha wirklich, aber das heißt nicht, dass ich so werden will wie sie ...«

Zum zweiten Mal innerhalb weniger Minuten wirkte Cole äußerst irritiert. Was zum Teufel hatte das alles zu bedeuten?

»Sieh mal«, fuhr Phoebe fort, »Samantha war eine Hexe, die mit einem Normalsterblichen verheiratet war, richtig? Aber ihr Mann Darrin hat sie und ihre magischen Fähigkeiten vollkommen unterdrückt, hat total ignoriert, wer sie eigentlich war. Nicht etwa, weil er sie nicht liebte, sondern weil er einfach nicht anders konnte.

»Und *das* war eine deiner Lieblingsserien?«

»Ja, wenn man mal von dem erwähnten Kritikpunkt absieht«, sagte Phoebe. »Und da Samantha zur Zeit meiner Kindheit nun mal mein einziges Vorbild in Sachen ›Ehe‹ war, weiß ich's eben nicht besser.« Sie wandte sich wieder ihrer Wäsche zu. »Ich meine, ihr holder Gatte ging jeden Tag ins Büro, traf die unterschiedlichsten Leute, machte Karriere, und sie? Sie hockte zu Hause, kochte das Abendessen ...«, sie faltete resigniert einen Slip zusammen, »... und kümmerte sich um die Wäsche.« Sie sah wieder zu Cole auf. »Von einem Tag auf den anderen wurde aus ›Samantha‹ ›Mrs. Darrin Stevens‹!«

»Das wird *dir* nicht passieren«, bemerkte Cole.

»Ach, nein?«

»Nein«, meinte Cole grinsend. »Du wirst ›Mrs. Cole Turner‹.« Er lachte, doch sein Heiterkeitsausbruch wirkte auf Phoebe nicht im Mindesten ansteckend.

Da wurde Cole wieder ernst und zog seine Liebste zu sich heran. »Ach komm, Phoebe. Erstens hat sich diese Samantha-Geschichte doch zu einer ganz anderen Zeit, in einer ganz anderen Welt abgespielt. Und zweitens sind wir beide wohl kaum das typische Spießerpärchen. Immerhin hab ich dir mitten in einem Haufen Dämonenschleim einen Antrag gemacht, und während ich gerade verblutete, hast du eingewilligt mich zu heiraten. Was hältst du davon, wenn wir das Ganze noch mal wiederholen, aber diesmal richtig?« Sprach's und zog einen antiken Diamantring aus der Tasche.

»Hey, das ist ja Großmutters Verlobungsring!«, entfuhr es Phoebe. »Wo hast du den denn her?«

»Von Piper, damit ich ihn an dich weitergeben kann.«

»Nicht wirklich ein gutes Omen. Grams hat sieben Ehemänner mit diesem Ding verschlissen.«

»Dann muss ihr der Ring wirklich gefallen haben«, bemerkte Cole grinsend, »sonst hätte sie mit dem Heiraten schon früher aufgehört.« Plötzlich fiel er vor Phoebe auf die Knie. »Miss Phoebe Halliwell, vor sich sehen Sie einen Mann – nicht mehr, nicht weniger –, der gekommen ist, Sie zu fragen: Wollen Sie meine Frau werden?«

Phoebe tat, als ob sie darüber nachdenken müsse.

Dann lächelte sie Cole an und sagte zärtlich: »Zum zweiten Mal: Ja, ich will.«

Cole steckte ihr feierlich den Ring an, und die beiden umarmten sich zärtlich. So bemerkte Phoebe nicht, dass das Erbstück an ihrem Finger plötzlich in einem unheimlichen Licht erstrahlte ...

Außer sich vor Wut und Verzweiflung schlug Tyler die Tür seines Zimmers hinter sich zu und verschloss sie hastig. Schon konnte er die Schritte seiner Pflegeeltern, Steven und Annette, auf der Treppe vernehmen, und kurz darauf hörte er Annette durch die geschlossene Tür rufen: »Tyler, bitte mach auf, wir wollen doch nur mit dir reden!«

»Es war ein Unfall!«, entgegnete Tyler den Tränen nah. »Es tut mir Leid.« Warum mussten sie ihn nur so quälen?

»Ist schon in Ordnung, mein Junge«, erklärte Steven. »Lass uns einfach rein und ...«

»Damit ihr mich wieder anschreien könnt?«

Vor der Tür wurde geflüstert. Tyler hörte, wie Steven zu Annette sagte: »Ich kümmere mich um den Jungen. Du rufst derweil Ludlow an.«

»Wer ist Ludlow?«, wollte Tyler wissen.

»Er leitet die Akademie, von der wir dir erzählt haben«, erklärte Steven durch die geschlossene Tür hindurch.

In Tyler stieg Panik auf. »Nein! Ich gehe nicht auf dieses Internat! Ihr könnt mich doch nicht einfach wieder fortschicken.« Nun flossen die Tränen tatsächlich.

»Tyler«, rief Annette gleichermaßen flehend wie beschwichtigend. »Es ist doch nur zu deinem Besten.«

»Ich hab euch doch gesagt, ich wollte das nicht tun. Ich schwöre, ich bin nicht böse. Ich *schwöre* es!«

Jäh durchzuckte ein altbekannter Schmerz seinen Schädel. Tyler stöhnte auf und hielt sich mit beiden Händen den Kopf. Langsam wandte er den Blick in Richtung Bett. Er wusste, was er dort sehen würde, und doch erstarrte er vor Grauen angesichts der alles verzehrenden Flammen, die bereits meterhoch gegen die Decke seines Zimmers schlugen.

Sanft wurde das Esszimmer von Halliwell Manor in die Morgensonne des noch jungen Tages getaucht, die durch die kostbaren Buntglasfenster in den Raum fiel.

Piper saß am Frühstückstisch und studierte schweigend die Lokalnachrichten im *San Francisco Chronicle.* Ihr gegenüber war Leo in die Feuilleton-Seite vertieft. Ein Bild der Zufriedenheit und perfekten Harmonie ...

Da stürmte Paige ins Zimmer und entzauberte diesen kostbaren Augenblick der Besinnlichkeit. »Guten Morgen, Leute! Ist das nicht ein schöner Tag?« Ihre verschlafene Miene strafte ihre Feststellung Lügen.

»Guten Morgen, Süße!«, zwitscherte Phoebe, die in diesem Moment aus der Küche ins Esszimmer schwebte und die Thermoskanne wie eine Monstranz vor sich hertrug.

Sie drückte Paige eine leere Kaffeetasse in die Hand. »Lass mich dir einen kleinen Muntermacher einschenken.« Und mit einem Augenzwinkern fügte sie hinzu: »Fällt dir nichts an mir auf?« Ihre Hand mit der Tasse bewegte sich vor dem Gesicht ihrer Schwester hin und her, während sie ihr von dem dampfenden Gebräu eingoss.

»Die Rede ist von ihrem Verlobungsring«, murmelte Piper hinter ihrer Zeitung. »Schau ihn dir schnell an, Paige, oder es passiert noch ein Unglück mit dem Kaffee.«

»Netter Klunker«, bemerkte Paige, trat hastig einen Schritt zurück und setzte sich an den Frühstückstisch.

»Danke«, sagte Phoebe. »Ich finde ihn auch toll, obwohl ich ihn doch ständig ansehen muss.« Sie nahm ebenfalls Platz. »Er ist so . . . präsent, wenn ihr wisst, was ich meine . . .«

»Ging mir auch so, als ich meinen Nabelring bekam«, meinte Paige und schlürfte einen Schluck Kaffee. »Ich hatte das Gefühl, dass jeder ihn anstarren würde. Okay, ich gebe zu, das war was anderes, aber . . .«

»Mein Problem ist«, fiel ihr Phoebe ins Wort, »mehr symbolischer Natur. So ein Ring ist ja ursprünglich ein Zeichen der Versklavung. Ein Mahnmal gewissermaßen, das die Frau stets daran erinnert, dass sie von nun an das Eigentum eines Mannes ist.

»Ähm«, meinte Paige. »Du musst jetzt ganz tapfer sein, Liebes, aber wir leben inzwischen im 21. Jahrhundert.«

»Phoebe, könntest du mir mal bitte die Milch reichen?«, fragte Piper, ohne von ihrer Zeitung aufzusehen.

»Sie steht doch direkt zwischen dir und Leo«, sagte Phoebe.

»Wir reden nicht miteinander«, ließ sich nun Leo vernehmen, der zwischenzeitlich bei den Todesanzeigen angelangt war.

»Immer noch nicht?« Phoebe zog überrascht die Stirn kraus. »Wäre es nicht besser abzuwarten, bis ihr wirklich mal ein Kind habt, anstatt euch schon jetzt deswegen zu streiten?« Sie reichte Piper das Milchkännchen.

»Was ist eigentlich das Problem?«, fragte Paige. »Vielleicht können wir ja helfen?« Ihr Blick wanderte von Leo zu Piper. »Andererseits könnt ihr natürlich auch bis zum Jüngsten Tag so weitermachen und uns zwingen, den Rest unseres Lebens in einer angespannten Atmosphäre zu verbringen.«

»Das Problem ist die Frage, wie man ein magisch

begabtes Kind in einer nichtmagischen Welt aufzieht«, erklärte Leo und legte die Zeitung beiseite.

»Jemand hier am Tisch«, ergänzte Piper eisig, »und, nein, ich werde seinen Namen nicht nennen, hat nämlich die verrückte Idee, es wäre besser, die Kräfte eines zukünftigen Kindes zu bannen.«

»Was ist denn daran verrückt?«, fragte Leo. »Grams hat eure Kräfte schließlich auch gebannt, als ihr noch klein wart.«

»Ja«, gab Piper grimmig zurück. »Und deshalb waren wir auch zwanzig Jahre lang völlig ahnungslos, was unser zukünftiges Schicksal betraf. Wenn ich an diese so genannte ›normale‹ Zeit zurückdenke, kommt mir das alles wie ein riesengroßer Schwindel vor!«

Phoebe musste ihr insgeheim Recht geben, denn sie konnte sich noch gut an die Zeit erinnern, als sie, Piper und Prue nach dem Tod der Großmutter in dieses Haus zurückgekehrt waren. Keine der Schwestern hatte geahnt, dass sie über magische Fähigkeiten verfügten, geschweige denn einer lang zurückreichenden Dynastie guter Hexen entstammten. Und als Phoebe dann das *Buch der Schatten* auf dem Speicher entdeckt und mit einem unbedacht ausgesprochenen Zauberspruch den Bann von ihnen genommen hatte, gab es für sie, Piper und Prue ein ziemlich unsanftes ›Erwachen‹. Von einem Tag auf den anderen mussten sie nicht nur erkennen, dass sie weiße Hexen waren, deren Aufgabe darin bestand, Unschuldige vor den Mächten der Finsternis zu beschützen. Nein, von Stund an waren ihnen auch noch Dämonen, Warlocks und andere finstere Kreaturen auf den Fersen, die ihnen nach dem Leben trachteten und ihnen ihre Kräfte rauben wollten. Insofern fragte sich auch Phoebe bisweilen, ob es nicht besser gewesen wäre, wenn sie von klein auf gewusst hätten, dass sie etwas ganz Besonderes waren.

»Ich sage ja nicht, dass man die Wahrheit komplett ignorieren sollte«, erklärte Leo auf seine gewohnt ruhige Art. »Aber ist es nicht schon schwierig genug, überhaupt erwachsen zu werden – ich meine, ohne diese Extrabürde einer magischen Fähigkeit?«

»Magie ist keine Bürde!«, rief Piper aufgebracht. »Magie ist ein Geschenk!«

»Aber die meisten Kinder sind mit einem solchen ›Geschenk‹ schlichtweg überfordert«, wandte Leo ein. »Dazu kommt, dass es unseren Nachwuchs doppelt treffen würde: Er wäre zur Hälfte *Wächter des Lichts* und zur Hälfte Hexe!«

»Hey, genau wie ich!«, meinte Paige. Dann stutzte sie. »Genau genommen hat euer Kind damit die Arschkarte gezogen. Ähm, wo ist eigentlich Cole? Wir müssen los! Er wird doch an seinem ersten Arbeitstag nicht etwa zu spät kommen wollen?«

»Ich hole ihn«, rief Phoebe und sprang auf. »Und, Paige? Danke, dass du ihm den Job verschafft hast. Ich finde, da wir ja bald Mann und Frau sein werden, sollte er sich langsam daran gewöhnen, die Brötchen nach Hause zu bringen.« Sie eilte aus dem Esszimmer.

»Brötchen?« Paige runzelte die Stirn.

»Ich glaube, Phoebe hat das mehr im übertragenen Sinne gemeint«, sagte Leo und an Piper gewandt: »Schatz, würdest du mir bitte mal die Milch reichen?«

»Nö.«

In der Eingangshalle von Halliwell Manor verabschiedete Phoebe derweil ihren zukünftigen Ehemann, als gedächte dieser, zu einem mehrjährigen Einsatz auf eine Bohrinsel aufzubrechen.

»Darling, du siehst einfach toll aus. Soll ich dir Frühstück machen, Geliebter? Du weißt ja, Frühstück ist die wichtigste Mahlzeit des Tages.«

»Mach dir keine Umstände, Liebes«, grinste Cole. »Ich besorge mir rasch einen Kaffee auf dem Weg ins Büro.«

»Umstände? Ich könnte dir in Windeseile was Leckeres zaubern!«, flötete Phoebe.

Cole küsste sie auf die Nasenspitze. »Davon bin ich überzeugt.«

In diesem Moment kam Paige in die Halle. »Fertig zum Abmarsch, Cole?«

»Alles Gute! Und ich wünsche dir einen schönen Tag, Liebster«, rief Phoebe aufgeregt. »Ich bin ja so stolz auf dich.« Sie drückte ihrem Verlobten einen flüchtigen Kuss auf die Wange. Ihr Blick fiel auf Grams Ring. »Da fällt mir ein, ich weiß noch gar nicht, was ich zum Abendessen kochen soll.«

Paige und Cole wechselten einen verblüfften Blick, als Phoebe in Richtung Küche davoneilte.

Wie gewöhnlich herrschte auch an diesem Morgen Stimmengewirr und hektische Betriebsamkeit in der Aufnahme des *South-Bay-Sozialdienstes*.

Paige geleitete Cole in den ersten Stock, in dem sich die Verwaltungs- und Rechtsabteilung der Einrichtung befanden, und führte ihn in sein neues Büro. Wobei das Wort ›Büro‹ die wohl größte Übertreibung des Jahrhunderts war. Vielmehr handelte es sich bei Coles neuer Wirkungsstätte um eine eineinhalb mal zwei Meter große

Box, in die gerade mal ein Schreibtisch und eine Hänge-registratur passten.

»Also, dies ist dein neuer Arbeitsplatz«, erklärte Paige. »Hier ist ein Tisch und ein Stuhl – was will man mehr?«

»Sauerstoff?«, murmelte Cole. »Als ich noch Staatsan-walt war, hatte ich ein Büro, das war acht Mal so groß, und ich hatte einen Assistenten. Außerdem konnte ich dort mit Energiebällen um mich werfen.«

»Tja, du bist jetzt ein Mensch, da gehören Entbehrun-gen und Entwürdigungen zum Leben dazu.«

Eine attraktive Schwarzhaarige in den Vierzigern näherte sich ihnen. Es war Cynthia Corren, die resolute Geschäftsführerin des *South-Bay-Sozialdienstes*, die einen schweren Aktenordner unterm Arm trug.

»Guten Morgen, zusammen.« Sie trat auf Cole zu und reichte ihm die Hand. »Sie sind also Cole Turner? Ich bin Cynthia Corren. Ich leite den Laden hier. Paige wusste viel Gutes über Sie zu berichten. Wünschte, ich hätte mehr Zeit, mich mit Ihnen zu unterhalten, aber lei-der ... Wir steigen am besten gleich ein ...«

»Und ich steige hier aus«, unterbrach Paige den Rede-fluss ihrer Chefin. »Cole, du findest mich unten in der Aufnahme, falls du noch Fragen hast. Bis später!«

Nachdem Paige gegangen war, ergriff Cynthia wieder das Wort und reichte Cole den gewichtigen Aktenordner. »Ihr erster Fall. Sie übernehmen die Pflichtverteidigung eines gewissen Alan Yates, Eigentümer einiger Slum-Bruchbuden. Hat seinen Mietern letzte Woche kurzer-hand die Heizung abgedreht. Er kommt um elf zu einer Anhörung vorbei. Das heißt, sie haben zwei Stunden Zeit, sich in den Fall einzuarbeiten – also seien Sie schnell und seien Sie gut!« Sprach's und verschwand.

Ächzend kratzte sich Cole am Kopf. »Du liebe Güte! Ich

bin doch auch nur ein Mensch.« Sein Blick wanderte durch den engen Verschlag, in dem er nun Tag für Tag von neun bis fünf als Rechtsberater einer Sozialeinrichtung sein Dasein fristen würde. Dann quetschte er sich zwischen Aktenschrank und Pappstellwand und sank seufzend auf den viel zu kleinen Bürostuhl hinter seinem Schreibtisch.

Als Paige die Wartezone des *South-Bay-Sozialdienstes* durchquerte, fiel ihr Blick auf einen etwa zehnjährigen blonden Jungen, der einsam und verloren auf einem der Stühle saß.

Sie trat zu ihrem Vorgesetzten Bob Cowan. »Wer hat denn den Jungen hier abgeliefert?«

»Die Polizei.« Der schwarze Sozialarbeiter wirkte wie immer sehr beschäftigt. »Cops haben ihn schlafend in einer Gasse aufgegriffen.«

»Ein Ausreißer?«

»Sieht so aus. Sein Name ist übrigens Tyler, aber mehr hab ich noch nicht aus ihm rausgekriegt.«

Paige überlegte. »Billy hat doch dieses Taschen-Videogame. Vielleicht leiht er es uns für den Jungen, und wenn wir Glück haben, taut er dadurch etwas auf.«

»Gute Idee. Besorg dir das Ding.«

Paige machte sich sofort auf den Weg durch das Großraumbüro, während Bob mit einer Flasche Mineralwasser auf Tyler zutrat.

»Hier, für dich, Kumpel. Dachte, du bist vielleicht durstig.«

Schweigend nahm der Junge die Flasche entgegen und leerte sie in einem Zug.

Bob fand das einigermaßen ermutigend. »Sag mal,

Tyler, hast du dir inzwischen überlegt, ob du uns nicht doch die Telefonnummer deiner Eltern sagen möchtest, damit wir sie informieren können?«

Keine Antwort.

»Möchtest du nicht, dass sie wissen, dass du wohlauf bist?«

Keine Antwort.

Der Sozialarbeiter ging vor dem Jungen in die Hocke und fragte mit sanfter Stimme: »Oder haben sie ... dir wehgetan?«

»Nein«, sagte Tyler hastig. »Sie haben mir nicht wehgetan.«

»Okay, aber irgendwas ist passiert, richtig?«

Tyler drehte den Kopf zur Seite. »Ich will nicht darüber reden.« Wie zur Unterstreichung seiner Worte presste er die Lippen fest aufeinander.

»Ich weiß, wie schwierig das ist, aber mit Reden lösen wir hier die meisten ...«

»Ich sagte, ich will nicht darüber reden!«, rief Tyler aufgebracht und erschrak im gleichen Moment über seine heftige Reaktion. Dann weiteten sich seine Augen, als hätte er etwas absolut Grauenvolles gesehen.

Gleichzeitig kam Paige mit dem Gameboy zurück in den Wartebereich.

»Feuer!«

Bobs Kopf ruckte herum, und sein Blick fiel auf einen Abfalleimer, der nur wenige Meter hinter ihm stand. Aus dem Papierkorb schlugen meterhohe Flammen! Wie von der Tarantel gestochen sprang der Sozialarbeiter auf und hetzte zum nächstbesten Feuerlöscher.

In dem darauf folgenden Tumult bemerkte niemand außer Paige, dass Tyler sich klammheimlich aus dem Staub machte. Sofort schnappte sie sich ihre Tasche und nahm die Verfolgung auf. Sie bekam gerade noch mit, wie der Junge das Gebäude zur Parkplatzseite hin verließ. Paige stürmte ebenfalls ins Freie und hielt nach dem Ausreißer Ausschau. Zwischen zwei parkenden Autos fand sie ihn schließlich am Boden hockend.

Vorsichtig trat sie auf ihn zu. »Hey . . .«

Tyler fuhr hoch und machte Anstalten, erneut die Flucht anzutreten.

Paige kannte diese Situation gut. Fast täglich hatte sie als angehende Sozialarbeiterin mit jungen Ausreißern zu tun, denen das Leben so übel mitgespielt hatte, dass sie schon angesichts der kleinsten Konfrontation davonrannten, um sich weiteren Schmerz zu ersparen.

»Lauf nicht weg«, begann Paige. »Du musst keine Angst vor mir haben.«

Langsam wich der Junge vor ihr zurück.

Paige beschloss, in die Offensive zu gehen. »Ich werde auch niemandem erzählen, dass du für das Feuer verantwortlich bist.«

Tyler erstarrte mitten in der Bewegung. »Du hast es gesehen?«

»Keine Sorge, außer mir hat es niemand mitgekriegt. Und ich werde es auch niemanden sagen.« Sie kam langsam näher. Tyler senkte den Kopf und wirkte nun fast wie ein geprügelter Hund.

»Dein Geheimnis ist bei mir sicher, Tyler.«

Er sah sie an, und der Schmerz in seinem Blick brach ihr fast das Herz. »Ich . . . ich wollte das nicht tun.«

»Ich weiß, Tyler. Ich weiß.«

Er deutete in Richtung des *South-Bay-Sozialdienstes.* »Bitte, bring mich nicht wieder dahin zurück. Und . . . ich will auch nicht zurück zu meinen Pflegeeltern. Sie verstehen es nicht.«

Paige dachte einen Moment lang nach. Schließlich hatte sie eine Entscheidung gefällt. »Okay, ich weiß, wohin ich dich bringen kann. Dort bist du sicher.« Sie streckte ihre Hand nach ihm aus. »Vertrau mir.«

Im *South-Bay-Sozialdienst* erhielt Bob Cowan, der gerade unter Einsatz von Leib und Leben einen brennenden Papierkorb gelöscht hatte, Besuch von einem äußerst besorgten Ehepaar. Ein Ehepaar, das auf der verzweifelten Suche nach seinem Pflegesohn war.

Piper und Leo standen in der Halle von Halliwell Manor und beobachteten durch die geschlossene Glastür ihren Hausgast Tyler, der im Salon mit einem Gameboy spielte.

Paige, die in den letzten Minuten versucht hatte, mit dem Jungen zu reden, gesellte sich zu ihnen.

»Und? Wie läuft's mit ihm?«, wollte Piper wissen.

»Nicht so gut«, erwiderte Paige. »Er vermeidet jeglichen Augenkontakt und spricht so gut wie gar nicht. Er muss schreckliche Angst haben.«

»Wovor?«, fragte Leo.

»Vor sich selbst. Vor seiner Kraft.« Paige sah wieder zu dem Jungen hin. »Armer Tyler. Er scheint mir das typische Beispiel eines Kindes zu sein, dem nie anhaltende Zuneigung zuteil geworden ist.«

»Kein Wunder«, meinte Piper. »Nach dem wenigen, was er dir erzählt hat, scheint er ja Zeit seines kurzen Lebens nur hin und her geschubst worden zu sein.«

»Dazu kommt«, ergänzte Paige, »dass er sich wohl immer als Außenseiter gefühlt hat. Seit er entdeckt hat, wer er wirklich ist, hält er sich wahrscheinlich für eine Art Monster.«

»Weshalb er vermutlich von der Frage besessen ist, wie er seine Kräfte unterdrücken kann«, vermutete Leo.

»Dazu dürfen wir es nicht kommen lassen«, rief Piper erbost. »Diese Fähigkeiten sind immerhin ein Teil seiner selbst! Genauso gut könnte man auf die Idee kommen, ihm ein Bein abzunehmen. Herrgott, schon wieder sind wir beim Thema . . .«

»Piper, ich weiß, worauf du anspielst«, sagte Leo leise, »aber dieser Fall hier liegt ein bisschen anders. Tylers Kraft ist *gefährlich*. Für ihn und auch für andere!«

»Das ist mir schon klar«, erwiderte Piper. »Aber man sollte ihm doch die Chance geben zu lernen, mit dieser Kraft umzugehen, ja, sie letztendlich sogar selbst zu kontrollieren. Vielleicht hat das Schicksal ihn ja genau deshalb zu uns geführt, damit wir ihm bei dieser Aufgabe helfen! Wir könnten seine Lehrer sein.«

»Doch ein leerer Bauch studiert nicht gern.« Phoebe kam aus der Küche und trug einen Teller selbstgebackener Schokokekse sowie ein Glas Milch in die Halle. »Fütterung des Feuerteufelchens!«, verkündete sie strahlend.

»Wow!«, rief Paige. »Du übertriffst dich ja heute selbst.«

»Ach, du kennst mich doch«, gab Phoebe lächelnd zurück. »Mir ist jeder Vorwand recht, um mich ein bisschen in der Küche austoben zu können.«

»Also, *ich* kenne dich«, sagte Piper stirnrunzelnd. »Und diese Aussage entspricht definitiv *nicht* der Wahrheit.«

»Nun ja«, meinte Phoebe. »Immerhin bin ich bald eine verheiratete Frau, die sich auch um den Haushalt kümmern muss. Das ist eine große Verantwortung. Eine Rolle, nein, eine Lebensaufgabe, der ich mich mit jeder Faser meines Körpers widmen werde und . . .«

»Schon gut, Kleines«, unterbrach Piper ihre Schwester. »Gib her«, sie nahm Phoebe die Kekse und die Milch ab, »ich werde das Tyler bringen.« Sie wandte sich an Paige. »Ist es in Ordnung, wenn ich versuche, ihn mit ein paar Schokoplätzchen zu korrumpieren, um ihn zum Sprechen zu bewegen?«

»Ja, sicher«, meinte Paige. »Je schneller wir zu ihm durchdringen, desto besser. Kindesentführung ist schließlich immer noch ein Straftatbestand in diesem Land, falls euch das entfallen sein sollte.«

Sie eilte in Richtung Haustür. »Und ich für meinen Teil muss dringend wieder zurück zur Arbeit. Wenn es Probleme geben sollte, ruft mich an.«

Behutsam betrat Piper das Wohnzimmer und ging zu Tyler hinüber, der beim Fenster stand und mit seinem Gameboy spielte.

»Hallo ... Meine Schwester hat ein paar Kekse gebacken, möchtest du welche?«

Keine Antwort.

»Schon gut. Ich kann verstehen, wenn du das Risiko nicht eingehen möchtest. Die Dinger schmecken wahrscheinlich grauenhaft. Du musst wissen, Phoebe hat so viel Ahnung vom Kochen und Backen wie die Kuh vom Sonntag. Aber sag ihr nicht, dass ich dir das erzählt habe, okay?« Sie stellte den Imbiss auf dem Tisch ab.

Tyler sah kurz zu ihr auf, und ein dünnes Lächeln umspielte seine Lippen.

»Vielleicht könntest du ja höflicherweise wenigstens *einen* essen, ich meine, nur damit sie nicht beleidigt ist.« Piper deutete mit einer Kopfbewegung Richtung Glastür.

Tyler riss sich von seinem Gameboy los und stellte fest,

dass Phoebe ihn erwartungsvoll von draußen beobachtete. Seufzend nahm er einen Keks vom Teller und aß ihn. Glücklich und erleichtert zugleich entschwand Phoebe wieder in die Küche.

»Darf ich noch einen?«, fragte Tyler plötzlich.

»Klar, bedien dich«, meinte Piper überrascht, und der Junge ließ sich nicht lange bitten.

Piper schöpfte ein wenig Hoffnung. Sie nahm auf der Couch Platz und wählte jedes ihrer Worte mit Bedacht, als sie sagte: »Ich weiß, es ist jetzt vielleicht nicht der richtige Augenblick, aber ich möchte, dass du weißt, dass dir ein wundervolles Geschenk gemacht wurde. Ein magisches Geschenk. Und so seltsam das jetzt für dich klingen mag: Du bist nicht allein. Ich weiß, was du durchmachst.«

Tyler kniff die Augen zusammen und musterte sie argwöhnisch. »Was weißt du schon? Oder steckst du etwa auch die halbe Welt in Brand?«

»Nein, das nicht«, sagte Piper. »Aber ich weiß, wie es ist, wenn man eine Kraft besitzt, die man nicht kontrollieren kann. Man wünscht sich nichts sehnlicher, als normal zu sein, und doch weiß man, dass das niemals der Fall sein wird. Und weil auch du dies weißt, wirst du manchmal sauer, stimmt's? So sauer, dass du am liebsten ...« Sie hob die Hand, stieß einen wütenden Schrei aus, und im selben Augenblick zerbarst die Blumenvase auf dem kleinen Beistelltisch in tausend Stücke.

»Was war das?«, japste Tyler. »Was hast du getan?« Fassungslos ließ er sich auf die Couch neben Piper plumpsen.

Ich hab dir gerade bewiesen, dass ich sehr wohl weiß, was in dir vorgeht.«

»Aber wie hast du das gemacht?«

»So ähnlich wie du. Aber ich hab gelernt, meine Gefühle zu kontrollieren.«

»Ich wünschte, das könnte ich auch«, seufzte Tyler. »Dann könnte ich auch wieder unter Leute gehen.«

»Bist du deshalb weggelaufen? Damit du niemandem unbeabsichtigt ein Leid zufügst?«

»Ich ... hatte Angst. Ich hab zu Hause das Sofa in Brand gesteckt. Ich wollte das nicht, ehrlich, aber meine Pflegemutter hatte mich angeschrien und gemeint, dass ich zu nichts tauge und ... und das hat mich so wütend gemacht, dass ich ...« Tylers Blick wanderte zu dem alten Lesesessel, der neben der Tür stand, dann griff er sich mit schmerzverzerrter Miene an den Kopf, und schon ging das Erbstück in Flammen auf.

»Das ...«, rief Tyler erschrocken, »... wollte ich nicht! Es tut mir Leid. Bitte ... es tut mir Leid!«

»Kein Problem, Tyler, es ist okay«, sagte Piper rasch. »In diesem Haus ist das okay. Schau mal.« Sie machte eine knappe Handbewegung, und die Flammen erstarrten mitten in der Bewegung. »Siehst du, ich kann nämlich auch die Zeit anhalten und damit Dinge quasi einfrieren.« Sie zwinkerte dem Jungen verschwörerisch zu.

»Mann, das ist ja cool!«

Piper lächelte, denn sie wusste, sie hatte Tylers Herz im Sturm erobert. »Leo!«, rief sie in die Halle hinaus. »Kannst du uns bitte ein bisschen Löschwasser bringen. Grams Lesesessel brennt. Aber lass dir ruhig Zeit, es eilt nicht!«

Als Leo die Küche betrat, um der Bitte seiner Frau Folge zu leisten, fand er Phoebe bei der Zubereitung des Mittagessens vor. Sie hatte sich das Haar zu einem praktischen Dutt aufgesteckt, trug eine adrette weiße Schürze und wirkte äußerst emsig.

Leo ging zum Spülstein und füllte ein kleines Eimerchen mit Wasser.

»Ah, Leo! Gut, dass du kommst«, sagte Phoebe, die gerade eine Sellerieknolle in mundgerechte Stücke hackte. »Ich muss dir nämlich eine sehr wichtige Frage stellen!«

»Ich höre?«

»Sag mal, bleibt der kleine Junge eigentlich zum Lunch?«

»Ich glaube schon«, meinte Leo. »Also, was für eine wichtige Frage wolltest du mir stellen?«

»Äh ... das war sie schon.«

»Ach?« Leo wandte sich irritiert zu seiner Schwägerin um. »Phoebe, ist alles okay mit dir?«

»Mit mir? Ich bin munter wie ein Fischlein im Wasser!« In diesem Moment klingelte das Telefon. »Ich mach das schon!«, rief sie und nahm das Gespräch in der Küche entgegen. »Hallo, grüß dich, Cole, mein Liebster«, säuselte sie in den Hörer.

Kopfschüttelnd verließ Leo mit seinem Wassereimer die Küche.

»Phoebe, jemand muss mich aufhalten, bevor ich diesem Drecksack von einem Miethai den Schädel einschlage!«, zischte Cole in den Telefonhörer, wobei er aufgebracht in seinem Kabuff auf und ab lief – soweit das auf drei Quadratmetern überhaupt möglich war. »In zehn Minuten kommt dieser Arsch zu einem Termin hier vorbei, und ich muss ihn auch noch pflichtverteidigen ...«

»Immer mit der Ruhe, mein Bester«, sagte Phoebe am anderen Ende der Leitung. »Du willst doch nicht, dass ich vorbeikomme und dir den Mund mit Seife auswasche?«

»Wie bitte?«

»Oder soll ich mit der Nasenspitze wackeln und diesen Schuft in einen richtig netten Kerl verwandeln?« Sie kicherte, während sie gleichzeitig ihre perfekt manikürten Fingernägel einer genaueren Überprüfung unterzog.

»Nein, ich will ihn mit einem Energieball zur Hölle jagen. Stell dir vor, dieser Mistkerl hat seinen Mietern einfach die Heizung abgedreht, und eine ältere Dame hat sich dadurch eine Lungenentzündung geholt. Danach hat er auch noch versucht, die Wohnung zwangsräumen zu lassen!«

»Gräm dich nicht, Honey«, zwitscherte Phoebe am anderen Ende. »Du schaffst das schon. Und wenn du nach Hause kommst, wartet schon ein eisgekühlter Martini auf dich.«

»Martini?«

»O ja! Und ein butterzartes Steak. Du benötigst unbedingt mehr rotes Fleisch auf deinem Speiseplan.«

»Wovon in aller Welt redest du?«

Im selben Augenblick klingelte es an der Haustür von Halliwell Manor. »Besuch!«, rief Phoebe anstelle einer Antwort in die Sprechmuschel. »Ich muss aufmachen!« *Klack.*

Das Nächste, was Cole aus dem Telefonhörer entgegenschlug, war das charakteristische Tuten, das eine freie Leitung signalisierte.

In der Halle wurde Piper, die sich ebenfalls auf den Weg gemacht hatte, die Tür zu öffnen, von Phoebe fast über den Haufen gerannt. Beschwingt und mit einem »Herzlich willkommen!« riss ihre jüngere Schwester die Haustür auf.

Auf der Schwelle stand ein Paar in den Dreißigern. »Guten Tag«, sagte die blonde Frau freundlich. »Wir sind auf der Suche nach unserem Pflegesohn Tyler.«

»Ist er zufällig hier?«, fragte der Mann und entblößte sodann zwei Reihen perfekt gepflegter Zähne. Ganz offensichtlich handelte es sich bei ihm um den Gatten der reizlosen Blondine.

»So ist es!«, erwiderte Phoebe überschwänglich. »Aber so kommen Sie doch herein. Kann ich Ihnen vielleicht irgendwas anbieten? Ein Sandwich vielleicht, oder ein Omelette mit Lachsfüllung ...«

»Moment mal«, mischte sich nun Piper in das Geplänkel ein. Und an Tylers Pflegeeltern gewandt: »Woher wissen Sie eigentlich, dass der Junge hier ist?«

Die Frau lächelte geziert. »Nun ... mütterlicher Instinkt?«

In Pipers Kopf schrillten tausend Alarmglocken, doch noch bevor sie reagieren konnte, schlug ihr der Mann so hart ins Gesicht, dass sie ein gutes Stück durch die Luft flog.

Für eine *natürliche* Erklärung dieses Vorgangs würde wenig Raum bleiben, schoss es Piper noch durch den Kopf, bevor sie hart auf dem Boden aufschlug.

Im gleichen Moment stürzte Tyler aus dem Wohnzimmer. »Piper!«

Doch Piper war schon wieder auf den Beinen und schickte sogleich einen Energiestoß auf das angriffslustige Paar. Nur knapp verfehlte er sein Ziel.

Danach überschlugen sich die Ereignisse. Die Frau, die für eine Weile die Pflegemutter von Tyler gewesen war, revanchierte sich mit einem blauen Energieball, der krachend ins Flurfenster einschlug. Sekunden später stürzte sich Leo auf Piper, riss sie zu Boden und verhinderte dadurch, dass sie durch einen weiteren Schuss in Stücke gerissen wurde. Dieses Schicksal widerfuhr stattdessen dem Kanapee im Vorzimmer.

»Lasst sie in Ruhe!«, schrie Tyler seinen Pflegeeltern entgegen.

»Diese Flecken kriege ich im Leben nicht wieder raus«, murmelte Phoebe.

»Niemand wird uns daran hindern, unser Kopfgeld einzustreichen«, zischte der Mann, der einst Tylers Pflegevater gewesen war.

»Nein!«, schrie der Junge. »Hört auf!«

»Halt die Klappe, Tyler«, stieß die Frau verächtlich hervor.

»Ich sagte, *hört* auf!« Hasserfüllt starrte Tyler seine ehemaligen Pflegeeltern an. Wie in Trance legte er die Hände gegen die Schläfen und schickte das dämonische Pärchen kurz darauf in einer alles verzehrenden Feuersäule zur Hölle.

2

»*O* Gott ... das wollte ich nicht.« Deprimiert kauerte Tyler auf dem Sofa des Halliwellschen Wohnzimmers. Er war untröstlich.

Piper und Leo hatten sich zu ihm gesetzt und tauschten einen besorgten Blick. »Du musst dich nicht entschuldigen, Tyler«, sagte Piper. »Wir waren schließlich da. Wir haben doch gesehen, was sich abgespielt hat.«

»Ich wusste, ich würde mal irgendjemandem schaden, und jetzt ist es passiert«, sagte der Junge tonlos.

»Du hast getan, was du tun musstest«, erklärte Leo.

»Nein, ich hab was Böses getan!«

»Keineswegs, Tyler.« Piper wollte ihm über die Wange streicheln, doch der Junge entzog sich der Berührung. »Schau mich doch wenigstens an«, bat sie und kniete sich vor ihn hin. »Das waren *böse* Leute. Böse Leute, die uns töten wollten. Du hast uns vor ihnen beschützt.«

Doch Tyler schüttelte nur stumm den Kopf. Offensichtlich war er nicht im Stande, sich zu vergeben.

Da hatte Piper eine Idee. »Komm mal mit, ich will dir was zeigen.«

Tyler schaute sie argwöhnisch an.

»Keine Sorge. Es wird dir helfen zu verstehen, wer du wirklich bist.« Piper reichte ihm die Hand, die der Junge nach einigem Zögern schließlich ergriff.

Kurz darauf betraten Piper, Leo und Tyler den halbdunklen Dachboden von Halliwell Manor, der mit allerlei Plunder und ausrangiertem Mobiliar vollgestellt war.

Zielstrebig führte das Paar den Jungen zum *Buch der Schatten*, das auf einem schweren, alten Holzschreibtisch lag.

»Ein Buch?«, fragte Tyler.

»Es ist mehr als das«, erwiderte Piper und nahm den Folianten mit hinüber zu einer ausgedienten Chaiselongue. »Es ist ein *Zauber*buch. Bist du bereit dafür?«

Tyler war sich nicht sicher, was Piper mit dieser Frage meinte, aber sicherheitshalber nickte er und nahm neben ihr Platz.

»Okay.« Piper öffnete das Buch. »Dann wollen wir mal sehen, wer diese, ähm, Leute tatsächlich waren, die ihre Aufsichtspflicht so schmählich vernachlässigt haben.

»Meine Pflegeeltern?«, fragte Tyler.

»Tyler«, sagte Leo sanft, »diese Typen waren nicht wirklich deine Pflegeeltern, sie waren getarnte ...«

»Kopfgeldjäger-Dämonen«, rief Piper. »Schaut mal hier!« Aufgeregt tippte sie auf eine aufgeschlagene Seite im *Buch der Schatten*. Dort stand in altmodischen Lettern die Überschrift »Kopfgeldjäger-Dämonen«. Darunter war das Bild eines Furcht erregenden Dämons zu sehen, der Energiebälle schleuderte.

Laut las Piper den erläuternden Text: »›Getrieben von der Gier lassen sich diese niederen Dämonen durch nichts davon abhalten, sich ihr Kopfgeld zu verdienen.‹«

Nach einer kurzen Pause fragte Tyler langsam: »Also, wenn die beiden wirklich böse waren, dann ... dann hab ich also gar nichts Schlimmes getan?«

»Das ist richtig«, sagte Leo.

Tyler deutete auf das *Buch der Schatten*. »Steht da auch was über mich drin?«

»Davon bin ich überzeugt«, meinte Piper und blätterte durch die Seiten des alten Erbstücks.

Ihre Zuversicht war begründet. Denn kurz nachdem sie, Prue und Phoebe erfahren hatten, dass sie Hexen waren, stellten sie auch fest, dass das *Buch der Schatten* die Fähigkeit besaß, ihnen stets die Informationen zu liefern, die für ein aktuelles Problem wichtig waren – vorausgesetzt dieses Wissen war einer ihrer Vorfahrinnen bekannt gewesen. In diesem Fall, und sofern das Buch es wünschte, erschien wie von Zauberhand ein passender Spruch, ein Bild oder ein Hinweis auf einer seiner vergilbten Seiten. Und so war es auch heute. »Schau mal«, rief Piper plötzlich, »hier ist es. Lies selbst, Tyler!«

Der Junge beugte sich über die Seite und las zögernd: »›Der Firestarter ist ein äußerst seltenes und sehr begehrtes magisches Wesen.‹« Er stockte. »Was heißt das, ›sehr begehrt‹, meine ich?«

»Das heißt«, erwiderte Piper, »dass Firestarter sehr, ähm, gefragt sind, weil sie etwas ganz Besonderes sind.«

»Ich bin gefragt?«, murmelte Tyler überrascht und erfreut zugleich.

»Außerordentlich gefragt, wie es scheint«, sagte Piper nachdenklich und las weiter im Text: »›Der Firestarter kann allein mit der Macht seiner Gedanken Dinge entzünden. Diese Fähigkeit ist eng mit den Emotionen verknüpft und kommt während der Pubertät vollständig zur Entfaltung. Dann werden diese begehrenswerten Geschöpfe meist zu Leibwächtern der *Quelle* ausgebildet.‹« Sie sah erschrocken zu Leo. Sie wussten, was das bedeutete.

»Was ist die *Quelle*«, wollte Tyler wissen.

»Ein sehr, sehr böser Mann«, sagte Piper leise.

»Der demnach wieder auf den Plan getreten ist, wenn er Kopfgeldjäger auf Tyler angesetzt hat«, überlegte Leo.

»Dieser Ludlow ist bestimmt auch ein Kopfgeldjäger!«, rief Tyler plötzlich.

»Wer ist denn Ludlow?«, fragte Piper.

»Ein Typ, der eine Art Akademie leitet. Meine Pflege-eltern wollten mich unbedingt dahin abschieben.«

»Wahrscheinlich ein Ausbildungslager für die zukünfti-gen Schergen der *Quelle*«, schlussfolgerte Leo. »Dieses saubere Pärchen wird auch in ihren Diensten gestanden haben.«

»Dann bin ich also doch böse!« Plötzlich wirkte Tyler wieder sehr unglücklich.

»Warum sagst du das?«, fragte Piper.

»Na ja, wenn ich dazu bestimmt bin, meine Fähigkeit für jemanden einzusetzen, der böse ist . . .«

»Aber so funktionieren Zauberkräfte nicht«, sagte Piper geduldig. »Magie ist für sich gesehen weder gut noch böse. Es kommt allein darauf an, in welchem Zu-sammenhang man sie benutzt.«

Der Junge schwieg, doch er schien zu verstehen.

Da ergriff Leo wieder das Wort. »Wie wär's, Tyler, wenn du noch ein bisschen weiterliest, während ich mich kurz mit Piper unterhalte?« Er nahm seine Frau beiseite.

»Siehst du«, flüsterte sie Leo zu, als sie außer Hörweite des Jungen waren. »Mit ein bisschen Geduld und Hilfe ist er schon fast so weit, sich zu akzeptieren, wie er ist und seine Kräfte zu kontrollieren.«

»Das ist ja alles schön und gut«, raunte Leo zurück, »aber wir haben inzwischen ein ganz anderes Problem. Ich glaube, ich weiß, wie diese Kopfgeldjäger Tyler hier ausfin-dig gemacht haben. Sie haben seine Kräfte geortet.«

»Du meinst, sie können den Jungen finden, sobald er . . . irgendwas in Brand setzt – wie zuletzt Grams alten Lesesessel . . .?«

»Genau. Und wenn er sie mit diesen Aktionen unbeab-sichtigt anlockt . . .«

Pipers Augen wurden groß und rund. »... dann sind wahrscheinlich schon 'ne Menge weiterer Kopfgeldjäger auf dem Weg hierher!«

In nur wenigen Stunden hatte sich die Küche der Halliwells in einen Tempel der Hausfraulichkeit verwandelt, in dem Phoebe emsig zwischen Backofen, Kühlschrank, Spülbecken und Arbeitsplatte hin und her eilte. Zu allem Überfluss hatte sie auch noch ein lustiges Liedchen zur Melodie von »Jingle Bells« angestimmt: »Ich koch für Cole ein Süppchen, denn ich bin jetzt sein Püppchen – was anderes machen will ich nicht, denn Kochen, das ist meine Pflicht ... lalala lalala lala-lalala ...«

Beschwingt tänzelte sie Richtung Ausguss, als hinter ihr ein merkwürdiges Dröhnen und Zischen laut wurde. Erschrocken fuhr sie herum, und ihr Blick fiel auf eine männliche Gestalt in einem langen schwarzen Ledermantel, die gerade in der Küche materialisierte und ganz offensichtlich nicht von dieser Welt war.

Wie automatisch ging Phoebe in Kampfstellung und – schrie!

»Wo ist der Firestarter?«, fragte der Dämon mit einer Stimme, die direkt aus der Gruft zu kommen schien.

»Ach du liebes bisschen, Sie haben mich ja fast zu Tode erschreckt!«

Doch der Dämon schien nicht zum Plaudern aufgelegt. »Der Junge! Her mit ihm! Jetzt!«

»Vielleicht sollten Sie sich erst einmal eines anderen Tons befleißigen?«

Der Dämon formte in seiner rechten Hand einen blauen Energieball und wollte ihn gerade Richtung Phoebe schleudern, als Piper in die Küche gehetzt kam und den ungebetenen Besucher mit der Kraft der Molekularbeschleunigung in tausend Stücke sprengte. Nachdem das erledigt war, fragte sie: »Alles in Ordnung, Phoebe?«

»Ja«, erwiderte ihre Schwester erleichtert und schaute zu Boden, »aber ich müsste jetzt mal dringend hier durchwischen.«

Piper runzelte die Stirn. »Sag mal, Süße, seit wann schreist du dir eigentlich die Seele aus dem Leib anstatt zu kämpfen?«

»Nun, eigentlich hatte ich vor, den Schuft ordentlich . . . zu zwicken.« Phoebe lächelte fast entschuldigend. Dann wandte sie sich wieder dem Suppengemüse auf der Anrichte zu.

»Okay«, rekapitulierte Piper leicht gestresst. »Das war ein weiterer Kopfgeldjäger, und wenn wir jetzt nicht ganz schnell was unternehmen, kommen immer mehr, bis dieser Ludlow den Jungen schließlich doch noch erwischt.« Sie stockte, als sei ihr eine großartige Idee gekommen. »Es sei denn, *wir* schnappen uns Ludlow vorher . . .«

Abrupt hielt Phoebe in ihrer Arbeit inne und betrachtete angewidert ihre Finger. »Iiiih! Spülhände!«

»Leo und ich könnten uns selbst als Kopfgeldjäger tarnen«, fuhr Piper unbeirrt fort. »Wir würden ihn wissen lassen, dass wir Tyler hätten, und wenn er uns dann zu sich ruft, hätten wir die Möglichkeit, ihn zu erledigen.«

»Mir recht, solange ihr nur rechtzeitig zum Abendessen wieder daheim seid«, meinte Phoebe, die inzwischen hingebungsvoll ein Salatdressing zusammenrührte.

»Andererseits scheint es«, überlegte Piper weiter, »dass dieser Ludlow ein ziemlich mächtiger Dämon ist. Es könnte daher sein, dass wir die *Macht der Drei* brauchen. Also halte dich bereit, Phoebe, falls wir ihn hierher locken müssen.« Sie ging wieder in den Flur zurück. »Ach ja, und bitte ruf Paige auf der Arbeit an und sag ihr, sie soll *sofort* ihren Hintern nach Hause schieben.«

»Wird erledigt«, rief Phoebe ihr nach, trocknete sich die Hände an der Schürze und griff zum Hörer.

Im *South-Bay-Sozialdienst* hatte eine überaus gestresste Paige gerade eine Besprechung mit einem ihrer Kollegen, als das Telefon klingelte.

Zerstreut hob sie ab. »Paige Matthews. Wie kann ich Ihnen helfen?«

Am andere Ende war Phoebes Stimme zu hören. »Serena? Hier Sam . . .«

»Phoebe, bist du das?«, fragte Paige. »Hör zu, ich bin gerade mitten in einer Besprechung. Kann ich dich zurückrufen?«

»Piper sagt, du sollst sofort nach Hause kommen. Und ich sage: Bring großen Appetit mit!«

Paige seufzte und fragte sich einmal mehr, wie lange sich ihr Assistenten-Job noch mit der Tatsache vereinbaren ließ, dass sie nun Teil des *Zauberhaften*-Trios war und jederzeit zu einem unaufschiebbaren Einsatz abberufen werden konnte. »Wie gesagt, Phoebe, ich hab gerade 'ne Menge Dinge um die Ohren, aber ich sehe zu, dass ich . . .«

In diesem Moment flog Miethai Alan Yates wie ein Geschoss durch die Lobby der Sozialstation und landete einigermaßen unsanft auf seinem Hintern. Doch damit nicht genug! Ein überaus aufgebrachter Cole setzte ihm nach und wollte sich gerade auf ihn stürzen, um die nächste Runde einzuläuten.

»Lassen Sie mich in Ruhe!«, kreischte Yates. »Und überhaupt: Das war ein tätlicher Angriff!«

»Und was Sie getan haben, erfüllt annähernd den Tatbestand des vorsätzlichen Mordes!«, schrie Cole zurück. Sein markantes Gesicht war wutverzerrt, und er machte Anstalten, Yates am Kragen hochzuzerren.

»Oh m-mein Gott«, stotterte Paige in den Telefonhörer. »Phoebe, du wirst nicht glauben, was Cole gerade tut.«

»Ach ja, wie macht sich denn mein kleines Zuckerschneckchen in seiner neuen Position?«, wollte Phoebe wissen.

»Steh auf, du feiger Drecksack!«, sagte Cole gerade zu Yates, »oder ich trete dich aus dem Anzug!«

»Wir sehen uns vor Gericht!«, ächzte der Hausbesitzer und wollte sich robbend in Sicherheit bringen.

Doch Cole hatte ihn schon wieder am Schlafittchen und riss ihn in die Höhe wie eine Stoffpuppe. »Und du wirst mich sehen, sobald du dich umdrehst, du mieses Stück Scheiße!«

Bei seinen letzten Worten eilte eine völlig aufgelöste Cynthia Corren herbei. »Ich fasse es nicht! Lassen Sie den Mann in Ruhe, Turner. Was zum Teufel tun Sie da?«

Cole ignorierte ihr Geschrei. Stattdessen brachte er sein Gesicht ganz nahe an das von Yates. »Und jetzt hör mir gut zu, du Abschaum. Ich will, dass du deinen Mietern noch heute die Heizung wieder anstellst, oder ich breche dir jeden einzelnen Knochen! Haben wir uns verstanden?«

Kalkweiß rappelte sich Yates auf, taumelte einige Schritte zurück und floh dann aus der Sozialstation, als habe er eine Begegnung mit dem Leibhaftigen persönlich gehabt.

Nach einigen Sekunden peinlichen Schweigens hatte sich Cynthia Corren wieder einigermaßen gefasst und trat auf ihren neuen Rechtspfleger zu. »Das ist nicht die Art und Weise, wie wir hier Probleme lösen, Cole.«

»Wäre aber manchmal besser. Noch besser wäre es allerdings, wenn ich ...«

»Sie sind gefeuert!«, sagte Cynthia.

Paige sank auf ihrem Schreibtischstuhl in sich zusammen und hoffte, dass niemand der Anwesenden sie mit diesem Vorfall in Verbindung brachte. »Ich komme sofort nach Hause«, raunte sie in den Hörer und in Phoebes Ohr, die noch immer am anderen Ende der Leitung hing, während sie gleichzeitig einen Tortillateig in Form knetete.

Wieder einmal stand Piper in der Vorhalle von Halliwell Manor und beobachtete durch die Glastür, wie Tyler selbstvergessen mit dem Gameboy spielte.

Sie konnte nur ahnen, was in dem Kind vorging, doch sie wusste, sie würde ihm helfen, koste es, was es wolle. Sie mochte Tyler sehr, und über die Tatsache hinaus, dass er ein wirklich liebenswerter Junge war, fühlte sie eine starke Verbundenheit mit ihm. Es war nicht nur das Problem, eine überaus starke magische Fähigkeit zu besitzen, mit der er zu kämpfen hatte, sondern auch der Umstand, dass Tyler in seinem kurzen Leben nie auf Verständnis, geschweige den Liebe, gestoßen war. Sie hoffte, ihrem Kind würde ein solch grausames Schicksal erspart bleiben, sollten sie und Leo selber einmal Eltern werden.

Als hätte er ihren Kummer gespürt, trat Leo plötzlich zu ihr und legte zärtlich den Arm um sie.

»Er sieht so normal aus«, sagte Piper.

»Meinst du, es ist in dieser Situation klug, ihn dieses Videogame spielen zu lassen? Sind die nicht manchmal ganz schön gewalttätig?«

In diesem Moment verlor Tyler offensichtlich gerade einen Fight gegen die künstliche Intelligenz des Taschencomputers. »Verdammt!«, rief er wütend und warf das Ding aufs Sofa.

Piper und Leo hielten den Atem an. Was würde nun geschehen? Würde Tylers Ärger über den verpatzten Sieg dazu führen, dass ein weiteres Möbelstück in Flammen aufging? Doch der Junge holte tief Luft, beruhigte sich und startete kurzerhand ein neues Spiel.

»Scheint, als ob er gelernt hat, seine Kräfte unter Kontrolle zu halten«, meinte Leo.

»Man hätte sie ihm nicht gegeben, wenn er dazu nicht im Stande wäre«, sagte Piper nur.

»So wie bei dir und deinen Schwestern?«

»Ich weiß es nicht«, gab Piper ehrlich zurück. »Ich weiß nur, dass wir vor einigen Jahren ziemliche Probleme hatten, als wir zum ersten Mal Bekanntschaft mit unseren Kräfte machten. Manchmal glaube ich, dass einiges anders, ja, besser für uns gelaufen wäre, wenn wir von Anfang an mit ihnen hätten umgehen dürfen.« Sie brach ab, biss sich auf die Lippen und starrte zu Boden.

»Du denkst, dann wäre Prue vielleicht noch am Leben?«, fragte Leo leise.

»Ja, und die *Quelle* wäre tot«, sagte Piper, »und du und ich wären mitten in der Familienplanung, anstatt immer nur darüber zu reden und ...«

»Und das Leben wäre perfekt?«, unterbrach Leo sie.

»Vielleicht nicht perfekt, nur ein bisschen ... einfacher«, seufzte Piper.

Da betraten Cole und Paige das Haus. Offensichtlich stritten sie miteinander.

»Ich dachte eigentlich, du wärest ein Exdämon, als ich dich für den Job empfahl«, fauchte Paige erbost.

»Tu mir einen Gefallen«, erwiderte Cole nicht minder gereizt, »und tu mir nie wieder einen Gefallen!«

Piper und Leo sahen sich nur verständnislos an.

»Gut, dass du zu Hause bist, Paige«, sagte Piper.

»Und das, obwohl ich beim *South-Bay-Sozialdienst* zur Zeit unabkömmlich bin«, gab Paige grantig zurück. »Im Gegensatz zu Cole.«

Wieder sahen sich Leo und Piper fragend an.

»Nun ja«, erklärte Cole. »Dieser Pflichtverteidiger-Job war nichts für mich. Ich dachte immer, Anwälte seien dazu da, den Schwachen und Hilflosen zu ihrem Recht zu verhelfen.«

»Jetzt pass mal auf, Robin Hood: San Francisco ist nicht der Sherwood Forrest«, sagte Paige. »Und im Übrigen kann ich froh sein, wenn deine kleine Einlage von vorhin mich nicht auch noch meinen Job –«

»Schluss jetzt damit«, unterbrach Piper sie. »Wir haben im Moment andere Sorgen. Tyler wird von der *Quelle* gesucht. Ich wäre euch daher sehr verbunden, wenn wir uns jetzt auf das dringendste Problem konzentrieren könnten und –«

»Mittagessen!«, rief Phoebe wie aufs Stichwort und trippelte mit einem Kochlöffel wedelnd zu den anderen in den Flur.

»Phoebe?«, fragte Cole erstaunt.

»Darling! Du hier?«, kicherte Phoebe. »Was für eine nette Überraschung.« Sie umarmte ihn flüchtig und drückte ihm ein Küsschen auf die Wange. »Jetzt aber rasch zu Tisch, meine Lieben, bevor alles wieder kalt wird!«

Konsterniert sah Cole in die Runde. »Alles in Ordnung mit dir, Phoebe?«

»Ich bin froh, wie ein Lamm im Streichelzoo!«, erwiderte Phoebe neckisch. »Warum fragst du?«

Doch bevor Cole seinem Befremden über das merkwürdige Benehmen seiner Verlobten Ausdruck verleihen konnte, geschah etwas viel Seltsameres: Phoebes Erscheinung veränderte sich. Genauer gesagt wechselte sie von Farbe zu Schwarzweiß und wieder zurück! Das Ganze lief so rasch ab, dass alle Anwesenden zunächst ihren Augen nicht trauten.

Für einige Sekunden herrschte betretenes Schweigen in der Halle. Dann ergriff Piper das Wort. »Was . . . war das?«

»Was war was?«, fragte Phoebe, während sie Cole einen Fussel vom Anzug schnippte.

»Nun, du bist gerade für ein paar Sekunden schwarzweiß geworden«, erklärte Cole.

»Ach, sei doch nicht albern«, gab Phoebe zurück. »Aber wir sollten nun wirklich essen, bevor die Suppe –«

»Das ist nicht albern, wir haben es schließlich auch gesehen!«, unterbrach Paige.

»Okay,« meldete sich nun Piper zu Wort. »Wir haben wirklich keine Zeit für so was. Alles, was ich weiß, ist, dass wir diesen Ludlow finden müssen, bevor die *Quelle* es tut. Cole, sorge dafür, dass Phoebe wieder die Alte wird. Es ist mir egal, wie du das anstellst, nur tu es einfach! Sie muss uns nämlich einen Zauberspruch schreiben.«

»Zauberspruch schreiben?«, fragte Phoebe lahm.

»Ja, einen *Macht der Drei*-Spruch, falls Leo und mir keine andere Wahl bleibt, als Ludlow hierher zu locken.«

»Was wir außerdem brauchen, ist ein Beweis dafür, dass wir Tyler wirklich gefangen haben«, meinte Leo.

»Wir nehmen seine Jacke mit«, schlug Piper vor.

In dem Moment trat Tyler aus dem Schatten des Wohnzimmers in den Flur. Er hatte das Gespräch offensichtlich verfolgt. »Warum darf ich nicht mitkommen?«

»Weil es zu gefährlich ist«, sagte Piper.

»Aber ich kann mich gut selbst beschützen. Außerdem hab ich euch schon einmal geholfen, oder nicht?«

»Das war was anderes«, erwiderte Leo.

»Das ist nicht fair!«, rief Tyler.

»Das ist das Leben selten«, sagte Piper gelassen.

»Wann hast du dich denn in ein Muttertier verwandelt?«, fragte Paige ihre Schwester stirnrunzelnd.

»Pass auf, oder ich schicke dich ohne Abendessen ins Bett«, gab Piper grinsend zurück.

»Apropos Abendessen«, meldete sich nun Phoebe zu Wort. »Ich dachte, ich bereite uns einen köstlichen Lammbraten, dazu grüne Bohnen mit Speck ... und zum Nachtisch vielleicht ein Sahnedessert mit Vanille und heißen Kirschen.« Niemand hörte ihr zu.

Tyler reichte Piper seine Jacke.

»Okay, haltet euch bereit«, instruierte Leo die Runde. »Wir können uns hierbei keine Überraschungen erlauben.«

Dann begannen er und seine Frau, sich zur Akademie zu orben, doch die beiden hatten die Rechnung ohne Tyler gemacht. Schon war der Junge auf Leos Rücken gesprungen und in der nächsten Sekunde ebenso aus der Halle verschwunden wie der *Wächter des Lichts* und Piper.

Umgeben von hohen, massigen Mauern und undurchdringlichen Hecken stand die so genannte Akademie auf einem der zahlreichen Hügel in einem der Außenbezirke von San Francisco.

Auf den ersten Blick hätte man das gewaltige Gebäude, das unverkennbar im normannischen Stil errichtet worden war, für das Domizil eines überspannten Millionärs halten können, zumal die massiven schmiedeeisernen Tore keinen Zweifel daran ließen, dass unerwünschte Besucher auf dem Anwesen nicht willkommen waren. Dennoch sorgte die kalifornische Mittagssonne, die jetzt hoch am Himmel stand, dafür, dass das Haus weniger bedrohlich erschien, als es in Wirklichkeit war.

Piper und Leo materialisierten auf der Auffahrt zur Akademie – doch sie waren nicht allein.

Erschrocken blickte das Paar auf seinen blinden Passagier, der durch die Wucht des Orbens von Leos Rücken auf den Asphalt geschleudert wurde. Verlegen rappelte sich Tyler wieder auf.

»Wie ist das passiert?«, fragte Piper bestürzt.

»Er hat sich einfach an mich drangehängt, als wir hierher georbt sind«, erwiderte Leo.

»Tyler, du musst sofort von hier verschwinden. Auf der Stelle!«, forderte Piper den Jungen auf, doch es war schon zu spät.

Begleitet von einem sphärischen Summen und Zischen erschienen plötzlich drei Gestalten auf der Auffahrt, und trotz ihres menschlichen Äußeren war Piper und Leo sofort klar, dass sie es hier mit Wächterdämonen der übelsten Sorte zu tun hatten.

3

*L*ANGSAM KREISTEN DIE DREI finsteren Kreaturen in ihrer Kampfkluft Piper, Leo und Tyler ein.

»Wer sind Sie, und was tun Sie hier?«, verlangte der älteste der Wächterdämonen zu wissen.

»Wir ... äh ... wir haben uns verlaufen«, sagte Leo.

»Die Akademie ist durch eine magische Barriere geschützt, das heißt, dass niemand das Gebäude findet, es sei denn, er sucht danach. Tötet sie!«

Schon wollten die beiden anderen Wächter Energiebälle in Richtung ihrer ungebetenen Besucher abfeuern, da zog Piper die magische Notbremse.

Die drei Kreaturen erstarrten mitten in der Bewegung, und ihre tödlichen blauen Geschosse blieben reglos in der Luft hängen. Rasch brachten sich Piper, Leo und Tyler aus der Flugbahn und damit in Sicherheit.

»Was sollen wir jetzt machen?«, fragte Piper.

»Gott sei Dank sind diese Typen Dämonen niederen Grades«, sagte Leo mit Blick auf die drei Wachen. »Lasst uns aber trotzdem von hier verschwinden!«

»Ich gehe nicht«, sagte Tyler plötzlich und rannte auf das geschlossene Eisentor zu.

»Willst du etwa kämpfen?«, fragte Piper spöttisch. »Im Ernst, die Sache ist zu gefährlich, und wir haben auch keine Zeit, das jetzt mit dir zu diskutieren. Wir hauen hier ab und damit basta.«

»Hört mir doch erst mal zu«, rief Tyler. »Diese Typen wissen doch noch gar nicht, dass ich ein Firestarter bin.

Aber wenn wir es ihnen sagen, bringen sie uns bestimmt sofort zu Ludlow, und genau das wollen wir doch, oder?«

»Aber nicht, wenn wir dafür dein Leben riskieren müssen«, sagte Piper. »Mit anderen Worten: Ich will nicht, dass du da reingehst.«

»Und ich will nicht mein Leben lang auf der Flucht vor irgendwelchen Typen sein, die es auf meine Kräfte abgesehen haben«, gab Tyler trotzig zurück.

Piper kam das irgendwie sehr bekannt vor.

»Er hat nicht Unrecht«, mischte sich nun Leo ein. »Wo immer wir ihn hinbringen, sie werden ihn finden – früher oder später.«

»Und sie werden mir nichts tun«, ergänzte Tyler. »Schon vergessen? Ich bin sehr gefragt.«

»Das stimmt«, sagte Piper.

»Wenn Tyler mit reinkommt, besteht womöglich die Chance, dass wir Ludlow erledigen können, ohne ihn zu uns nach Hause locken zu müssen«, gab Leo zu bedenken.

»Und ich möchte zur Abwechslung auch mal was Gutes tun«, fügte Tyler leise, aber nachdrücklich hinzu.

»Also gut.« Piper holte tief Luft, dann lächelte sie den Jungen versöhnlich an. »Aber du bleibst direkt neben mir, verstanden? Und falls auch nur das Geringste nicht nach Plan läuft, verschwinden wir.«

»Okay!«, rief Tyler begeistert.

»Hoffen wir, dass das nicht nötig sein wird«, murmelte Leo.

Doch Piper hörte ihn schon nicht mehr, denn sie war hinter die erstarrten Wächterdämonen getreten und ließ die Zeit weiterlaufen. Die zuvor abgefeuerten Energiebälle kamen wieder in Fahrt und explodierten wirkungslos am schweren Eisentor.

»Was hat das zu ...«, begann einer der Wächter. Er war offensichtlich nicht amüsiert.

»Wir sind Kopfgeldjäger«, sagte Piper schnell. »Wir müssen mit Ludlow sprechen.«

»Wer ist das Kind?«, fragte der zweite Dämon.

»Ich bin kein Kind«, sagte Tyler. »Ich bin ein Firestarter.«

Langsam wurde Leo ungeduldig. »Lasst ihr uns nun rein oder nicht?«

»Wie lautet das Passwort?«, fragte der Älteste, offensichtlich der Anführer der teuflischen Schutztruppe.

Damit hatte Leo nun nicht gerechnet. »Das ... Passwort?!«

Da preschte Piper, der das ganze Theater inzwischen höllisch auf die Nerven ging, beherzt vor und zerlegte den Boss des Wächtertrios in seine molekularen Bestandteile.

»Das war's schon«, meinte Dämon Nummer zwei leicht verwirrt. »Ihr könnt rein.«

Es geht doch nichts über ein entspannendes Wannenbad, dachte Phoebe und seifte sich mit einem riesigen Naturbadeschwamm die frisch rasierten Beine ein. Vor allem kann man während einer solch anspruchsvollen Tätigkeit wunderbar über sein Leben nachdenken ...

In diesem Moment flog die Tür auf und Cole platzte ins Badezimmer. Der Anblick, der sich ihm bot, verschlug ihm schier die Sprache.

Phoebe lag quietschvergnügt und bis zum Hals in einem üppigen Schaumbad. Auf dem Kopf trug sie eine geblümte Plastikduschhaube, die aussah, als sei sie zum letzten Mal in einem ›Doris Day‹-Film zu Ehren gekommen.

»Was zum Teufel machst du hier?«, fragte Cole, nachdem er sich wieder ein wenig gefasst hatte. »Jetzt ist nun wirklich nicht der rechte Zeitpunkt, sich in der Wanne zu räkeln! Jeden Moment kann Piper wieder zurückkommen, und dann erwartet sie einen Zauberspruch von dir, schon vergessen?«

»Ach Schatz, ich hab's wirklich versucht«, meinte Phoebe. »Aber mehr als ›Du böser, garstiger Dämon, du ...‹ habe ich nicht geschafft.« Sie pustete sich eine Schaumflocke vom Handrücken und strahlte ihn an.

Cole holte tief Luft. Dann sagte er so ruhig wie möglich: »Hör zu. Ich weiß nicht, was mit dir los ist. Vielleicht ist ein missglückter Spruch oder ein Fluch schuld an deiner Verbl- ... ähm, Verfassung. Wie dem auch sei, du *musst* dich jetzt zusammenreißen. Es wartet eine Menge Arbeit auf uns!«

»Und warum bist du dann nicht im Büro?«

»Weil ich den Job hingeschmissen habe.«

»Du hast was?!«

»Ich denke nicht, dass ich der ›Von Neun bis Fünf‹-Typ bin, wenn du verstehst, was ich meine«, sagte Cole leichthin.

»Und was willst du jetzt machen?«

»Keine Ahnung. Ich suche immer noch die Antwort auf die Frage, wer ich wirklich bin. Aber immerhin wissen wir, wer du bist: Eine Power-Hexe, die den Dämonen dieser Welt in den Arsch tritt und die ihre Schwestern nicht hängen lässt. Und jetzt komm raus aus dieser blöden Wanne und zeig mir, aus welchem Holz du geschnitzt bist!«

Zögernd erhob sich Phoebe aus dem wohligen Nass, wobei sie halb neckisch, halb verschämt ein wenig Badeschaum strategisch an gewissen Körperstellen verteilte.

Gleichzeitig ertönte ein merkwürdiges Knistern und Rauschen, und dann wich sämtliche Farbe aus ihrem Körper.

Im gleichen Moment erschien Paige im Türrahmen, trat aber sogleich den Rückzug an, als sie ihre Schwester mehr oder weniger nackt in der Wanne stehen sah. »Oops, sorry, wollte nicht stören – ich schau auch nicht hin!«

»Das solltest du aber«, kam es von Cole. »Deine Schwester wechselt nämlich gerade die Farbe und wird schwarzweiß.«

»Schon wieder?« Zögernd wagte Paige einen Blick. Da stand Phoebe nackt und zitternd mit ihrer geblümten Duschhaube und flackerte grau in grau. »Krass, sie sieht ja aus wie ein ›50er Jahre‹-Filmsternchen in einer dieser alten Soaps ...«

Plötzlich fiel bei Cole der Groschen. »Moment mal! Das könnte es sein! Sag mal, Paige, diese Serie ›Verliebt in eine Hexe‹, lief die damals in Farbe oder Schwarzweiß?«

»Ich glaube, die war ursprünglich schwarzweiß.«

»Mich friert«, quengelte Phoebe, die noch immer bis zu den Kniekehlen im Wasser stand.

»Aber was hat diese Uralt-Serie mit all dem zu tun?«, fragte Paige.

»Ich bin nicht sicher«, erwiderte Cole. »Aber Phoebe hatte sich Sorgen gemacht, dass sie sich nach unserer Heirat in ein spießiges Hausmütterchen à la Samantha verwandeln könnte – und offensichtlich ist genau das passiert.«

»Wow«, grinste Paige. »Unsere Monsterliste wird immer abartiger: Banshee, Wendigo, Furie und nun auch noch Hausfrau!«

»Paige, das ist alles ganz und gar nicht komisch«, sagte Cole gereizt.

Er hatte die Worte kaum ausgesprochen, da kam Leben in Phoebe. »Oh mein Gott, wie spät ist es?«, fragte sie erschrocken. »Ich darf auf keinen Fall meine Vorabendserien verpassen!«

»Okay, so langsam erfasse ich den Ernst der Lage«, sagte Paige mit einem indignierten Blick auf ihre Schwester. »Du hast Recht: Wir müssen das so schnell wie möglich wieder hinkriegen.«

»In der Tat«, murmelte Cole. »Also gut. Ich kümmere mich um Phoebe, während du in der Zwischenzeit den *Macht der Drei*-Spruch niederschreibst.«

»I- ich?«, stotterte Paige. »So was hab ich aber noch nie gemacht!«

»Dann wird es Zeit, dass du es lernst«, sagte Cole bestimmt. »Und beeil dich. Los!« Er schob Paige zur Tür hinaus.

Nachdem Paige Richtung Dachboden verschwunden war, schnappte sich Cole ein Badetuch und schlang es hastig um den Körper seiner Zukünftigen. »So, und du kommst jetzt mit!«

»Aber hallo«, raunte Phoebe ihm schelmisch zu. »Was hat mein Herr und Meister denn mit mir vor?«

Einer der Wächterdämonen führte Leo, Piper und Tyler durch eine im Halbdunkel gelegene Empfangshalle, deren schlichte, aber dennoch beeindruckende Kuppeldecke von mehreren Granitpfeilern getragen wurde.

Piper stellte fest, dass auch das Innere der Akademie sehr archaisch gestaltet war mit unverputzten hellen Sandsteinwänden, hohen Fenstern und Rundbogen-Durchgängen. Hier und da hingen mittelalterliche Waffen und Gobelins an den Wänden.

Sie wurden durch mehrere Gänge geleitet, die von Fackeln an den Wänden in ein dämmriges Licht getaucht waren. Schließlich erreichten sie eine schmale Basalttreppe, die mit einem schlichten Eisengeländer versehen war. Das Ganze erinnerte Leo vage an den Zugang zu einer mittelalterlichen Krypta. Dieser Ludlow hat ohne Frage ein Faible für den eher rauen Charme des frühen Abendlandes, dachte er.

»Also erledigen wir ihn hier in diesem Haus?«, flüsterte Tyler Piper zu, als sie die Treppe hinaufstiegen.

»Psssst!«, machte Leo und deutete in Richtung des Wächters vor ihnen.

»Ja«, antwortete Piper leise, »aber ich gehe zuerst rein.«

»Was, wenn ich versage«, wisperte Tyler. »Ich meine, ich muss doch erst wütend werden, damit meine Kräfte überhaupt funktionieren, oder?«

»Ja, und?«, fragte Piper.

»Was, wenn ich stattdessen einfach nur Angst habe? Was machen wir, wenn's nicht funktioniert?«

Piper und Leo wechselten einen nervösen Blick, als der Leibwächter plötzlich vor einer massiven Eichentür stehen blieb. »Da rein«, sagte der Dämon und zog sich dann zurück.

Die drei blickten sich stumm an. Ihre Beklommenheit war mit Händen zu greifen, doch nun gab es kein Zurück mehr. Bald würden sie einem äußerst mächtigen Dämon aus dem Gefolge der *Quelle* gegenüberstehen, und niemand von ihnen vermochte zu erahnen, wie gefährlich dieser Ludlow tatsächlich war. Schließlich atmeten sie tief durch und betraten den Raum.

Gedämpftes Licht empfing sie.

Ludlows Wirkungsstätte erweckte den Anschein eines

klösterlichen Studierzimmers, das allein durch Kerzenschein und Fackeln erhellt wurde. Hohe Bücherregale zierten die Wände. Pipers Blick fiel auf einige beeindruckende Holzskulpturen sowie fremdartige rituelle Gegenstände, die keiner ihr bekannten Epoche zuzuordnen waren.

Im hinteren Teil des Allerheiligsten war ein schwerer, mit Schriften und Folianten überladener Eichenschreibtisch zu sehen. Dahinter stand ein altmodischer Ledersessel.

»Wo ist er?«, fragte Leo.

Im selben Augenblick erfüllte ein atmosphärisches Summen den Raum, und dann, begleitet von Knistern und bläulichen Blitzen, materialisierte eine Gestalt auf dem Sessel hinter dem Schreibtisch.

Auf den ersten Blick vermittelte Ludlows menschliche Erscheinung den Eindruck eines Mannes in mittleren Jahren mit entschlossener Miene und durchdringendem Blick. Er war weder besonders groß, noch wirkte er ausnehmend kräftig, aber sein unheiliges Wesen entströmte den Niederungen seiner verderbten Seele wie Schwefelgestank einem Höllenpfuhl. Doch selbst wenn es einem nicht gegeben war zu spüren, was sich hinter dieser Fassade wirklich verbarg, hätte seine autoritäre Aura jedem Gegenüber zumindest Respekt eingeflößt.

Ludlows schneidende Stimme vervollständigte den Eindruck. »Sieh an. Man hat mir also den Firestarter gebracht«, sagte er an Piper und Leo gewandt. Und mit einem dünnen Lächeln zu Tyler: »Du hast es uns nicht gerade einfach gemacht, nicht wahr, mein Junge?«

Unentschlossen schaute Tyler seine beiden Begleiter an.

»Ich fragte ›Nicht wahr, mein Junge?‹, zischte Ludlow wie eine Natter.

»Ja«, erwiderte Tyler verzagt.

»Ja, was?«, fragte Ludlow laut.

»Ja, Sir«, sagte Tyler tonlos.

»Na, geht doch!« Ludlow schüttelte betont nachsichtig den Kopf. »Manieren scheinen heutzutage völlig aus der Mode gekommen zu sein.«

Piper und Leo beschlossen, zustimmend zu nicken.

»Hinsichtlich unserer Bezahlung«, sagte Piper, »ist es so, dass wir keine bösen Überraschungen lieben ...« Sie machte einige schnelle Handbewegungen in Richtung Ludlow, doch das Ziel ihres Magie-Angriffs wollte weder erstarren noch in tausend Stücke zerbersten.

»Was soll das?«, fragte der Dämon stattdessen. »Habt ihr etwa Angst, dass ich mir den Jungen unter den Nagel reiße und euch um euer Kopfgeld bringe?

Piper schluckte. Dies war eindeutig ein Fall für Plan B.

»Wenn das Kind wirklich ein Firestarter ist«, fuhr Ludlow fort, »dann werdet ihr eure Belohnung erhalten. Wenn nicht, werdet ihr alle sterben. So einfach ist das.«

»Tyler ist ein Firestarter«, sagte Leo. »Letzteres steht hier also nicht zur Debatte.«

»Beweise es!«, forderte Ludlow den Jungen auf, doch der sah Piper nur unschlüssig an.

»Na los«, sagte Piper, »gib ihm, wonach es ihn verlangt.«

Tyler wusste, das war seine große, seine einzige Chance. Er musste Ludlow hier und jetzt erledigen, und er durfte es sich nicht erlauben, zu versagen. Langsam griff er sich an den Kopf und bot seine ganze Konzentration auf. Doch nichts passierte.

»Was? Noch nicht mal ein kleines Flämmchen?«, donnerte Ludlow.

»Er hat nur ein bisschen Angst«, sagte Piper schnell.

»Hab keine Angst«, sagte Ludlow und bedachte Tyler mit einem Raubtierlächeln. »Du stehst am wohl wichtigsten Wendepunkt deines Lebens. Beweise, was du bist, und du wirst die *Quelle* sehen, die wohl mächtigste, bösartigste Macht im Universum!«

»Also, wissen Sie«, bemerkte Piper vorwurfsvoll, »Ihre Worte machen ihm gewiss nicht gerade Mut.«

»Tu es!«, sagte Ludlow zu Tyler, und in seinem Blick erschien ein ketzerisches Leuchten.

»Er ist doch nur ein Kind!«, protestierte Piper.

»Tu es!«

»Hören Sie auf damit, Sie Unmensch!«, schrie Piper den Dämon an.

»Du wagst es …« Ludlow trat drohend einen Schritt auf sie zu.

In Tylers Kopf überschlugen sich die Gedanken – er spürte Furcht, Verzweiflung, Ratlosigkeit –, doch die Angst um Piper und die Wut auf Ludlow siegten. Es funktionierte! Plötzlich stand Ludlow inmitten einer Feuersbrunst von der Größe eines Scheiterhaufens. Die Hitze im Raum war unbeschreiblich.

Erleichtert sahen sich Piper, Leo und Tyler an. Sie hatten es geschafft!

Doch dann erloschen die Flammen so schnell wie sie gekommen waren, und der Dämon stand lächelnd und unversehrt an Ort und Stelle. »Sehr gut!«, lobte er den Jungen. »Das war ganz ausgezeichnet.« Plötzlich hob er die Hand und schickte Tyler mit einem Fingerschnippen zu Boden, wo dieser reglos liegen blieb.

»Was haben Sie getan?«, rief Piper entsetzt.

»Nur eine kleine Vorsichtsmaßnahme, bis die *Quelle* erscheint«, Ludlow grinste die beiden triumphierend an, »um ihn dann zu töten.«

Er machte eine kleine Kunstpause. »Ach ja, euer Kopf-geld wartet draußen auf euch.« Der Dämon hob die Hand, und im gleichen Moment wurden Leo und Piper durch die Mauern der Akademie hinaus auf die Auffahrt geschleudert.

Sie landeten hart vor dem schmiedeeisernen Haupttor, das sich langsam vor ihren Augen schloss.

4

MIT SCHWEISSNASSEN HÄNDEN blätterte Paige durch das *Buch der Schatten*, während Cole neben ihr ungeduldig von einem Fuß auf den anderen trat.

»Glaubst du, dein Spruch wird funktionieren?«, fragte er.

»Ich würde nicht wie blöde in diesem Buch nach einem Erlösungszauber für Phoebe suchen, wenn ich anderer Ansicht wäre, meinst du nicht?«

Cole drehte sich zu Phoebe um, die in einem konservativen Jerseykostüm auf einem Sessel saß und – strickte. »Wie geht es dir?«

»Mir?«, fragte Phoebe lächelnd und wechselte einmal mehr von Farbe zu Schwarzweiß und zurück. »Mir geht's ganz ausgezeichnet. Allerdings macht mich dieser schmutzige Dachboden ganz krank.«

Cole seufzte und fragte sich, ob er die Segnungen einer irdischen Ehe nicht ein wenig überschätzt hatte.

In diesem Augenblick orbte sich jemand auf den Speicher.

»Wir sind erledigt«, rief Paige. »Sie kommen!«

Doch es war nur Leo, der auch gleich zur Sache kam. »Ludlow hat Tyler, und Piper und ich haben die allergrößten Probleme.«

»Das trifft sich gut – wir auch«, murmelte Cole.

Leo ignorierte die Bemerkung. »Piper braucht die Hilfe ihrer Schwestern, sofort!«

Phoebe sah kurz von ihrer Handarbeit auf. »Ich komme gleich ... sobald ich diesen Ärmel fertig habe.«

»Verdammt, Phoebe!«, rief Leo. »Ein Kind ist in Gefahr, und wir brauchen dich *jetzt*!«

»Phoebe?«, fragte Phoebe. »Wer ist Phoebe?«

»Tja, also so können wir sie nicht mitnehmen«, konstatierte Paige das Desaster auf ihre gewohnt prosaische Art. »Sie weiß ja noch nicht mal, wer sie ist.«

»Entschuldige mal, das weiß ich sehr wohl«, protestierte Phoebe und sprang auf. »Ich bin Mrs. Cole Turner.« Das Flackern ihrer Erscheinung wurde wieder stärker.

»Das halte ich nicht mehr aus«, stöhnte Cole. »Seit dem Moment, als ich dir diesen verfluchten Ring an den Finger gesteckt habe, benimmst du dich absolut grotesk.« Er ahnte nicht, dass er soeben den Nagel auf den Kopf getroffen hatte.

»Wieso denn, Schatz? Ich benehme mich doch völlig normal.« Sie spielte gelangweilt mit ihrer Perlenkette.

»Was überhaupt nicht zu dir passt, Phoebe. Und ehrlich: Wenn das ganze Getue ein Vorgeschmack auf unsere Ehe sein soll, dann entsorgst du diesen Verlobungsring am besten auf der Stelle!«

»Was?«, rief Phoebe entsetzt. »Dieser Ring wird mich niemals verlassen! Er ist ein Symbol unserer Liebe.«

Da dämmerte es Paige. »Der Ring! Das alles hängt mit Grams Verlobungsring zusammen! Wir müssen ihn sofort von ihrem Finger befreien.«

»Nur über meine Leiche!«, rief Phoebe und schüttelte so heftig den Kopf, dass ihr Dutt wackelte.

»Das wird nicht nötig sein«, meinte Paige. »Den Ring bitte!« Im nächsten Augenblick lag Grams Erbstück in ihrer ausgestreckten Hand.

»Oh nein!«, entfuhr es Phoebe, während das Flackern langsam erstarb. Dann sank sie mit wackligen Knien zurück auf den Sessel.

Paige untersuchte unterdessen den Ring. »Hey, da ist ja was eingraviert! Hört mal, da steht: ›Jemanden zu besitzen, bedeutet, sich selbst zu verlieren.‹«

»Grams hat den Ring verwünscht?«, fragte Cole. »Aber warum nur?«

»Wer versteht schon die Halliwell-Frauen?«, meinte Leo. »Aber seht mal«, er deutete auf Phoebe.

Diese wirkte, als ob sie soeben von einer schweren Krankheit genesen war. Zittrig und ein wenig desorientiert, jedoch mit rosigen Wangen und klarem Blick, saß sie im Sessel.

Cole ging zu ihr. »Alles in Ordnung?«

»Ja, ich fühle mich nur ein bisschen schwach«, murmelte Phoebe.

»Egal, wir müssen los«, drängte Paige. »Kannst du aufstehen?«

»Ich bin noch ein bisschen verwirrt«, sagte Phoebe.

Cole half ihr auf die Beine. »Nichts wird dich schneller wieder auf den Boden der Tatsachen zurückbringen, als die ehrenvolle Aufgabe, einen Unschuldigen zu retten.« Er küsste sie auf die Wange. »An die Arbeit!«

Es gab Momente in ihrem Hexenleben, da mussten auch die Schwestern einsehen, dass Kreaturen existierten, die mächtiger waren als sie.

In solch scheinbar aussichtslosen Situationen konnte allein die *Macht der Drei* noch helfen. So auch hier – im Fall von Ludlow und dessen so genannter Akademie.

Nachdem der Hausherr sie so rüde vor die Tür gesetzt hatte, hatte Leo versucht, sich auf die andere Seite des Tores zu orben. Aber ein unsichtbares magisches Kraftfeld, das den Zugang zum Anwesen schützte, hatte dies verhindert und er war wie ein Gummiball zurückkatapultiert worden. Auch Pipers Energieschläge waren an den schmiedeeisernen Flügeln nutzlos abgeprallt.

Mit wachsender Verzweiflung wartete sie nun bei der Auffahrt zur Akademie auf die Rückkehr von Leo und ihren Schwestern. Sie hoffte inständig, dass die *Quelle* noch nicht Hand an Tyler gelegt hatte, was für den Jungen gleichbedeutend mit dem sicheren Tod war.

Sie wartete und wartete, und gerade, als die Verzweiflung in ihr übermächtig zu werden drohte, materialisierten Leo und ihre Schwestern auf dem Asphalt vor dem Eingangstor.

»Gott sei Dank, ihr seid da!«, rief Piper erleichtert. »Ich komme einfach nicht da rein. Das Tor ist durch ein magisches Kraftfeld versperrt. Wir brauchen einen Zauberspruch!«

Paige schaute Phoebe erwartungsvoll an. »Kriegst du das hin?«

»Mal sehen«, murmelte Phoebe und trat vor. »›Hilf uns, Magie, an diesem Orte, brich den Bann, mach auf die Pforte.‹«

Die drei Schwester fassten sich an den Händen und intonierten im Chor:

Hilf uns, Magie, an diesem Orte,
brich den Bann, mach auf die Pforte!

Nichts geschah. Die Tore blieben geschlossen.

Piper unterdrückte einen Wutschrei und wollte an den Eisenstäben rütteln, doch schon bei der bloßen Berührung durchzuckten rote Energieblitze ihren Körper, und sie wurde brutal zurückgeworfen.

Phoebe trat auf sie zu und legte den Arm um ihre

Schwester. »Vielleicht sollten wir zurückgehen und das *Buch der Schatten* konsultieren?«

»Nein!«, rief Piper den Tränen nahe. »Ich kann Tyler hier nicht einfach zurücklassen.«

»Wir haben kaum eine andere Wahl«, meinte Paige.

»Aber ich habe ihn dort reingebracht«, sagte Piper tonlos. »Habe ihn ermutigt, seine Kräfte zu gebrauchen, das Böse zu bekämpfen, und nun ... Er ist doch noch ein kleiner Junge ...«

Wie zur Bestätigung ihrer Worte hallten nun Hilfeschreie über das Gelände. Es war Tyler, der in der uneinnehmbaren Festung offensichtlich um sein Leben kämpfte.

Das war zu viel für Piper. Außer sich vor Wut und Verzweiflung konzentrierte sie ihre gesamte magische Kraft auf das schmiedeeiserne Tor. Einmal, zweimal prallten die Energiestöße wirkungslos daran ab, doch beim dritten Mal riss die Kraft der Molekularbeschleunigung zwei der Metallstäbe aus ihrer Verankerung. Der nächste Versuch schließlich ließ das gesamte Tor in einer gigantischen Materiewolke explodieren.

»Was war das denn?«, fragte Phoebe.

»Meine Damen und Herren«, verkündete Paige, »Sie wurden soeben Zeuge, wie eine verzweifelte Mutter eigenhändig ein Auto in die Luft hievt, um ihr Kind zu retten.«

Tyler konnte sich nicht mehr rühren.

Es fühlte sich an, als ob sein ganzer Körper taub war, und eine schreckliche Kälte von seinen Füßen her hinaufkroch in Richtung Wirbelsäule. Bald würden die eisigen Finger des Todes sein Herz umklammern, und wenn das geschah, das wusste Tyler, dann war sein Leben zu Ende und alles verloren.

Reglos lag er auf einem Tisch in Ludlows Studierzimmer. Der Leiter der Akademie stand neben ihm und vollführte sein unheiliges Werk. »Bald schon wird aller Schmerz vergehen«, murmelte der Dämon, »bald schon wirst du das Licht der *Quelle* sehen.«

Tyler spürte, wie sich seine Innereien in einen Eisklumpen verwandelten.

In diesem Moment flog die Tür aus den Angeln und zerbarst unter einem gigantischen Funkenregen. Überrascht wich Ludlow einen Schritt zurück.

»Halli-hallo«, rief Piper, »da bin ich wieder!«, und an ihre Schwester gewandt: »Hast du den *Macht der Drei*-Spruch, Phoebe?«

Phoebe schaute sie ratlos an. »N-nein, hab ich nicht.«

»Aber ich!«, rief Paige schnell, bevor sich allgemeine Bestürzung breit machen konnte, und zog einen Fetzen Papier aus der Tasche.

Sogleich steckten die Schwestern die Köpfe zusammen und begannen den Spruch aufzusagen:

Ach, Frühling komm bald,
mach die Natur wieder grün,
Ludlow verschwinde!

Mit einem unmenschlichen Schrei wand sich der Dämon unter scheinbar unvorstellbaren Qualen, bevor er in einer Partikelwolke zerbarst.

Sofort rannte Piper zu Tyler.

»Was war das denn für ein läppischer Spruch?«, fragte Phoebe.

»Na ja«, sagte Paige. »Das mit dem Reimen hat nicht so

gut funktioniert, da hab ich's mit einem Haiku versucht.«

»Das hat dem armen Ludlow offensichtlich den Rest gegeben«, bemerkte Leo und eilte ebenfalls zu Tyler, der noch immer reglos auf dem Tisch lag. Sein ganzer Körper war mit einer dünnen Eisschicht überzogen.

»Was soll's«, meinte Paige, »hat doch funktioniert.«

»Der Junge ist stocksteif gefroren!«, rief Piper besorgt, als sie Tyler berührt hatte.

»Das übernehme ich«, sagte Leo und legte seine heilenden Hände auf. Der Körper des Kindes erstrahlte in einem warmen, überirdischen Glanz, die Reifschicht schmolz dahin, und der Junge schlug die Augen auf.

»Er wird's schaffen«, sagte der *Wächter des Lichts*, als Tyler einen ersten Atemzug tat, »und jetzt lasst uns von hier verschwinden.«

In der Küche von Halliwell Manor hatte Piper nach langem Wenn und Aber einen ganz besonderen Zaubertrank gemixt.

Zögernd reichte sie Tyler das Glas mit der türkisfarbenen Flüssigkeit. »Bist du dir ganz sicher?«

»Ja«, sagte der Junge, »ich bin ganz sicher.«

»Du gibst eine Menge auf, das weißt du?«

»Nein, so viel ist es nicht . . . nicht für mich.« Er nahm das Glas in die Hand.

»Also gut«, sagte Piper. »Dieser Trank wird deine Kräfte blockieren, aber er wird sie nicht vernichten.«

Der Junge leerte das Glas in einem Zug, dann rülpste er laut und zufrieden.

»Was sagt man?«, fragte Piper tadelnd.

»'Tschuldigung«, murmelte Tyler und grinste.

Leo, der sich zu ihnen gesellt hatte, musste lachen, auch wenn er wusste, dass er Pipers Erziehungsbemühungen damit ein wenig untergrub.

»Ludlow hatte Recht«, meinte Piper augenzwinkernd, »Manieren scheinen heutzutage völlig aus der Mode gekommen zu sein.«

»Meinst du, es funktioniert?«, fragte Tyler.

»Probier's doch aus«, schlug Leo vor. »Stell dir was ganz Schlimmes vor und werde richtig sauer. Denk am besten an Ludlow.«

Tyler richtete seinen Blick auf den Küchentisch, schloss die Augen und legte seine Hände gegen den Kopf. Doch nichts passierte. Die Freude auf seinem Gesicht war unbeschreiblich. »Es hat nicht wehgetan«, jubelte er. »Ich bin völlig normal!«

»Was immer das bedeutet«, murmelte Piper, die froh war, nicht schon wieder einen neuen Küchentisch anschaffen zu müssen.

Plötzlich führte Tyler einen ausgelassenen Freudentanz auf und lief in Richtung Wohnzimmer.

»Wohin so eilig?«, fragte Piper.

»Videogames spielen!«, rief Tyler glücklich und verschwand.

Leo trat auf seine Frau zu und nahm sie liebevoll in den Arm. »Na, willst du immer noch ein Kind?«

»Puuh, also für einen pubertierenden Knaben fühle ich mich ehrlich gesagt noch nicht wirklich bereit«, sagte sie lächelnd.

»Paige hat übrigens für Tyler eine tolle Pflegefamilie gefunden, die darüber hinaus auch nicht allzu weit von hier entfernt lebt«, sagte Leo.

»Das freut mich, denn ich bestehe auf meinem Besuchsrecht«, erwiderte Piper schmunzelnd. »Außerdem sollten wir in Verbindung bleiben für den Fall, dass er seine Kräfte zurückhaben will.«

»Glaubst du, dass er das jemals möchte?«, fragte Leo.

»Keine Ahnung, er ist ein Kind, das voller Überraschungen steckt. Am Anfang dachte ich, er bräuchte meine Anleitung und Führung, doch letztlich hat er *mir* etwas beigebracht.«

»Tatsächlich?«, fragte Leo verwundert. »Was?«

»Nun, ich dachte immer, Grams hätte uns sehr unvorbereitet mit unseren Kräften konfrontiert, nachdem sie uns jahrelang in Unwissenheit darüber gehalten hat, dass wir Hexen sind.«

»Ja, ich erinnere mich dunkel – du erwähntest dergleichen mal«, bemerkte Leo lächelnd.

»Na ja, jetzt erkenne ich den Grund für ihren Entschluss, unsere Kräfte zu bannen. Tatsächlich war es eine sehr weise Entscheidung. Grams wusste, dass wir eines Tages unser Leben dem Kampf gegen die Mächte des Bösen würden widmen müssen. Aber sie wusste auch, dass Kinder nicht in Furcht groß werden sollten. Sie müssen sich sicher fühlen, damit sie sich ohne Zukunftsängste gesund entwickeln können.«

Sie holte tief Luft.

»Ich glaube noch immer, dass Magie ein Geschenk ist«, fuhr sie fort. »Doch Grams hat uns das größte Geschenk überhaupt gemacht. Das Geschenk einer unbeschwerten Kindheit. Das Geschenk der Unschuld.«

Pipers Augen füllten sich mit Tränen, und Leo umarmte sie voller Liebe.

Am späten Abend erstrahlte das Badezimmer von Halliwell Manor im Schein zahlreicher Kerzen.

In der Wanne spielten sich derweil denkwürdige Szenen ab. Phoebe hatte beschlossen, das am Nachmittag so rüde unterbrochene Bad ausgiebig nachzuholen – doch diesmal aalte sie sich nicht allein im wohlig-warmen Wasser.

»Okay, okay, ich sag's«, prustete sie, »aber hör auf, mich zu kitzeln: Cole Turner ist der beste Anwalt der Welt! Zufrieden?«

Cole, der seine Verlobte jetzt zärtlich in den Arm nahm, korrigierte: »Der beste *arbeitslose* Anwalt der Welt. Obwohl dieser Yates meinen, äh, Argumenten einfach nichts entgegenzusetzen hatte, weshalb er auch seinen Mietern noch heute die Heizung wieder angestellt hat.«

»Und er wird dich nicht verklagen?«, fragte Phoebe.

»Nein«, erwiderte Cole lachend, »seine Anwälte waren der Meinung, dass der zu erwartende Prozess mehr zu Tage fördern würde, als Yates lieb sein dürfte.«

»Ich bin so stolz auf dich«, sagte Phoebe zärtlich und gab ihrem Zukünftigen einen leidenschaftlichen Kuss. Cole, der in den letzten Stunden nur mit artigen Wangenbussis hatte vorlieb nehmen müssen, quittierte diesen Liebesbeweis mit den Worten: »Schön, dass wieder Farbe in mein Leben gekommen ist!«

»Stell dir vor«, rief Phoebe plötzlich, »ich hab rausgefunden, was Grams mit ihrem Verlobungsring angestellt hat.«

»Ach ja? Da bin ich aber mal gespannt«, sagte Cole und massierte ihr zärtlich den Nacken.

Phoebe nahm den Ring von der Badewannenkante. »Tja, in dem Versuch, sich davor zu bewahren, den siebten ›Fehler‹ ihres Lebens zu begehen, hat sie das gute Stück mit einem ziemlich gemeinen Fluch belegt«, erklärte sie.

»Der so verzauberte Ring sollte sie für den Fall einer weiteren Verlobung an all das erinnern, was sie an der Ehe so sehr hasste.«

»Identitätsverlust ... Bevormundung durch einen Mann ... Reduzierung auf Heim und Herd ...«, vermutete Cole.

»Genau«, sagte Phoebe. »All die Dinge, vor denen auch ich so große Angst hatte.«

»Aber Grams hat doch zu einer ganz anderen Zeit gelebt«, erinnerte Cole sie. »So wird es bei uns niemals sein. Du bist doch gar nicht der Hausmütterchen-Typ, der seine Zeit strickend, kochend und Staubwedel schwingend totschlägt. Genauso wenig wie ich bei einem langweiligen Bürojob in einem Karnickelverschlag versauern möchte.«

»Stimmt«, sagte Phoebe. »Ich stelle mir deine Zukunft eigentlich auch anders vor.«

»Aber kannst du dir für uns auch eine *gemeinsame* Zukunft vorstellen?«, fragte Cole ernst. »Oder bist du das Thema ›Ehe‹ jetzt so leid, dass du womöglich –«

Sie verschloss ihm den Mund mit einem zärtlichen Kuss. »Ich möchte dich immer noch heiraten«, sagte sie leise. »Und wir werden gut darauf Acht geben, dass keiner von uns dabei auf der Strecke bleibt. Und was Grams Meinung hinsichtlich der Ehe betrifft ...«

Sie zog den Stöpsel aus der Wanne und ließ den Ring in den Ausguss gleiten – er verschwand mit einem gurgelnden Geräusch in der Kanalisation von San Francisco. »... die spülen wir jetzt mal ganz schnell den Abfluss hinunter.«

Sie lachten ausgelassen, während sie eine kleine Wasserschlacht begannen, und Phoebe fand, sie und Cole hatten in den letzten Tagen eine Art Feuertaufe bestanden und damit die Weichen für eine großartige gemeinsame Zeit gestellt.

Doch bei allem Glück, das er stets empfand, wenn er mit Phoebe zusammen war, nagte an Cole eine dunkle Ahnung, dass der Kampf gegen die Mächte der Finsternis noch lange nicht gewonnen war.

Die *Quelle* war noch nicht besiegt, und ein Teil von ihm spürte, dass diese Tatsache für sie alle, vor allem aber für ihn und seine Zukunft mit Phoebe noch eine entscheidende Rolle spielen würde.

Gestern – Heute – Morgen

Ich bin der Geist, der stets verneint!
Und das mit Recht; denn alles, was entsteht,
ist wert, dass es zugrunde geht.
Drum besser wär's, dass nichts entstünde.
So ist denn alles, was ihr Sünde,
Zerstörung, kurz, das Böse nennt,
mein eigentliches Element.

Johann Wolfgang Goethe »Urfaust«

1

Coles Gesicht und sein nackter Oberkörper waren schweißüberströmt, als er den Eingang zur Höhle betrat.

Die Hitze hier war unerträglich. Der Ort wurde spärlich von rußenden Fackeln erhellt, die in eisernen Halterungen an den schroffen Felswänden hingen.

Verwirrt starrte er den kostbar verzierten Zweihänder in seiner Hand an. Wo war er? Was wollte er hier? Und warum trug er dieses Schwert?

Ein Geräusch ließ ihn zusammenfahren. Nein, es war eher eine Art dunkler Gesang, der aus dem hinteren Teil der Höhle an sein Ohr drang. Langsam hob Cole den Kopf.

In den Schatten erkannte er ein Individuum, das einen Umhang und eine Kapuze trug. Dieser Jemand stand vor einer seltsamen Feuergrube, hatte ihm den Rücken zugewandt und war offensichtlich in ein Beschwörungsritual vertieft.

Cole merkte, wie sich seine Nackenhaare aufstellten. Die Bedrohung, mit der er sich hier konfrontiert sah, war mit Händen zu greifen, doch die Erinnerung wollte nicht kommen. Wie von unsichtbaren Fäden gezogen trieb er auf die unheimliche Gestalt zu. Seine schweißnassen Hände hielten den Schwertgriff fest umklammert. Plötzlich wusste er, dass die Kreatur, die dort in den Schatten ihren unheiligen Ritus vollzog, die *Quelle* war. Plötzlich wusste er, was er zu tun hatte.

Langsam hob er das Schwert.

Die Gestalt hielt in ihrem Singsang inne, wandte sich zu ihm um und schlug die Kapuze zurück.

Cole erstarrte, denn das Gesicht, das dabei zum Vorschein kam, ließ das Blut in seinen Adern gefrieren.

Es war sein eigenes.

»Du willst mich doch nicht wirklich töten«, sagte die *Quelle.*

»Aber ...« Vergebens rang Cole um Worte.

Noch ehe er sich von seinem Schock erholen konnte, versetzte ihm die *Quelle* einen Schlag, dessen Wucht ausreichte, Cole durch die ganze Höhle zu schleudern. Die Landung war hart und schmerzhaft. Polternd fiel das Schwert neben ihm zu Boden.

Im nächsten Augenblick lag die tödliche Waffe in der Hand der *Quelle.* Cole, noch immer am Boden liegend, musste hilflos mitansehen, wie der Hort allen Übels jetzt langsam auf ihn zukam. »Wir sind nun eins«, flüsterte die *Quelle.* »Ich wurde wiedergeboren – in dir.«

»Das werde ich nicht zulassen«, stieß Cole hervor. »Dann werde ich uns eben beide töten. Ich werde nicht zulassen, dass du Phoebe ein Leid antust.«

»Du hast keine andere Wahl«, sagte die Ausgeburt der Hölle und stieß ihm das Schwert tief in die Brust.

Coles Todesschrei hallte durch die Unterwelt, bis ihm der Schmerz und das aufsteigende Blut in seiner Kehle den Atem raubten.

Keuchend und schweißüberströmt fuhr Cole in seinem Bett auf.

Das Grauen, das der soeben durchlittene Albtraum ihm bereitet hatte, spiegelte sich noch immer auf seinem

Gesicht wider. Mit zitternden Händen betastete er seine nackte Brust, doch sie war unversehrt.

Sein Blick fiel auf Phoebe, die friedlich neben ihm lag und schlief.

Cole schlug die Bettdecke zurück und erhob sich lautlos von seinem Nachtlager.

Der Frühstückstisch im Esszimmer von Halliwell Manor war liebevoll gedeckt und bog sich fast unter allen nur erdenklichen Leckereien.

Piper hatte frische Croissants gebacken und stellte das Körbchen mit dem noch warmen Blätterteiggebäck zu den anderen Köstlichkeiten auf die opulente Frühstückstafel.

»Mmmhm, wie das duftet«, schwärmte Leo, der schon erwartungsvoll am Tisch saß und sich gerade einen Kaffee eingoss. »Komm, lass uns anfangen.«

»Aber die anderen sind doch noch gar nicht da«, sagte Piper. »Wo stecken die bloß?«

»Keine Ahnung«, meinte Leo. »Gib mir doch mal bitte eins von diesen herrlichen Croissants.«

»Ich verstehe das nicht«, sagte Piper ein wenig enttäuscht. »Wir wollten doch alle zusammen frühstücken – zur Feier des Tages.«

»Die Butter, bitte«, sagte Leo.

Piper reichte sie ihm, dann rief sie ungeduldig über ihre Schulter: »Phoebe? Paige? Das Frühstück ist fertig!«

In diesem Moment erstrahlte das Esszimmer in einem überirdisch hellen Schein, in dessen Zentrum nun Paige materialisierte. Genauer gesagt fiel sie wie ein Stein zu Boden und riss dabei Piper mit sich.

»Wow!«, kam es von Paige. »Guten Morgen, allerseits!«

»Aua!«, stöhnte Piper unter ihr, dann stutzte sie.

»Moment mal, hast du dich gerade aus deinem Zimmer hierher georbt, Paige?«

»Nicht schlecht, was?«, fragte ihre Schwester strahlend. »Obwohl ich an der Landung noch ein bisschen arbeiten muss.«

Sie halfen einander wieder auf die Beine.

»Du übst also heimlich das Orben«, hakte Piper nach.

»Ja«, gab Paige zu. »Aber ich wollte es nicht an die große Glocke hängen, bis ich's wirklich gut kann.« Ihr Blick fiel auf den liebevoll gedeckten Frühstückstisch. »Nahrung? Gut! Ich bin am Verhungern!«

»Ich weiß«, meldete sich Leo kauend zu Wort. »Orben verbraucht 'ne Menge Kalorien.« Er wischte sich mit der Serviette den Mund ab und grinste. »Was glaubst du, warum ich 'ne Köchin geheiratet habe?«

»Unglaublich, wie schnell sich deine Kräfte weiterentwickelt haben«, meinte Piper zu Paige. »Das ist ja fast noch ein Grund mehr zum Feiern.«

Paige nahm Platz und schnappte sich ein Brötchen vom Tisch. »Die Butter, bitte.«

Leo reichte sie ihr. »Probier mal die Frittatas«, sagte er, »die sind einfach köstlich.«

»Keine Zeit«, sagte Paige, »muss gleich ins Büro.«

Frustriert verschränkte Piper die Arme vor der Brust. Eigentlich hatte sie sich dieses Frühstück ein wenig anders vorgestellt.

Paige bemerkte ihre Enttäuschung und sagte: »Sorry, Süße, ich sehe, wie viel Mühe du dir mit all dem hier gegeben hast, aber ich möchte versuchen, wenigstens heute nicht zu spät zur Arbeit zu erscheinen.«

»Verstehe ich ja«, murmelte Piper. »Aber immerhin haben wir gestern endlich die *Quelle* bezwungen – wenn das kein Grund zum Feiern ist.

Das stimmte.

Ihr letztes Abenteuer war mithin eines der gefährlichsten überhaupt gewesen, denn die *Quelle* hatte in dem Versuch, die *Zauberhaften* endgültig zu vernichten, die *Große Leere* entfesselt. Die *Große Leere* war eine uralte Macht, die die gefährliche Eigenschaft besaß, sämtliche Magie im Universum, sei sie nun gut oder böse, zu absorbieren. Die *Quelle* hatte die *Große Leere* in verschiedene Dämonen eingeschleust, um mit deren Hilfe Pipers und Paiges Zauberkräfte zu stehlen. Bei einem der nachfolgenden Gefechte war Leo schwer verletzt worden und, da Paige ihn nun nicht mehr heilen konnte, fast gestorben.

Als die *Quelle* die *Zauberhaften* schließlich angriff, indem sie die ihnen gestohlenen Kräfte gegen sie verwandte, hatte Cole die *Große Leere* und die Entität der *Quelle* so lange in sich aufgenommen, bis die Schwestern durch einen Zauberspruch die Mächte ihrer Vorfahren heraufbeschworen hatten und damit die *Quelle* vernichten konnten.

Phoebe und das Orakel der *Quelle*, die Seherin, hatten schließlich die *Große Leere* wieder in ihre Gruft verbannt, und die *Zauberhaften* bekamen ihre Kräfte zurück.

Nun, da all dies überstanden war, fand Piper es nur angemessen, ihren Triumph über die Mächte der Finsternis mit einem ausgiebigen Frühstück zu feiern. »Könntest du nicht wenigstens auf Phoebe und Cole warten?«, fragte sie daher Paige.

»Bin schon hier«, kam es müde aus der Halle. Es war Phoebe, die sich jetzt ins Esszimmer schleppte und auf einen der Stühle plumpsen ließ. »Cole ist nicht da, und ich hätte meinen Kaffee gerne intravenös.«

»Was ist eigentlich mit euch los, Leute?«, rief Piper aus. »Unser Erzfeind ist tot! Weg! Für immer fort! Freut sich denn außer mir niemand darüber, dass wir nun wieder zur Tagesordnung übergehen und unser ganz normales Leben führen können?«

»Doch, doch«, murmelte Paige und sprang auf, »aber ich muss jetzt wirklich los«. Sie nahm sich noch schnell ein paar Muffins, umarmte Piper und verließ das Haus.

»Ich werde gerade vom *Rat der Ältesten* abberufen«, ließ sich nun auch Leo vernehmen.

»Jetzt?«, fragte Piper. »Was können die denn von dir wollen?«

»Wahrscheinlich möchten sie euch zu eurem Sieg gratulieren«, erwiderte Leo und griff sich noch schnell ein Croissant vom Tisch. »Wegzehrung«, meinte er augenzwinkernd, bevor er sich aus dem Zimmer orbte.

Phoebe verdrehte die Augen und fasste sich an den offensichtlich schmerzenden Kopf. »Muss Leo eigentlich immer so viel Helligkeit erzeugen, wenn er ›nach oben‹ verschwindet?«

»Sag mal«, begann Piper und setzte sich zu ihrer Schwester an den Tisch, »was ist eigentlich dein Problem?«

»Ach, ich weiß nicht«, begann Phoebe. »Gestern Abend, als wir alle im *P3* gefeiert haben, da war ich echt gut drauf, um nicht zu sagen euphorisch. Und als ich dann zu Bett ging, bin ich total glücklich eingeschlafen. Aber heute Morgen bin ich aufgewacht und hatte dieses schreckliche Gefühl in mir wegen . . . Cole.«

»Wegen Cole?«, fragte Piper verständnislos.

Phoebe nickte. »Es ist schwer zu erklären. Fühlt sich an wie eine meiner Visionen, die noch nicht durchgebrochen ist. Aber was immer es ist, es ist nicht gut.«

Piper kam das alles sehr bekannt vor. Auch ihre Beziehung mit Leo war nicht ohne Probleme verlaufen. Sie und der *Wächter des Lichts* hatten eine Menge Hindernisse überwinden müssen, bis sie endlich hatten heiraten können. Und als endlich alle Schwierigkeiten überstanden, alle Hürden genommen waren, hätte sie eigentlich wunschlos glücklich sein können, und dennoch . . .

»Ich denke, dafür gibt's eine ganz natürliche Erklärung, Phoebe«, sagte Piper schließlich. »Das, was dich umtreibt, nennt man ›kalte Füße kriegen‹. Das passiert jeder zukünftigen Braut – glaube mir, es ging mir nicht anders.«

»Über Nacht? Einfach so?« Phoebe wirkte alles andere als überzeugt.

»Sieh mal«, erklärte Piper, »der einzige Grund, warum ihr, du und Cole, noch nicht verheiratet seid, war die *Quelle*. Nun, da sie vernichtet ist, liegt eure Hochzeit plötzlich nicht mehr in unerreichbarer Ferne. Von einem Tag zum andern steht das Ereignis, das für dich bisher nur graue Theorie war, quasi vor der Tür. Die Dinge haben dich vermutlich zu schnell eingeholt.«

»Also, ich weiß nicht«, murmelte Phoebe. »Es fühlt sich an, als ob da noch was anderes wäre.«

Im Zentrum einer gigantischen Feuersäule materialisierte Cole in einem düsteren Gewölbe, das ganz offensichtlich nicht von dieser Welt war.

Gehetzt sah er sich um, und sein Blick fiel auf die Seherin. »Wie bin ich hierher gekommen?«, fragte er bestürzt, als er begriff, dass er sich in der Unterwelt befand.

»Die Kraft der *Quelle* brachte dich zu mir«, erwiderte das Orakel. »Und wie ich sehen konnte, hast du dies sehr schnell akzeptiert.«

Cole erinnerte sich noch gut an das ›Abkommen‹, das sie beide geschlossen hatten, nachdem die Seherin ihn zu sich gerufen hatte. Die *Quelle* hatte die *Große Leere* befreit, um die *Zauberhaften* endgültig zu vernichten. Doch nicht nur das Leben seiner geliebten Phoebe und ihrer Schwestern hatte damit auf dem Spiel gestanden, sondern das Schicksal des gesamten Universums. Denn die *Große Leere*, einmal entfesselt, hatte die ungeheuerliche Eigenschaft, *sämtliche* existierende Magie an sich zu reißen, um letztlich alles und jeden zu zerstören. Und so hatte ihm die Seherin empfohlen, dass er die *Große Leere* so lange in sich aufnehmen solle, bis er durch sie die Macht der *Quelle* absorbiert hatte.

So war es dann auch geschehen, doch als die *Große Leere* schließlich gebannt und die fremden, unheiligen Kräfte seinen Körper wieder verlassen hatten, da beschlich Cole das schreckliche Gefühl, dass das ganze Unternehmen nicht ganz nach Plan verlaufen war – zumindest nicht, was ihn betraf. Etwas, so fühlte er, war in ihm zurückgeblieben. Etwas Unaussprechliches, das nun versuchte, sich seiner zu bemächtigen, das begann, ihn innerlich aufzuzehren wie ein tödliches Fieber. Dann hatte er begriffen, dass das Orakel der *Quelle* ihn für ihre eigenen Zwecke missbraucht hatte.

Außer sich vor Zorn packte Cole die Seherin an der Gurgel und drückte ihr die Kehle zu. »Du hast mir nicht gesagt, dass ich die *Quelle* werden würde, wenn ich dir dabei helfe, sie zu vernichten.«

»Sei doch nicht so naiv!«, presste sie hervor und befreite sich aus seinem stahlharten Griff. »Ich habe dir doch von meiner Vision erzählt und auch davon, dass wir große Dinge tun werden – du und ich. Das ist erst der Anfang.«

Plötzlich, als würde sich eine unsichtbare Flamme durch jeden Nerv seines Körper fressen, fiel Cole auf die Knie und stöhnte vor Seelenqual und Schmerz.

Die Seherin trat auf ihn zu und nahm seinen Kopf in beide Hände. »Du kannst deinem Schicksal nicht entkommen«, sagte sie. »Wie du siehst, wird das, was nun in dir ist, dich daran hindern.«

»Ich ... werde es zerstören«, stieß Cole hervor. »Ich finde einen Weg.«

»Es gibt keinen Weg«, sagte die Seherin. »Wenn du nicht so sehr an der Liebe zu dieser Hexe festhalten würdest, hätte es dich schon längst in Besitz genommen.« Sie umkreiste Cole wie ein Raubtier seine Beute. Dann kniete sie neben ihm nieder und umfasste seine Schultern mit beiden Händen, es war eine fast zärtliche Berührung. »Es ist nur eine Frage der Zeit«, fuhr sie eindringlich fort. »Und wenn die *Quelle* dich erst einmal vollständig absorbiert hat, werden dich ihre Kräfte beschützen und immun machen für *ihre* Vorahnungen.« Sie hielt einen Moment lang inne. »Darauf könnten wir warten – doch wegen Kurzon ist genau das unmöglich.«

»Kurzon?«, fragte Cole und erhob sich.

»Die Unterwelt ist in Aufruhr«, erklärte die Seherin. Allerorten glaubt man, die *Quelle* sei nicht mehr. Und Kurzon wird versuchen, die vermeintliche Lücke, die sie hinterlassen hat, zu schließen. Wir müssen ihn und sein Gefolge rechtzeitig stoppen, oder du wirst den Thron niemals besteigen.«

»Ich will den Thron nicht«, sagte Cole matt und machte ein paar ziellose Schritte in die Gewölbe hinein.

»Du wirst ihn wollen«, erwiderte die Seherin. »Doch im Moment bist du noch nicht stark genug, um Kurzon aus dem Weg zu räumen. Die *Zauberhaften* indes sind es.«

Abrupt drehte sich Cole zu ihr um. »Was glaubst du denn?«, fragte er mit einem spöttischen Grinsen. »Dass die drei nichts Besseres zu tun haben, als diesen ... Kurzon zu erledigen?«

Das Orakel bedachte ihn mit einem geheimnisvollen Lächeln. »Nein, aber ich werde Kurzon genau dies glauben machen, sodass er zuerst agiert. Und du wirst dafür sorgen, dass die Hexen bereit sein werden, Kurzon zu vernichten – bevor er sie vernichtet.«

»Ich bin nicht dein Handlanger, Seherin«, sagte Cole. »Du kannst mich nicht dazu zwingen.«

»Ich vielleicht nicht«, sagte die Seherin lächelnd. »Aber die *Quelle* durchaus.«

Cole starrte sie einen Moment lang hasserfüllt an, dann wurde er vom Feuer hinfortgetragen – fort aus der Kammer der Seherin und fort aus der Unterwelt ...

... um sich im Badezimmer von Halliwell Manor wiederzufinden.

Sein Gesicht war wächsern und schweißnass, wie er mit einem Blick in den Spiegel feststellte. Ich muss einen Weg finden, diese ganze Sache zu beenden, dachte er.

Er riss die Tür auf, stürmte auf den Gang und stieß mit Phoebe zusammen.

»Hey!«, rief sie erschrocken.

»Entschuldige«, murmelte Cole und vermied es, sie anzusehen.

»Ich hab gar nicht gehört, wie du nach Hause gekommen bist«, sagte Phoebe. »Wo warst du?«

Einen Moment lang war Cole versucht, ihr die ganze Wahrheit zu sagen. Eine Wahrheit, die er selbst noch nicht in vollem Umfang kannte. Doch irgendetwas hinderte ihn daran. »Ich musste mal vor die Tür«, log er. »Mir ein bisschen die Beine vertreten, du verstehst?«

»Eigentlich nicht«, erwiderte Phoebe und sah ihren Verlobten prüfend an. »Sag mal, haben wir was zu bereden?«

»Phoebe, ich ...«, begann er, doch da fraß sich plötzlich wieder dieser alles verzehrende Schmerz durch seine Hirnwindungen und raubte ihm fast den Verstand. »Verdammt!«, rief er und fasste sich an den Kopf.

»Schatz, was ist denn los?«, fragte Phoebe besorgt.

»Keine Ahnung«, stöhnte Cole. Er versuchte, die Attacke niederzukämpfen, doch er verlor kläglich. »Nur ein Migräneanfall ... Ich muss weg.« Hastig schob er sich an ihr vorbei und eilte davon.

»Weg? Aber wohin denn?«

Doch er hörte sie schon nicht mehr.

In diesem Moment trat Piper auf den Flur. Coles Flucht und der völlig verwirrte Gesichtsausdruck ihrer Schwester ließen sie einen Moment lang sprachlos auf der Stelle verharren. Dann fragte sie: »Was ist denn los, Phoebe?«

»Ich wünschte, diese Frage könnte ich dir beantworten.«

Im Hauptquartier der Geächteten hielt der Dämon Kurzon Hof.

Umgeben von einem halben Dutzend seiner Kämpfer sowie seinem jungen Stellvertreter Jax, hatte der gleichermaßen unberechenbare wie charismatische Anführer der Verbannten seinen Leuten etwas Wichtiges mitzuteilen.

»Ein neues Zeitalter ist angebrochen, meine Freunde«, sagte Kurzon mit beschwörender Stimme. »Unser Erzfeind ist tot und die Tage unseres Exils sind gezählt. Die erfolgreiche Durchführung aller Aufgaben, die ich euch zugeteilt habe, ist nun entscheidend für unser weiteres Schicksal. Erledigt eure Aufträge, und schon bald werden wir alle wieder nach Hause zurückkehren können.«

Seine Anhänger nickten stumm, formierten sich dann zu kleinen Einheiten und strömten aus, um ihre Befehle auszuführen. Allein der treue Jax blieb zurück.

Aus den Schatten trat plötzlich eine Gestalt auf den Dämon zu. Es war die Seherin. »Der Weg zum Ziel, die Unterwelt zu regieren, ist ein steiniger«, sagte sie.

»Du hast meine Zukunft gesehen?«, fragte Kurzon das Orakel.

»Du wirst dich schon bald einer einzelnen, aber sehr mächtigen Hexe stellen müssen. Töte sie jetzt, da sie noch verwundbar ist.«

»Sie agiert doch einzig im Interesse der letzten *Quelle*«, zischte Jax seinem Herrn zu. »Vertrau ihr nicht!«

»Sag, warum solltest du mir helfen wollen?«, fragte Kurzon die Seherin.

»Weil ich mich stets mit dem Träger der ultimativen Macht verbündet habe. Und wenn du diese Hexe tötest, kann dich nichts mehr daran hindern, die nächste *Quelle* zu werden.«

»Und wenn ich sie nicht töte?«, wollte Kurzon wissen.

»Dann hast du keine Zukunft mehr«, sagte das Orakel.

Nervös betrat Paige das Gebäude des *South-Bay-Sozialdienstes*.

Ein Grund, warum sie heute Morgen unbedingt pünktlich erscheinen wollte, war nicht zuletzt, dass ihr Vorgesetzter Bob Cowan sie noch vor Arbeitsbeginn zu sich in sein Büro bestellt hatte.

Paige hoffte inständig, dass ihre dauernde Zuspätkommerei und die Tatsache, dass sie in letzter Zeit häufiger unverhofft ihren Arbeitsplatz verlassen hatte, nicht das Ende ihrer Assistentenkarriere bei dem Sozialdienst bedeutete.

Mit klopfendem Herzen öffnete sie die Tür zum Büro ihres Chefs und trat ein. »Sie wollten mich sprechen, Mr. Cowan?«

»So ist es«, sagte der schwarze Sozialarbeiter ernst und erhob sich hinter seinem Schreibtisch. »Ich ... werde Sie vermissen, Paige.«

Paige fühlte sich, als ob ihr gerade jemand einen Schlag in die Magengrube versetzt hatte. »Mr. Cowan«, begann sie hastig. »Ich verspreche Ihnen, ich werde nie wieder zu spät kommen. Tatsächlich habe ich gerade einen Weg gefunden, innerhalb eines Augenblicks hier zu erscheinen und –«

»Ich werde Sie als meine *Assistentin* vermissen«, unterbrach Cowan ihren Redeschwall und lächelte, »weil ich Sie befördert habe. Ab heute dürfen Sie sich offiziell ›Sozialarbeiterin‹ nennen. Herzlichen Glückwunsch.«

Paiges Herz machte einen kleinen Freudenhüpfer. Verglichen mit dem Wechselbad der Gefühle an diesem Morgen erschien eine Achterbahnfahrt geradezu gemächlich. »Wow!«, rief sie. »Haben Sie vielen Dank. Und wegen der Zuspätkommerei ... Ich verspreche Ihnen, ich arbeite daran.«

»Das sollte von nun an kein Problem mehr sein«, meinte Cowan grinsend. »Sie haben von jetzt an flexible Arbeitszeiten.«

»Ich muss zugeben«, sagte Paige, »dass mich diese Beförderung schon ein wenig überrascht. Ich dachte immer, Scott wäre der Nächste, dem dieser Aufstieg auf der Karriereleiter zustünde. Immerhin ist er ja schon länger hier als ich.«

»Ich habe mir die Entscheidung nicht leicht gemacht«, sagte Cowan. »Aber nachdem Sie die Sache mit Carolyn Selden so bravourös geklärt hatten, konnte ich Sie hinsichtlich der Beförderung einfach nicht übergehen.

Paige fühlte, wie das schlechte Gewissen begann, an ihr zu nagen. Carolyn Selden war eine junge Frau, die um das Sorgerecht für ihren kleinen Sohn gekämpft und dazu die Hilfe des Sozialdienstes in Anspruch genommen hatte. Als der Fall Paige zu entgleiten drohte, da Carolyn zusammengeschlagen worden war und deshalb zu einer Gerichtsanhörung nicht erscheinen konnte und sie zur selben Zeit mit ihren Schwestern die *Quelle* bekämpfte, war ihr nichts anderes übrig geblieben, als einen Zauberspruch aus dem *Buch der Schatten* anzuwenden. Carolyns zerschundenes Gesicht war daraufhin wieder glatt und schön geworden, sodass die junge Frau bei Gericht einen so guten Eindruck hinterließ, dass ihr die Vormundschaft für ihren Sohn zugesprochen wurde.

Paige wusste, dieser ›Kunstgriff‹ war in vielerlei Hinsicht fragwürdig gewesen. Zum Einen hatte sie mit diesem Manöver riskiert, dass eine Außenstehende erfuhr, wer sie und ihre Schwestern wirklich waren. Zum anderen hatte sie mit dem Zauberspruch letzten Endes persönlichen Nutzen aus der Sache gezogen, auch wenn das zum damaligen Zeitpunkt noch gar nicht abzusehen war. Nun jedoch, da Cowan sie nach diesem Ereignis befördert hatte, sah es so aus, als ob sie eines der wichtigsten Hexen-Gebote gebrochen hatte, nämlich Magie nie zum eigenen Vorteil einzusetzen. Umso tragischer war es, dass zudem Scott der große Verlierer dieser Aktion war.

»Ja, Carolyn ...«, murmelte Paige, als sie an den Fall zurückdachte.

»Sie haben bei dieser Frau ja ein wahres Wunder bewirkt«, sagte Cowan anerkennend.

»Nicht, dass ich mich beklagen möchte«, begann Paige, »aber hängt denn meine Beförderung allein mit diesem Fall zusammen?«

»Wenn Sie wissen wollen, ob die Akte Carolyn die Waage zu Ihrem Gunsten hat ausschlagen lassen, so lautet die Antwort ›Ja‹.«

Paige warf einen Blick durch die Glastür auf Scott, der ernsthaft und engagiert wie immer hinter seinem Schreibtisch in irgendwelche Akten vertieft war.

»Ich habe es Scott bereits mitgeteilt, falls das Ihre Sorge sein sollte«, unterbrach Cowan ihre Gedanken.

»Ja ... dann also nochmals vielen Dank für das in mich gesetzte Vertrauen, Mr. Cowan«, sagte Paige leise und verließ das Büro ihres Vorgesetzten.

Als sie an Scotts Schreibtisch vorbeikam, erhob sich der junge Mann von seinem Stuhl und reichte ihr die Hand. »Herzlichen Glückwunsch, Paige«. In seinen Worten lagen weder Falsch noch Arg.

»Vielen Dank, Scott.« Paige zwang ein Lächeln auf ihr Gesicht, doch innerlich fühlte sie sich einfach schrecklich.

Auf dem Dachboden von Halliwell Manor studierte Phoebe unterdessen das *Buch der Schatten* in der Hoffnung, die Antwort zu finden auf eine Frage, die sie noch nicht einmal selbst kannte.

Gerade war sie in die Seite vertieft, die dem Dämon Balthasar gewidmet war – seines Zeichens einst das dunkle Alter Ego von Cole.

Piper, die durch den Zwischenfall im Flur noch immer ein wenig besorgt war und nach der Schwester gesucht hatte, trat auf sie zu. »Was machst du denn hier oben?«

»Ach, nichts«, gab Phoebe zurück und versuchte zu verhindern, dass Piper sah, womit sie sich gerade beschäftigte. Doch diese hatte schon einen Blick auf die ›Balthasar‹-Seite erhascht.

»Süße«, sagte sie sanft zu Phoebe und deutete auf die Zeichnung im Buch. »Er . . . Cole ist jetzt ein Mensch. Ich glaube nicht, dass die Lösung deines Problems im *Buch der Schatten* zu finden ist.«

»Tja, ich hoffe, ich finde sie trotzdem schnell, weil mir das alles langsam, aber sicher . . . Angst macht.«

»Natürlich hast du Angst«, meinte Piper. »Zu heiraten ist ein großer Schritt im Leben eines jeden Menschen.«

»Ja, das weiß ich, aber das ist es nicht. Ich spüre ganz genau, dass da noch etwas anderes ist.«

»Hast du mal versucht, mit Cole darüber zu reden?«

»Natürlich«, seufzte Phoebe. »Aber du hast es ja vorhin selber mitbekommen: Er geht mir aus dem Weg, so wie damals, als er noch . . .«

»Balthasar ist tot, Phoebe«, sagte Piper eindringlich. »Cole ist jetzt ein ganz normaler Mann. Ein Mann, den du mehr liebst als alles andere auf der Welt.«

»Ich weiß, ich weiß«, erwiderte Phoebe gequält. »Aber warum bin ich dann plötzlich so verwirrt? Es bringt mich noch um den Verstand.«

Piper dachte einen Moment lang nach. Dann sagte sie: »Vielleicht hast du Recht. Vielleicht brauchst du das Buch wirklich. Wozu sind wir Hexen, wenn wir in Zeiten der Not nicht ein ganz klein wenig auf Magie zurückgreifen dürften, was meinst du?«

Phoebe runzelte die Stirn, dann grinste sie. »Ich kann

nicht glauben, dass plötzlich alle Hemmungen weggefallen sind. Was ist aus dem hehren Vorsatz geworden, keinen persönlichen Vorteil aus der Magie zu ziehen?«

»Du musst den Zauberspruch einfach sorgsam genug auswählen. Versuche zu verhindern, dass du nicht mehr Einblicke und Auskünfte erhältst, als der Sache dienlich ist. Stelle deine Frage klar und einfach – lass dein Herz sprechen, und du wirst die Antwort erhalten.« Piper machte eine kleine Pause. »Aber erzähl Paige nichts davon. Ich möchte nicht, dass sie diese Aktion womöglich als Freibrief missversteht.«

Mit diesen Worten ließ sie Phoebe wieder allein.

Als Piper hinab in die Halle ging, lief ihr gerade Paige über den Weg, die soeben nach Hause gekommen war und nicht gerade bester Laune zu sein schien. »Ich hasse es, wenn du Recht behältst«, rief sie und warf ihre Tasche in die Ecke.

»Mit Verlaub«, sagte Piper. »Ich finde das ziemlich klasse.«

Doch Paige war nicht zum Scherzen aufgelegt. »Erinnerst du dich noch an den Spruch, den ich auf Carolyn angewandt habe, damit sie ihren Sohn wiederbekommt? Nun, der hatte einen kleinen ... Nebeneffekt.«

»Was für einen Nebeneffekt?«, wollte Piper wissen.

»Einen, der mich befördert hat. Im Klartext: Cowan hat mich aufgrund meiner außerordentlichen Leistung in diesem Fall in den Stand der Sozialarbeiterin erhoben. Und ja, ich weiß, das sieht jetzt alles sehr nach persönlichem Vorteil aus, und glaube mir, es quält mich schon den ganzen Tag. Umso mehr, da mein Kollege Scott deswegen übergangen wurde.«

Piper setzte zu einer Bemerkung an, aber Paige war schneller.

»Natürlich hab ich das alles nur gemacht, weil –« Sie brach ab und stieß ihre Schwester mit einem Aufschrei zu Boden. Gerade im rechten Augenblick, denn während ihrer letzten Worten war ein Dämon hinter Piper erschienen, der einen blauen Energieball auf sie abgeschossen hatte. Doch Paige schickte das Geschoss wieder zurück an seinen Absender, und machte dabei einem der kostbaren Buntglasfenster den Garaus.

Der Dämon fackelte nicht lange und feuerte eine weitere Energiekugel ab, doch Paige orbte sich im letzten Moment aus der Flugbahn, sodass nur eine kleine Wandlampe zu Schaden kam.

Noch während ihre Schwester ziemlich unelegant wieder materialisierte, ließ Piper einen Energiestrahl in Richtung des Angreifers los, der diesen jedoch nur zeitweilig in seine Bestandteile zerlegte. Eine Sekunde später hatte sich der Dämon wieder rekonfiguriert – unversehrt und mit vor Wut verzerrten Zügen stand er vor ihnen. »Zwei Hexen!? Zum Teufel mit ihr!«, stieß er hervor und verschwand so schnell wie er gekommen war.

»Alles okay mit dir?«, rief Piper und rannte zu ihrer Schwester, die sich gerade wieder vom Boden aufrappelte.

»Mir geht's gut«, stöhnte Paige, »nur mein Ego ist ein bisschen angekratzt.«

»Also, wirklich«, murmelte Piper, »das war seltsam.« Und dann laut: »Leo!!«

Der *Wächter des Lichts* erschien auf der Stelle und spürte sofort, dass hier etwas ganz und gar nicht stimmte. »Was ist passiert?«, fragte er.

»Das Übliche«, erwiderte Paige. »Ein Dämon wollte uns ans Leder.«

»Ein sehr mächtiger Dämon«, ergänzte Piper. »Hat mich irgendwie an die *Quelle* erinnert. Herrgott, können wir nicht mal einen verdammten Tag lang unsere Ruhe haben vor diesem Gesindel?«

»Deshalb hat mich der *Rat der Ältesten* zu sich gerufen«, sagte Leo ernst. »Der Tod der *Quelle* hat offensichtlich einen Machtkampf nach sich gezogen und die Unterwelt in Aufruhr versetzt. Mit anderen Worten: Euch zu töten erhöht die Chancen auf den Thron.«

»Also hat es gar nichts gebracht, die *Quelle* zu vernichten, oder was?«, fragte Paige frustriert.

»Es hat sogar sehr viel gebracht«, sagte Leo, »und die Mächte der Finsternis um Jahrzehnte zurückgeworfen, aber das heißt nicht, dass ihr damit nun aus der Schusslinie seid.«

»Ich hatte den Eindruck, dass dieser Dämon überhaupt nicht wusste, wer wir waren«, bemerkte Piper, »was ich, nebenbei bemerkt, auch irgendwie beleidigend finde.«

»Tja, dafür kennt er euch *jetzt*, weshalb ihr auch schleunigst herausfinden solltet, wer das war. Ich meine, *bevor* er es wieder versucht.«

Auf dem Dachboden des Halliwellschen Anwesens hatte Phoebe unterdessen eine schwere, aber wie sie hoffte, nicht folgenreiche Entscheidung getroffen.

In sorgfältigen Lettern hatte sie eine Frage niedergeschrieben, auf die sie nun mit Hilfe der Magie eine Antwort zu erhalten wünschte: *SOLL ICH COLE HEIRATEN?*

Sodann zerknüllte sie das Blatt Papier und entzündete es an einer der brennenden Kerzen, die vor ihr auf dem Tisch standen. Den dazugehörigen Spruch hatte sie eigenhändig nur für diesen einen Zweck erdacht:

Die Liebe stark, doch schwach der Geist,
ich hoff, dass du die Lösung weißt.
Die Frage quält mit großem Schmerz,
die Antwort gebe mir mein Herz.

Phoebe ließ den brennenden Zettel in eine Metallschale fallen, gerade als Piper, Paige und Leo auf den Dachboden stürmten.

»Phoebe!«, begann Piper, »wir haben ...«

Da durchzuckte ein heller Blitz den Speicher, gefolgt von einer Explosion, die eine Menge Qualm verursachte und allen Anwesenden erst einmal die Sicht raubte.

»Phoebe?«, fragte Paige durch die dicken Rauchschwaden hindurch.

Langsam verflüchtigte sich der Qualm und offenbarte, was Phoebe mit ihrem Zauberspruch bewirkt hatte.

Neben dem Tisch standen zwei Fremde, genauer gesagt eine alte Frau und ein kleines Mädchen. In einer Mischung aus Verwunderung und Verwirrung ließen die beiden Neuankömmlinge ihre Blicke durch den Dachboden wandern.

»Was soll das?«, fragte die alte Frau plötzlich ungehalten. »Wie bin ich hierher gekommen?«

»Das ist eine gute Frage«, bemerkte Piper in Richtung Phoebe.

Noch bevor Phoebe zu einer Erklärung ansetzen konnte, fuhr die alte Frau zu ihr herum und rief: »O Gott, was hast du getan?«

»I-ich?«, stotterte Phoebe. »W-wer bist du?«

Langsam trat die Alte auf sie zu. »Soll das ein Witz sein? Du fragst mich, wer ich bin? Ja, erkennst du mich denn nicht? Ich bin *du*, Phoebe!«

In den nachfolgenden Sekunden hätte man eine Steck-
nadel fallen hören können.

Und dann sagte das kleine Mädchen in die Stille
hinein: »Phoebe? Dein Name ist Phoebe? So heiße ich
auch!«

2

*L*ANGSAM, ABER SICHER begriffen Piper, Paige und Leo, was soeben geschehen war.

Phoebe hatte mithilfe eines Zauberspruchs, dessen tieferen Sinn nur sie allein kannte, sich selbst herbeigerufen – und das gleich im Doppelpack. Zum einen stand da ein kleines Mädchen im Alter von etwa zehn Jahren und zum anderen eine alte Frau von Mitte sechzig. Alle Anwesenden waren bestürzt, sahen sie sich doch mit drei Phoebe Halliwells in unterschiedlichen Lebensphasen konfrontiert und das war eine Situation, die nur schwer zu ertragen und noch weniger bis in die letzte Konsequenz zu erfassen war.

Auch die kleine Phoebe der Vergangenheit schien das alles ganz und gar nicht zu verstehen, denn sie begann nun haltlos zu weinen. »Wer seid ihr?«, schluchzte sie voller Angst. »Wie bin ich hierher gekommen?«

Die Phoebe der Gegenwart trat auf sie zu und sagte: »Du musst keine Angst haben, Liebes, es ist alles in Ordnung.«

»Nein, ist es nicht!«, rief das Mädchen, das sie einmal gewesen war, trotzig.

»Was machen wir jetzt?«, fragte Phoebe. Ihr hilfloser Blick blieb an ihrer ältesten Schwester hängen.

»Schau mich nicht so an«, protestierte Piper. »Schließlich war es *dein* Spruch.«

»Aber es war *deine* Idee«, gab Phoebe zurück.

»Wie bitte?«, fragte Piper empört.

Da meldete sich die alte Phoebe zu Wort und zeigte

auf das kleine Mädchen, das gerade im Begriff war, aus dem Dachfenster zu klettern. »Vielleicht sollte sie jemand aufhalten, bevor sie sich den Hals bricht.«

Phoebe hetzte zur Luke und zerrte die Kleine im letzten Moment zurück auf die sicheren Planken des Halliwellschen Speichers. »Moment mal, Liebes. Ich kann das erklären. Du ... träumst, weißt du. Es ist alles nur ein Traum.«

»Ein Traum?«, fragte das Kind argwöhnisch.

»Ja, genau«, erwiderte Phoebe schnell. »Schon bald wirst du in deinem Zimmer erwachen, und alles ist in Ordnung!«

»Hör mal«, sagte die junge Phoebe. »Ich bin zehn und nicht blöd!« Ihre Mundwinkel zuckten verdächtig, die Augen füllten sich mit Tränen, und dann gab sie einen herzzerreißenden Schrei von sich: »Graaaaaaaams!«

»Wie ich *das* vermisst habe«, bemerkte Piper.

Nachdem sich der erste Schock gelegt hatte, standen die Schwestern und Leo unschlüssig auf dem Dachboden herum und überlegten, was zu tun sei.

Die kleine Phoebe hatte sich schmollend zurückgezogen, während die Alte offensichtlich beschlossen hatte, sich nicht von der Stelle zu rühren.

Eine gewisse Ratlosigkeit hatte sich breit gemacht, als Cole nichts ahnend den Dachboden betrat. Sein Erscheinen indes erzielte bei den Anwesenden ganz unterschiedliche Wirkungen.

Während die Augen der gegenwärtigen Phoebe vor Freude und Erleichterung zu glänzen anfingen, trat die alte Phoebe langsam auf Cole zu. »Du bist es wirklich«, stellte sie fest.

»Wer ist das?«, fragte Cole in die Runde.

»Vielleicht wird *das* deine Erinnerung wieder auffrischen, du Bastard«, zischte die Alte und versetzte Cole eine schallende Ohrfeige.

Phoebe wie auch die anderen Anwesenden konnten nicht glauben, was sie soeben gesehen hatten.

»Was hat das zu bedeuten?«, fragte Phoebe ihr Alter Ego aus der Zukunft.

»Frag ihn«, sagte die Greisin mit Blick auf Cole.

Cole hatte nicht den blassesten Schimmer, was die alte Frau meinte, aber das, was sie sagte, und vor allem, wie sie es sagte, gefiel ihm ganz und gar nicht.

»Vielleicht sollten wir uns beide um die kleine Phoebe kümmern«, ließ sich nun Leo vernehmen, »bevor sie uns gänzlich im Jahr 2002 verloren geht.« Das stimmte, denn das Mädchen war zu einer längeren Entdeckungsreise im Halliwellschen Haus aufgebrochen.

»Also gut«, meinte Piper. »Leo und ich schauen uns nach der Kleine um, und du«, sie wandte sich an Phoebe und deutete auf die alte Frau, »redest mit deinem zukünftigen Selbst und klärst das auf!«

»Zukünftiges Selbst?«, fragte Cole verständnislos.

»Und was machen wir hinsichtlich des Dämons?«, fragte Leo.

»Dämon?«, fragte Phoebe.

»Paige und ich wurden unten in der Halle angegriffen«, erklärte Piper.

»Und weil das so ist«, sagte Paige, »und wir aber nicht wissen, wer dahinter steckt, wende ich mich am besten wieder meiner Recherche zu.« Kaum ausgesprochen, nahm sie das *Buch der Schatten* zur Hand und vertiefte sich darin, um eine Antwort zu finden.

Nachdem Piper und Leo gegangen waren, um die

kleine Phoebe zu suchen, wandte sich Cole an seine Verlobte. »Möchtest du mir nicht mal erklären, was hier eigentlich los ist?« Sein Blick wanderte von der alten Frau zu Phoebe und wieder zurück.

»Nun«, erwiderte Phoebe, »ich habe einen Zauberspruch aufgesagt, der mir dabei helfen sollte, eine wichtige Frage zu klären. Und wie es scheint, brachte er meine Vergangenheit und«, sie zeigte auf die alte Frau neben sich, »meine Zukunft hierher, um mir dabei zu helfen.«

»Um was für eine Frage hat es sich denn gehandelt?«, fragte Cole argwöhnisch.

»Tja«, meinte Phoebe, »das ist eine Sache zwischen mir und –«, sie deutete auf ihr grauhaariges Alter Ego, »und mir. Komm mit!« Sie ergriff die alte Dame am Arm und zog sie mit sich fort.

»Na?«, fragte die alte Frau grinsend, bevor sie mit Phoebe die Dachkammer verließ und wandte sich noch einmal zu Cole um, »kriegst du kalte Füße?«

Sprachlos und einigermaßen beunruhigt blieb Cole zurück.

Paige, die ihm den Rücken zugewandt hatte und noch immer verzweifelt im *Buch der Schatten* herumblätterte, seufzte. »Vielleicht kannst du mir ja helfen, Cole. Kennst du zufällig einen Dämon, der sich ähnlich wie die *Quelle* immer wieder neu erschaffen kann, nachdem man glaubt, ihn zerstört zu haben und –« Sie fuhr herum. »Cole?«

Doch Cole war nicht mehr da.

»Willkommen zurück«, sagte die Seherin, als sich Cole in ihren Gewölben wiederfand.

»Ich wollte nicht zurückkommen«, sagte Cole.

»Und doch bist du es«, erwiderte die Seherin. »Die *Quelle* in dir wird stärker.«

»Ich habe sie unter Kontrolle«, gab Cole kalt lächelnd zurück.

»Vielleicht ist es ja genau umgekehrt«, überlegte die Seherin. »Es muss da etwas geben, was sie mir durch dich sagen will.«

»Vielleicht, dass dein Plan scheitern wird, weil sie weiß, dass Phoebe einen Weg gefunden hat, ihre Zukunft heraufzubeschwören.«

Die Seherin sah ihn unverwandt an.

»Genauer gesagt, ihr zukünftiges Ich«, fuhr Cole fort, »das ihr nur zu gern die Antworten liefern wird, die ich ihr nicht geben kann.«

Abrupt wandte sich die Seherin ab.

»Was ist los?«, fragte Cole. »Hast du das nicht kommen sehen?«

»Ich muss nicht in die Zukunft blicken, um etwas über gute Hexen zu erfahren. Sie haben zu viel Respekt vor der Natur. Phoebes zukünftiges Ich wird es nicht wagen, etwas preiszugeben, das den Lauf der Dinge und das Schicksal ihrer Schwestern verändern könnte. Es wird versuchen, das, was kommt, zu schützen.«

»Woher willst du das wissen?«, fragte Cole.

»Ich bin die Seherin«, flüsterte sie. »Und das schon länger, als du die *Quelle* bist. Du wirst lernen, meinen Instinkten zu vertrauen.

»Ich bin *nicht* die *Quelle*!«

»Aber schon bald«, sagte die Seherin bestimmt. »Es ist dein Schicksal.«

»Mein Schicksal ist es, mit Phoebe zu leben«, rief Cole verzweifelt und packte die Seherin an den Schultern, als wollte er sie schütteln. »Das werde ich nicht ändern, und dieses ... Ding in mir wird es auch nicht.«

Mehr amüsiert denn verärgert sagte das Orakel: »Deine Liebe wird nicht ausreichen, dich zu retten. Du wirst sehen.« Sie entzog sich seinem Griff und fuhr fort: »Kurzon wird die Schwestern schon bald erneut angreifen, doch diesmal wird er besser vorbereitet sein. Du solltest also schnellstens zurückkehren, wenn du deine kostbare Phoebe noch retten willst.«

Währenddessen unternahm eine alte Frau in Phoebe Halliwells Schlafzimmer eine Reise in ihre eigene Vergangenheit.

In einer Mischung aus Betroffenheit und Neugier beobachtete Phoebe ihr zukünftiges Ich dabei, wie es durch den Raum wanderte, Möbel und Vorhänge betastete und offensichtlich den einen oder anderen Gegenstand wieder erkannte. Phoebe erhoffte sich, aus ihren Reaktionen etwas über ihre eigene Zukunft zu erfahren, doch nichts von dem, was die alte Frau sagte oder tat, gab auch nur im Entferntesten Aufschluss darüber.

Gerade nahm ihr Alter Ego ein kurzes, geblümtes Top mit Spaghettiträgern vom Bett und hielt es sich vor die Brust. »Ach ja, die guten alten Tage«, sagte sie lachend, dann warf sie das teure Stück beiseite wie einen Putzlumpen. »Allerdings wird dich niemand ernst nehmen, solange du dich wie eine Herumtreiberin anziehst.« Vorwurfsvoll blieb ihr Blick an Phoebes hellbrauner, hautenger Lederhose hängen.

»A-aber«, gab Phoebe entgeistert zurück. »So was trägt man doch heute.«

»Du wirst es auch noch lernen«, sagte die Alte kryptisch und ging um das Bett herum.

»Was lernen?«, fragte Phoebe, doch sie erhielt keine Antwort. Stattdessen nahm ihr zukünftiges Ich nun ihr heiß geliebtes Fotoalbum vom Nachtisch. Es besaß einen Stoffeinband mit Rosenmuster und enthielt zahlreiche Bilder aus Phoebes bisherigem Leben – von den ersten Babyfotos über den aufregenden Moment der Einschulung und die turbulenten Highschooljahre bis hin zu Aufnahmen aus der letzten Zeit. Zögernd öffneten die faltigen Hände das Buch, und ein Lächeln huschte über ihr Gesicht, als die alte Phoebe darin herumblätterte. »Sieh uns nur an«, sagte sie voller Wehmut. »So viel Hoffnung, so viele Träume.«

»Was soll das heißen?«, fragte Phoebe. »Wird mir, ich meine, wird uns irgendwas Schreckliches widerfahren?«

Die Alte sah Phoebe nur stumm an, und es schien, als spiegelte sich in diesem Moment all die Freude, aber auch all das Leid eines langen Lebens auf ihrem zerfurchten Gesicht wider. Dann senkte sie den Blick und widmete sich wieder dem Fotoalbum.

»Also gut«, sagte Phoebe einigermaßen genervt und nahm ihr das Buch auch der Hand. »Ich habe keine Zeit für Ratespielchen, verstehst du? Es gibt da nämlich einen Dämon, der –«

»Erzähl mir nichts über Dämonen!«, fauchte die Alte sie an. »Ich weiß mehr als genug über Dämonen!«

»Okay«, sagte Phoebe erschrocken. »Dann sage mir bitte etwas über ... Cole. Schau, er und ich werden bald heiraten, und ich ... nun, ich hab inzwischen ein echt mieses Gefühl bei der Sache. Sag, kannst du dich noch an dieses Gefühl erinnern?«

Die Alte senkte den Blick. Sie wirkte verstört und traurig zugleich. »Ich erinnere mich sehr gut«, sagte sie leise. »Aber ich werde es nicht riskieren, die Vergangenheit zu ändern.«

»Das hier ist *nicht* die Vergangenheit«, rief Phoebe. »Es ist die Gegenwart!«

»Es ist *meine* Vergangenheit«, erwiderte die alte Frau barsch, »und ich hätte sie gern so, wie sie ist.«

»Aber ich habe gesehen, wie du Cole geschlagen hast!«, sagte Phoebe. »Ich finde, das sagt eine Menge über meine, ich meine unsere Zukunft aus, findest du nicht?«

Die alte Frau presste die Lippen zusammen. »Das war eine Sache zwischen ihm und mir.«

»Also, entschuldige mal, ich bin auch ›mir‹, wenn ich dich daran erinnern darf. Ach, komm schon, gib mir wenigstens einen kleinen Hinweis. Habt ihr euch scheiden lassen? Hat er dich betrogen? Oder habt ihr am Ende etwa gar nicht geheiratet?«

Fast wirkte die alte Frau ein wenig amüsiert. »Wie kommst du darauf?«

»Weil du keinen Ehering trägst«, sagte Phoebe.

Gedankenverloren strichen die mageren Hände der Alten über die Stelle, an der sich womöglich einst ein Ring befunden hatte, oder auch nicht ...

»Bitte«, seufzte Phoebe. »Sag mir, was passiert ist. Sieh mal, der Spruch hätte dich nicht hierher gebracht, wenn es dir nicht erlaubt wäre, mir bei diesem Problem zu helfen.«

Die Alte sah Phoebe einen Moment lang an, dann sagte sie ernst: »Ich brauchte keinen Zauberspruch, um zu wissen, was ich tun sollte. Du musst diese Entscheidung ohne die Hilfe der Magie treffen.« Sie hielt einen Atemzug lang inne. »So wie ich es tat.«

»Ach ja?« Phoebe lachte bitter auf. »Das hat, wie man sieht, für uns beide ja ganz wunderbar funktioniert.«

Ihr Alter Ego starrte sie auf eine Art an, die Phoebe noch nicht an sich wahrgenommen hatte. »Bitte Leo, mich wieder zurückzuschicken – so schnell wie möglich«, sagte sie kalt.

»Warum fragst du ihn nicht selbst?«

»Weil ich jetzt einfach hier in diesem Zimmer bleiben werde – jenseits aller Pfade der Geschichte. Und komm ja nicht auf die Idee, mich umstimmen zu wollen. Wie du weißt, werden wir unsere Meinung nicht ändern, wenn wir uns einmal entschieden haben.« Sie wandte sich brüsk um, als ob sie sich auch rein physisch aus dem ganzen Desaster ausklinken wollte.

Ratlos starrte Phoebe auf das Fotoalbum in ihrer Hand. Dann hatte sie eine Idee.

Wieder einmal sahen sich Piper und Leo mit der Aufgabe konfrontiert, ein gänzlich verstocktes Kind zur Räson zu bringen.

Doch im Gegensatz zu der Sache mit Tyler hatten sie es hier mit der störrischen kleinen Phoebe zu tun – eine Situation, an die sich ihre ältere Schwester nur allzu gut, wenn auch nicht gern, erinnerte.

Das Kind hatte sich auf dem Treppenabsatz zusammengekauert und sang unerschütterlich mehr laut als schön vor sich hin. Zu allem Überfluss hatte es sich die Finger in die Ohren gesteckt, sodass sämtliche Beruhigungs- und Beschwichtigungsversuche seitens Leo und Piper ungehört an ihm abprallten.

»Sie ist *deine* Schwester«, bemerkte Leo überflüssigerweise. »Tu was!«

»Ich weiß, ich weiß«, sagte Piper gallig und lief wütend hin und her. »Erinnere mich nicht daran.«

In diesem Moment trat Phoebe mit dem Fotoalbum zu ihnen. Sie grinste, als ihr Blick auf das schmollende Mädchen fiel. »Na, gibt's Probleme mit meinem kindlichen Ich?«

»Tatsächlich überdenken wir gerade unsere Entscheidung hinsichtlich eigenen Nachwuchses«, gab Piper bissig zurück. »Vielleicht sollten wir versuchen, die Kleine noch mal anzulügen?«

»Nein«, sagte Phoebe, »ich habe eine Idee.« Langsam trat sie auf das Mädchen zu.

Abrupt unterbrach das Kind seinen Singsang. Piper und Leo sahen sich hoffnungsvoll an. Doch dann schrie es: »Geh weg von mir, oder ich hole meine große Schwester Prue!«

»Oha!«, lachte Piper. »Bleib zurück, Phoebe. Das war eine ernst zu nehmende Warnung.«

Doch Phoebe hockte sich kurzerhand neben das Mädchen und sagte: »Hör zu, Kleines, ich weiß, dass das alles sehr erschreckend für dich ist, aber ich verspreche dir, du bist in diesem Haus sicher – in *deinem* Haus.« Klein-Phoebe sah sie argwöhnisch an.

»Erinnerst du dich«, fuhr Phoebe fort, »dass Grams manchmal von ›Magie‹ sprach und davon, dass alles möglich ist, so lange man nur daran glaubt?«

»Ja«, sagte die Kleine verzagt.

»Tja«, erklärte Phoebe. »Und genau das ist passiert. Magie brachte dich hierher – in deine eigene Zukunft.« Sie zeigte auf ihre Schwester und deren Mann. »Sieh mal, dort drüben steht die erwachsene Piper mit ihrem Ehemann Leo. Und ich bin . . .«

»Ich?«, fragte das Mädchen.

»Genau.« Phoebe lächelte. »Schau, ich habe dir etwas mitgebracht.« Sie zeigte der Kleinen das Fotoalbum. »Erinnerst du dich noch daran? Daddy hat es uns zu Weihnachten geschickt.«

»Mein Album!«, rief das Mädchen erfreut.

»So ist es.« Phoebe klappte das Buch auf. »Guck mal, das sind Bilder von dir«, sie blätterte durch die Abteilung mit den alten Kinderfotos, »aber auch Bilder von mir«, fuhr sie fort sie und schlug die letzte Seite mit aktuellen Porträtaufnahmen auf. Die Augen von Klein-Phoebe weiteten sich vor Staunen. Da drückte ihr die erwachsene Phoebe das Album mit den Worten »Schau dir die Fotos in aller Ruhe an« in die Hand. Gesagt, getan: Schon war die Kleine ganz in die Betrachtung der Bilder versunken.

Triumphierend drehte sich Phoebe zu Piper und Leo um.

»Das war prima«, sagte der *Wächter des Lichts* erleichtert.

»Puuuh, ja ... Gottlob komme ich wenigstens mit einem meiner diversen Ichs klar«, sagte Phoebe.

»Wie darf man das verstehen?«, fragte Piper. »Gibt's Probleme mit der Senioren-Fraktion?«

»Das kann man wohl sagen«, seufzte Phoebe. »Die alte Dame mag zwar entfernte Ähnlichkeit mit mir haben, aber ansonsten kann ich keine Gemeinsamkeiten zwischen ihr und mir feststellen. Ich begreife nicht, wie ich so ... boshaft werden konnte.«

»Weiß sie denn wenigstens, wie man den Zauberspruch wieder aufhebt?«, fragte Leo.

»Nein«, gab Phoebe zurück. »Sie kann sich noch nicht mal daran erinnern, ihn je gesprochen zu haben.«

»Die Zukunft ändert sich mit jeder Entscheidung, die

wir treffen«, gab Leo zu bedenken. »Einige haben weiter reichende Konsequenzen als andere. Aber letztlich muss es einen Grund dafür geben, dass dein zukünftiges Ich nun hier ist. Und auch einen Grund dafür«, ergänzte er und deutete auf Klein-Phoebe, die noch immer selbstvergessen im Fotoalbum blätterte.

»Aber warum?«, fragte Phoebe. »Was ist der Sinn des Ganzen?«

»Vielleicht besteht der Sinn darin, dir zu helfen, auf dein Herz zu hören«, überlegte Piper.

»Und bis das nicht geschehen ist, werden deine Alter Egos auch nicht in ihre eigene Zeit zurückkehren«, folgerte Leo.

»Dann werden die beiden bis in alle Ewigkeit hier bleiben müssen«, murmelte Phoebe frustriert, »weil sich nämlich die alte Phoebe standhaft weigert, mir etwas über Cole zu verraten.«

Wie aufs Stichwort betrat plötzlich Cole das Wohnzimmer. »Redet ihr über mich?«

Klein-Phoebe sah von ihrem Fotoalbum auf, und ein entzückter Ausdruck erschien auf ihrem Gesicht. »Mannomann, wer bist du denn?«, fragte sie strahlend.

»Bitte?« Cole runzelte verständnislos die Stirn.

»Das ist Cole«, erklärte Phoebe dem Mädchen. »Er ist . . . unser Verlobter.«

»Ooooooooh«, rief das Kind begeistert. »Ist das etwa der Prinz, der uns auf sein Schloss mitnimmt?«

»Prinz?«, fragte Piper lachend. »Schloss?«

Phoebe dachte einen Moment lang nach. »Ich glaube, sie meint den holden Königssohn aus Aschenputtel.« Ein verträumter Ausdruck erschien auf ihrem Gesicht. »Das war mein Lieblingsmärchen, als ich noch klein war. Ich kann nicht glauben, dass ich das vergessen hatte.«

»Vielleicht ist sie deshalb hier«, überlegte Piper. »Um dir zu helfen, dich wieder zu erinnern.«

Klein-Phoebe begann einen Augenflirt mit Cole, den dieser mit einem peinlich berührten Lächeln quittierte. Ob dieser Begeisterung konnte sich die erwachsene Phoebe ein Grinsen nicht verkneifen.

Cole räusperte sich und wandte sich an die Erwachsenen im Zimmer: »Meint ihr nicht, ihr solltet Paige helfen herauszufinden, wer dieser, ähm, andere Besucher war . . . Ich meine, bevor er auf die Idee kommt, hier noch mal, ähm, reinzuschauen?«

»Du hast Recht«, meinte Leo, und an Piper und Phoebe gewandt: »Lasst uns an die Arbeit gehen.«

Bevor sie den anderen auf den Dachboden folgte, gab Phoebe Cole noch einen Abschiedskuss auf die Wange. »Kümmerst du dich derweil um sie?«, fragte sie mit Blick auf ihr vergangenes Ich.

»Klar«, seufzte Cole.

Klein-Phoebe zwinkerte ihm strahlend zu.

Im geheimen Hauptquartier der Verbannten hatte die Seherin unterdessen alle Hände voll damit zu tun, einen äußerst aufgebrachten Kurzon davon abzuhalten, sie umzubringen.

Außer sich vor Zorn hob der geächtete Dämonenfürst sein Schwert. »Du hast mich auf die *Zauberhaften* angesetzt, du Schlange«, schrie er. »Wofür hältst du mich eigentlich?«

»Ich habe in meinen Visionen nur *eine* Hexe gesehen«, verteidigte sich die Seherin. »Woher sollte ich wissen, wer sie war?«

»Dieser Fehler wird dich teuer zu stehen kommen«, zischte Kurzon und hielt ihr die Klinge an die Kehle.

»Sei doch nicht töricht«, sagte die Seherin. »Jede *Quelle* hat mich bisher gebraucht. Allein meine Vorhersagen haben ihnen zur größtmöglichen Macht verholfen. Ich kann auch dir von großem Nutzen sein.«

»Dann sprich, aber schnell!«, forderte Kurzon sie auf und brachte seine tödliche Waffe noch ein bisschen näher an ihren Hals.

»Ich kann dir helfen, die *Macht der Drei* mit nur einem Schlag zu zerstören«, sagte die Seherin.

»Das ist doch wieder nur einer ihrer Tricks«, mischte sich nun der ungestüme Jax ein.

»Wenn dem so wäre«, gab die Seherin zurück, »warum hätte ich dann mein Leben riskieren sollen, nur um hierher zu kommen?«

Das entbehrte nicht einer gewissen Logik, wie Kurzon fand, und so ließ er das Schwert sinken.

»Eine der Hexen«, berichtete die Seherin, »hat einen Zauberspruch aufgesagt, der ihr vergangenes Ich in die Gegenwart geholt hat. Es handelt sich dabei um ein hilfloses Kind, das noch ohne Zauberkräfte ist und damit ein einfaches Ziel darstellt.«

»Ja, und?«

»Töte dieses Kind und du tötest gleichzeitig auch die Hexe der Gegenwart. Mehr noch, die gesamte Blutlinie wird damit ausgelöscht – und mit ihr auch die *Zauberhaften*.«

Erwartungsvoll hatten sich Piper, Phoebe und Leo zu Paige auf den Dachboden von Halliwell Manor begeben in der Hoffnung, die jüngste Schwester möge bei ihren

Recherchen nach dem mächtigen Dämon erfolgreich gewesen sein.

Paige hatte sie nicht enttäuscht. Triumphierend hatte sie den dreien eine Seite aus dem *Buch der Schatten* präsentiert. Sie zeigte das Porträt eines jungen schwarzhaarigen Mannes, der dem Betrachter wild entschlossen, ja fast drohend entgegenblickte. Der dazugehörige Text gab weiteren Aufschluss:

»»Der Dämon Kurzon ist ein Erzfeind der *Quelle*‹«, las Phoebe laut vor, »»der aus der Unterwelt verbannt wurde, nachdem ein Putschversuch gegen die *Quelle* gescheitert war‹.« Sie sah von dem Buch auf. »Wieso hat man ihn nicht gleich getötet?«

»Ich glaube«, sagte Leo, »dass das nicht so einfach ist. Ihr würdet dazu sicherlich die *Macht der Drei* benötigen.«

»Moment mal«, mischte sich nun Paige ein. »Wenn dieser Typ der Feind der *Quelle* ist, macht ihn das dann nicht zu unserem Verbündeten?«

Piper runzelte die Stirn. »So nach dem Motto ›Der Feind meines Feindes ist mein Freund‹? Nette Idee, nur trifft das in unserem Fall nicht zu. Kurzon ist und bleibt abgrundtief böse, egal, auf welcher Seite er gerade steht. Er und die *Quelle* haben das gleiche Ziel: Vorherrschaft und absolute Macht und –«

Da ertönte ein gellender Schrei aus dem ersten Stock.

Cole, der mit Klein-Phoebe im Wohnzimmer zurückgeblieben war, zuckte zusammen, als das Kind unvermittelt anfing zu schreien. Alarmiert fuhr er herum.

Hinter ihm war eine Gestalt materialisiert, die einen Energieball auf ihn abschoss, dem er sich gerade noch rechtzeitig in den Weg stellen konnte. Das Geschoss traf ihn mit voller Wucht. Cole taumelte einen Schritt zurück und sah mit einem schnellen Blick, dass Phoebes ehemaliges Ich ob der ungeheuerlichen Attacke in eine gnädige Ohnmacht gefallen war. »Lass das Mädchen in Ruhe!«, zischte Cole dem Angreifer entgegen.

Der Dämon Kurzon indes erstarrte mitten in der Bewegung, als er sah, wen er da vor sich hatte. »Balthasar?«, fragte er fassungslos. »Ich dachte, du wärst tot!«

»Das ist er«, gab Cole zurück, während ein Athame in seiner Hand materialisierte. Schon einen Atemzug später schleuderte er das Messer in Richtung Kurzon. Es bohrte sich tief in den Leib des Dämonenfürsten.

Doch Kurzon grinste nur, zog die Klinge aus seinem Körper und warf sie verächtlich zu Boden. »Es braucht schon ein bisschen mehr, um mich aufzuhalten.«

»Wie du meinst«, erwiderte Cole und schleuderte einen Feuerball auf den Dämon. Ehe sich Kurzon versah, flog er rückwärts durch den Raum, als hätte ihn eine gigantische Flammenfaust getroffen. Die Wucht war so heftig, dass er bei seinem Aufprall einen massiven Couchtisch zertrümmerte.

Mit ungläubig aufgerissenen Augen rappelte sich Kurzon wieder auf, und dann schlich sich ein Ausdruck der Erkenntnis auf seine Züge. »Die *Quelle* ...«

Er verschwand genau in dem Moment, als Phoebe, Piper und Leo ins Wohnzimmer stürmten. »Cole?!«

Phoebe rannte sofort auf das Mädchen zu, das reglos auf der Couch lag, doch Cole rief: »Es geht ihr gut, sie ist nur bewusstlos.«

Wie zur Bestätigung seiner Worte schlug die Kleine auch schon wieder die Augen auf. »Alles in Ordnung?«, fragte Phoebe besorgt.

»Ja, glaube schon«, murmelte ihr ehemaliges Ich, und mit einem schmachtenden Blick zu Cole: »Du hast mich gerettet!«

Alle Augen richteten sich auf Cole, der unbehaglich von einem Fuß auf den anderen trat.

3

*B*ESORGT HATTEN SICH DIE SCHWESTERN, Leo und Cole um Klein-Phoebe geschart, die noch immer ein wenig unter Schock zu stehen schien.

»Das ... war ... so ... gruselig«, sagte das Mädchen gerade, »dieser Mann ist ... wie aus dem Nichts hier im Wohnzimmer erschienen und dann ... wurde plötzlich alles schwarz um mich herum.«

Paige hatte der Kleinen ein Glas Wasser aus der Küche geholt und reichte es ihr. »Hier, trink einen Schluck, Liebes.«

»Danke«, sagte das Mädchen und sah neugierig zu der jungen Frau auf. »Wer bist du?«

»Ich«, fragte Paige. »Ich bin Paige, deine –«

»Cousine«, fiel ihr Phoebe schnell ins Wort. »Sie ist deine Cousine mütterlicherseits.«

»Aber für uns ist sie wie eine Schwester«, ergänzte Piper lächelnd.

»Wenn du älter bist, wirst du das verstehen«, murmelte Phoebe.

Doch das Mädchen hatte offenbar keinen Sinn für derartige Spitzfindigkeiten, die Ereignisse der letzten Minuten schienen es noch immer nicht loszulassen. »Wer war dieser Mann?«, wollte es wissen. »Und wohin ist er verschwunden?«

»Darüber musst du dir keine Sorgen machen«, meinte Phoebe.

»Muss sie nicht?«, fragte Leo ernst.

»Leo ...«, begann Piper.

»Tut mir Leid«, sagte Leo, »aber wir können es nicht riskieren, dass Kurzon sie noch mal –«, er stockte, »na ja, ihr wisst schon. Sie ist Phoebes Vergangenheit, und ohne sie gibt es auch keine Phoebe der Zukunft, wenn ihr versteht, was ich meine.«

»Moment mal«, sagte Phoebe. »Du meinst, indem Cole sie gerettet hat, hat er auch mich gerettet?«

»Genau«, ließ sich nun Klein-Phoebe vernehmen, »er ist unser Prinz, und er liebt uns, schon vergessen?«

Die Anwesenden feixten und kicherten, nur Cole schien die unverhohlene Sympathiebezeugung durch Phoebes ehemaliges Selbst irgendwie peinlich zu sein.

Da ergriff Leo wieder das Wort. »Ich denke, ich sollte unsere kleine Phoebe in Sicherheit bringen – an einen für gewisse, ähm, Subjekte unerreichbaren Ort.« Sein Blick wanderte viel sagend nach oben.

»Glaubt ihr wirklich, dieser Kurzon kommt zurück?«, fragte Paige.

»Worauf du dich verlassen kannst«, sagte Cole. Alle Augen richteten sich erstaunt auf ihn. »Ich meine«, fügte er schnell hinzu, »so muss es doch sein, oder? Immerhin hat er seinen Auftrag ja noch nicht erfüllt.«

»Da ist was dran«, sagte Phoebe langsam. Sie wandte sich an ihr vergangenes Ich: »Du gehst jetzt mit Leo. Er wird gut auf dich aufpassen. Einverstanden?«

»Aber ich will nicht fort von hier«, sagte das kleine Mädchen bekümmert.

»Aber du musst«, sagte Phoebe. »Es ist nur zu deinem Besten.«

Leo beugte sich zu dem Mädchen hinab. »Nimm einfach meine Hand, Kleines, und lass sie auf keinen Fall los.«

Wider Erwarten tat Klein-Phoebe, wie ihr geheißen. »Gehen wir an Bord eines Flugzeuges?«, fragte sie den *Wächter des Lichts.*

»Nein«, sagte Leo augenzwinkernd, »aber du wirst vielleicht trotzdem ein paar Wolken sehen.«

Er und Klein-Phoebe orbten sich davon. Ein erleichtertes Aufatmen ging durch die Reihen der Anwesenden im Wohnzimmer.

Paige nahm das Wasserglas vom Tisch und wollte es wieder zurück in die Küche bringen. Da fiel ihr Blick auf das blutverschmierte Athame, das am Boden lag.

Stirnrunzelnd hob sie den Dolch auf. »Wo kommt das denn her?«

»Das Ding gehört Kurzon«, sagte Cole leichthin. »Er hat versucht, mich damit anzugreifen, aber ich hab's ihm abgenommen.«

»Du hast einem Dämon die Waffe abgenommen?«, fragte Paige. »Ziemlich beeindruckend.«

Einmal mehr beschlich Phoebe ein ungutes Gefühl, das sie jedoch nicht in Worte hätte fassen können.

Stattdessen fragte Piper: »Warum hat er dich eigentlich nicht mit Magie erledigt, Cole?«

»Keine Ahnung«, erwiderte Cole unwirsch. »Wichtig ist doch nur, dass ich ihn mit dem Dolch verletzt habe. Das heißt, wir haben jetzt genügend Blut von ihm, um ihn aufzuspüren.«

»Okay«, rief Paige sofort, »ich hole die Karte und das Pendel.« Schon war sie davongestürmt.

Piper blieb nachdenklich auf der Couch sitzen. »Glaubst du, dieser Kurzon hatte es wirklich auf Klein-Phoebe abgesehen?«, fragte sie ihre Schwester.

»Sieht so aus«, sagte Phoebe, »die Frage ist nur, warum?«

»Nun, wie Leo so treffend ausführte«, erwiderte Piper, »wenn er sie tötet, tötet er auch dich und damit die *Zauberhaften*.«

»So weit, so schlecht«, überlegte Phoebe. »Aber woher zum Teufel wusste er überhaupt, dass ich mein ehemaliges Ich herbeigezaubert habe?«

»Vielleicht ist er Hellseher?«, schlug Piper vor, doch es klang nicht sehr überzeugt.

»Oder aber«, warf Cole ein, »die Seherin hat ihm einen Tipp gegeben.«

»Die Seherin?«, fragte Phoebe erstaunt. »Glaubst du, das Unterwelt-Orakel hat mit dieser Sache zu tun?«

»Das würde mich nicht überraschen«, gab Cole leise zurück.

Die Schwestern sahen einander unbehaglich an, wenngleich aus unterschiedlichen Gründen.

»Wie dem auch sei«, sagte Phoebe plötzlich und sprang auf, »wir brauchen einen Vernichtungszauber. Cole, du hilfst Piper dabei. Erzähl ihr alles, was du über diesen Kurzon weißt.«

»Wo willst du hin?«, fragte Piper ihre Schwester.

»Ganz einfach, ich will versuchen, mit mir selbst ins Reine zu kommen«, rief Phoebe und rannte die Stufen in den ersten Stock hinauf.

Piper und Cole blickten sich verständnislos an.

Einsam saß die alte Frau auf dem kleinen Sessel vor dem Frisiertisch und betrachtete gedankenverloren das gerahmte Foto von sich und Cole – ein Bild aus glücklichen, längst vergangenen Tagen.

In diesem Moment stürmte Phoebe ins Zimmer und

kam auch gleich zur Sache. »Ich muss dich unbedingt zurückschicken – und zwar schnell!«

»Soll mir recht sein«, erwiderte ihr zukünftiges Ich mürrisch.

»Nicht, dass wir uns falsch verstehen«, sagte Phoebe. »Es geht hier nicht nur um dich, sondern um unser aller Schicksal. Und der einzige Weg, das schnell hinter uns zu bringen, ist, dass du mir jetzt endlich die Frage beantwortest, die ich mir bei meinem Zauberspruch stellte: Soll ich Cole heiraten, oder nicht?«

Die alte Frau sah sie unverwandt an und schwieg.

»Jetzt hör mir mal gut zu«, rief Phoebe aufgebracht. »Eben hat uns ein Dämon angegriffen und dabei fast Klein-Phoebe getötet. Was bedeutet, dass er uns damit alle umgebracht hätte!«

»Ich weiß genau, was das bedeutet«, sagte die Alte mit brüchiger Stimme und wandte den Blick ab.

»Und warum beantwortest du mir dann meine Frage nicht?«

Ihr zukünftiges Selbst hob müde den Kopf. »Weil ich in diesem Fall die Zukunft ändern würde und so nicht nur unser, sondern das Schicksal der ganzen Welt aufs Spiel setzen würde.«

»Aber vielleicht sollst du ja die Zukunft ändern«, insistierte Phoebe. »Vielleicht wurdest du ja aus genau diesem Grund hierher geschickt.« Sie seufzte. »Wenn es etwas gibt, dass du und ich gemeinsam haben, dann doch die Erkenntnis, dass Magie nie ohne Grund passiert. Kann es denn nicht sein, dass das Schicksal dir eine zweite Chance geben wollte.«

Die Alte lächelte traurig. »Um was zu tun?«

»Vielleicht um zu verhindern, dass aus mir die verbitterte alte Frau wird, die du jetzt bist«, rief Phoebe verzweifelt.

Die Greisin schrak zurück, fast wirkte sie ein wenig verletzt.

»Bitte«, flehte Phoebe. »Ich habe schon so viel verloren, lass mich nicht auch noch mich selbst verlieren.«

Ihr Gegenüber schien mit sich zu ringen, und Phoebe schöpfte neue Hoffnung, doch dann sagte die Alte: »Nein, es tut mir Leid ... ich kann nicht.« Es klang traurig, ja, fast verzweifelt.

»Dann«, sagte Phoebe leise, »fürchte ich, hast du soeben unser beider Schicksal besiegelt.«

Im so genannten Sonnenzimmer von Halliwell Manor, dem behaglichen Wintergarten des Hauses, hatte Paige unterdessen eine Karte von San Francisco auf dem schmiedeeisernen Gartentisch ausgebreitet.

Ihre Hand mit dem Kristall-Pendel kreiste unaufhörlich über dem Straßenplan der Millionenstadt auf der Suche nach Kurzons derzeitigem Aufenthaltsort.

Piper hatte es sich mit dem *Buch der Schatten* und einem Notizblock auf der großen weißen Couch gemütlich gemacht, während Cole rastlos im Raum auf und ab tigerte.

»Hast du den Spruch schon fertig?«, fragte er.

»Fast, aber würdest du bitte mit deinem Rumgerenne aufhören?«, sagte Piper, ohne von ihren Notizen aufzusehen, »das ist sehr nervig.«

»Nein«, sagte Cole angespannt.

Da betrat Phoebe das Sonnenzimmer.

»Na, wie ist es gelaufen mit dem störrischen alten Weib?«, fragte Piper.

»Schlecht«, sagte Phoebe. »Ich konnte nichts aus ihr rauskriegen.«

»Sie hat dir also nichts über die Zukunft verraten wollen?«, hakte Cole nach.

»Nein, sie befürchtet, das könnte Konsequenzen für uns alle haben.«

Niemand registrierte, wie erleichtert Cole diese Nachricht aufnahm.

»Aber sie *ist* doch deine Zukunft, Phoebe«, meinte Paige. »Die kann man doch gar nicht mehr ändern, oder?«

»Das kann man sehr wohl«, sagte Piper. »Wir haben in dieser Hinsicht schon einiges erlebt.« Mit gemischten Gefühlen erinnerte sie sich an die diversen Zeitreisen, die sie und ihre Schwestern unternommen hatten. Stets hatte die Angst, mit einem beherzten Eingreifen womöglich den Lauf der Geschichte zu verändern, wie ein Damoklesschwert über ihnen gehangen.

»Wenn das so ist«, witzelte Paige, »sollte ich Phoebes Spruch vielleicht auch mal ausprobieren und ein bisschen in meiner eigenen Zukunft herumschnüffeln. Vielleicht finde ich heraus, was passiert, wenn ich diese Beförderung annehme.«

»Du bist befördert worden?«, fragte Phoebe.

»Ja, und zwar mit Hilfe von Magie, und ein gewisser Scott hatte dabei das Nachsehen«, wusste Piper zu berichten.

»Auweia«, stöhnte Phoebe. »Persönliche Vorteilnahme. Das ist ziemlich –«

»Schluss jetzt damit!«, schnitt ihr Cole barsch das Wort ab. »Wenn ihr nicht schnellstens diesen Kurzon ausfindig macht, dann wird er die nächste *Quelle*«, rief er aufgebracht. »Und in diesem Fall spielt persönliche Vorteilnahme keine Rolle mehr, weil ihr dann nämlich alle tot sein werdet!«

Wie aufs Stichwort senkte sich plötzlich das Kristall-

Pendel auf die Karte hinab. »Hab ihn«, rief Paige. »Er ist am anderen Ende der Stadt.«

»Okay«, sagte Piper und erhob sich. »Paige, nimm Karte und Kristall mit, wir machen unterwegs weiter.« Sie schnappte sich den Vernichtungszauber, während ihre Schwestern sich ebenfalls zum Aufbruch bereit machten.

Nur Cole blieb wie angewurzelt im Sonnenzimmer stehen. »Kommst du nicht mit?«, fragte Paige.

»Was könnte ich schon groß ausrichten?«, gab er zurück. »Ich bin ja schließlich kein Dämon mehr.«

Grinsend drückte Phoebe ihrem Verlobten einen Abschiedskuss auf die Wange. »Halte dich am besten von unserem Schlafzimmer fern, Schatz, es sei denn, du willst dir noch mal eine Backpfeife einfangen.«

Als die Schwestern das Haus verlassen hatten, verschwand auch Cole aus dem Wintergarten in der Prescott Street.

Außer sich vor Wut erschien Cole in den Gewölben der Seherin.

Sie hatte ihm den Rücken zugewandt und drehte sich auch nicht zu ihm um, als er entschlossenen Schrittes auf sie zuging. »Sieh mich an!«, sagte er drohend.

Das Orakel zeigte keine Reaktion.

»Sieh mich an!«, schrie Cole, und für einen Moment schien das Echo seiner Stimme auch den letzten Winkel der Unterwelt zu erreichen.

Erschrocken wandte sich die Seherin zu ihm um.

»Du hast Kurzon geschickt, damit er Phoebe tötet. Du hast mich hintergangen!«

»Das geschah nur zu deinem Besten«, sagte die Seherin. »Deine Liebe zu ihr war das Einzige, das dich noch zurückhielt, das Einzige, das dich daran hinderte, die Macht der *Quelle* zu akzeptieren.«

Cole formte einen Feuerball in seiner Hand. Bestürzt wich die Seherin einen Schritt zurück. »Verstehst du denn nicht?«, setzte sie schnell hinzu. »Wenn sie nicht mehr ist, bräuchten wir die *Zauberhaften* nicht mehr, um Kurzon zu vernichten – du wärest dann in der Lage, ihn selbst zu töten.«

Der Feuerball blieb reglos in der Luft hängen.

»Phoebe darf nicht sterben«, sagte Cole drohend, »oder diese Seele hier«, er tippte sich auf seine Brust »stirbt mit ihr – seine Liebe zu ihr ist zu stark. Und ich benötige diese Stärke, um das wiederzubekommen, was ich verloren habe.«

»›Seine Liebe zu ihr‹?«, wiederholte die Seherin, und ein dünnes Lächeln umspielte ihre Lippen. »Ich sehe, die *Quelle* in dir hat sich endlich offenbart. Wie dem auch sei, du musst sie töten, denn unser ganzer Plan baut darauf auf.«

»Dein Plan, nicht meiner«, sagte Cole. »Ich will, dass Phoebe lebt. Und wenn du mich noch einmal betrügst«, er schleuderte den Feuerball haarscharf am Kopf der Seherin vorbei, sodass das tödliche Geschoss an der Höhlenwand explodierte, »werde ich beim nächsten Mal nicht danebenzielen.«

Mit einem Lächeln flammte er auf und verschwand aus den Gewölben des Orakels.

Als Cole im Sonnenzimmer von Halliwell Manor materialisierte, war sein Wiedereintauchen ins Diesseits nicht unbeobachtet geblieben.

»Hallo, Cole«, drang eine brüchige Stimme an sein Ohr.

Alarmiert fuhr Cole herum. An der Tür zum Wohnzimmer stand die alte Phoebe und sah ihn unverwandt an. Dann sagte sie: »Ich habe dich schon erwartet.«

4

»WAS IST LOS MIT DIR, COLE?«, sagte die alte Phoebe und kam langsam auf ihn zu. »Hast du etwa Angst, den Mädchen dein kleines Geheimnis zu beichten?«

»Was willst du?«, fragte Cole.

»Mein Leben zurück, wenn du es genau wissen willst«, sagte die Alte.

»Für mich siehst du ziemlich lebendig aus«, erwiderte Cole ungerührt. Er trat einen Schritt auf sie zu. »Aber das könnte ich ändern«, fügte er drohend hinzu.

Die Alte lachte. »Du kannst mich nicht töten, Cole. Das konntest du nie. Selbst als die *Quelle* von dir Besitz ergriffen hatte, hat ein Teil von dir mich immer geliebt.«

»Aber das reicht nicht ...«

»Doch, das tut es. Oder zumindest würde es reichen, wenn ...« Sie seufzte. »Ich habe dich nicht geheiratet. Und als ich herausfand, dass du die *Quelle* bist, mussten meine Schwestern und ich dich vernichten.«

»Warum erzählst du mir das?«

»Weil ich mich mein halbes Leben lang gefragt habe, was wohl geschehen wäre, wenn ich dich geheiratet hätte. Vielleicht hätten sich die Dinge dann anders entwickelt. Für uns beide.«

»Dafür ist es nun zu spät«, sagte Cole und wandte den Blick ab.

»Vielleicht nicht«, erwiderte die Alte, und in ihren müden Augen erschien ein hoffnungsvolles Schimmern.

»Deshalb suche ich dich zuerst auf. Bevor ich alles aufs Spiel setze, muss ich wissen, ob auch nur der Hauch einer Chance besteht, dich zu retten.«

Bestürzt starrte Cole sie einen Moment lang an, dann wandte er sich abrupt ab. »Das glaube ich kaum«, sagte er mit bebender Stimme.

»Und du willst es noch nicht einmal versuchen?«

»Das will ich doch, aber –«, er brach ab. Als er weitersprach, zitterte seine Stimme noch stärker. »Aber er wird es nicht zulassen. Er ist zu stark.«

»Dann werde ich Phoebe die Wahrheit sagen. Ich werde sie davon überzeugen müssen, dich zu retten ... uns zu retten.«

Entsetzt fuhr Cole zu ihr herum. »Aber wenn du die Zukunft änderst, könnte Phoebe vorzeitig sterben, und mit ihr ihre Schwestern.«

»Magie geschieht nie ohne Grund, Cole«, sagte die Alte mit einem bittersüßen Lächeln. »Es gibt nicht mehr viel, an das ich noch glaube, aber davon bin ich überzeugt. Ich glaube, dass es an mir ist, dies alles zu ändern.«

»Du denkst, es ist deine Bestimmung, mich zu retten?«, fragte Cole, und die Alte glaubte so etwas wie Zuversicht in seiner Stimme zu vernehmen.

»Phoebe hat mich daran erinnert, dass es einmal eine Zeit gab, da es in meinem Leben noch Hoffnung und Liebe gab.« Sie berührte ihn zärtlich am Arm. »Darum habe ich meine Meinung geändert. Ich möchte verhindern, dass sie ein Leben in Kummer und Trauer verbringt – so wie ich es tat. Glaube mir, nicht einmal der Tod könnte grausamer sein.«

Cole hatte nur wenig Zeit, über ihre ungeheuerlichen Worte nachzudenken, denn schon im nächsten Augenblick materialisierte Kurzon im Zimmer.

»Ich hoffe, ich störe nicht.« Der Dämon grinste hämisch.

»Ich kann nicht glauben, dass wir ihn verloren haben!«, schimpfte Piper und brachte den Jeep mit quietschenden Reifen am Straßenrand zum Stehen.

In einem Affenzahn waren die Schwestern nach ihrem Aufbruch von Halliwell Manor durch die Nacht gebraust, während Paige vom Rücksitz des Autos aus die Wegbeschreibung durchgegeben hatte. Dann war der Kontakt zu dem Dämon plötzlich abgerissen.

Die drei stiegen aus und breiteten den Stadtplan auf der Motorhaube des Wagens aus. Hektisch versuchte Paige, Kurzons neuen Aufenthaltsort mit dem Kristall-Pendel aufzuspüren. »Er muss sich bewegt haben, gebt mir einen Moment Zeit.«

»Beeil dich«, drängte Phoebe, »vielleicht holen wir ihn ja wieder ein.«

Mit schweißnassen Händen ließ Paige den Kristall wieder über die gesamte Karte kreisen. Plötzlich sank er mit einem Ruck nieder. »Verdammt, er ist in unserem Haus.«

»Unmöglich! Wir schaffen es nie rechtzeitig zurück nach Halliwell Manor!«, rief Phoebe panisch.

»Lasst uns Leo rufen«, schlug Paige vor.

»Nein«, sagte Piper. »Der muss sich um Klein-Phoebe kümmern. Er darf sie auf keinen Fall wieder mit in die Sache reinziehen.« Ihr Blick blieb auffordernd an Paige hängen.

»Schau mich nicht so an«, protestierte Paige, die genau wusste, was Piper dachte.

»Wieso nicht?«

»Herrgott, ich hab mich gerade mal von einer Etage zur

nächsten georbt – allein.« erwiderte Paige. »Und nicht quer durch die Stadt mit zwei Passagieren!«

»Moment mal«, horchte Phoebe auf. »Du kannst dich neuerdings von einem Ort zum anderen orben?«

»Ja«, sagte Paige. »Aber nicht weit. Ich bin noch nicht mal sicher, ob ich uns in den richtigen Stadtteil bringen könnte, geschweige denn ins richtige Haus.«

»Bitte, Paige«, flehte Phoebe. »Er wird Cole töten. Du musst es versuchen.

Paige zögerte. Dann reichte sie ihren Schwestern die Hände.

In Halliwell Manor wich Cole gerade erfolglos einem blauen Energieball aus, der ihn um die eigene Achse rotieren ließ wie einen Kreisel.

Noch im Sturz schleuderte er einen Feuerball auf Kurzon, doch die Gestalt des Dämons löste sich einfach auf, sodass das Geschoss erfolglos in einer Blumenampel detonierte.

Die alte Phoebe eilte herbei und wollte Cole wieder auf die Beine helfen, da erschien Kurzon erneut, diesmal hinter ihnen – und hielt ein strahlendes Zeremonienschwert in der Hand. Mit erhobener Waffe und einem triumphierenden Schrei stürmte der Dämon auf die beiden zu. Da fuhr die Alte, deren Hände noch immer auf Coles Schultern ruhten, herum – und der Stahl des Angreifers durchbohrte sie mit erschreckender Leichtigkeit.

Mit einem unterdrückten Schmerzensschrei sank die alte Frau zu Boden, als der Dämon die Klinge mit einem Ruck wieder aus ihrem Körper zog. Für eine Sekunde war Cole wie paralysiert. Dieses Überraschungsmoment brachte Kurzon einen Vorteil, und er attackierte seinen Gegner nun im Nahkampf. Ehe er sich versah, war Cole, der verzweifelt versuchte, Kurzon die blutverschmierte Waffe zu entwinden, mit dem Dämon in ein erbittertes Gefecht verwickelt. Immer wieder versuchte Kurzon, das Schwert in ihn hineinzustoßen, doch immer wieder konnte Cole den Todesstoß im letzten Moment abwehren. Als die Schwertspitze nur noch Zentimeter von seiner Brust entfernt war, materialisierten die *Zauberhaften* im Wohnzimmer.

Die Schwestern erfassten sofort den Ernst der Lage. »Der Spruch!«, rief Piper. »Schnell!«

Im Chor riefen die drei mit beschwörender Stimme:

Der tiefsten Hölle Brut du bist,
dein Platz auf Erden nimmer ist.

Als Kurzon die ersten Worte des Vernichtungszaubers vernahm, erstarrte er für einen Atemzug mitten in der Bewegung. Das reichte Cole. In einem Akt der Verzweiflung stieß er den Angreifer brutal von sich. Das Zeremonienschwert fiel scheppernd zu Boden.

Nie wieder wirst du Schmerz bereiten,
zerstört seist du für alle Zeiten.

Unversehens wand sich Kurzon vor Schmerzen inmitten einer gigantischen Feuersbrunst. Seine verzweifelten Todesschreie verstummten erst in dem Moment, da er in einer dröhnenden Explosion sein Ende fand.

Entsetzt rannte Phoebe zu der alten Frau, die schwer verletzt am Boden lag und leise stöhnte. »Leo!«, schrie die junge Frau voller Verzweiflung.

»Warte …«, sagte ihr zukünftiges Ich mit brüchiger Stimme.

Pipers Blick wanderte zu Cole, der noch immer schwer atmend auf der Stelle stand. In seinem Gesicht stritten sich Fassungslosigkeit und Erleichterung. Mit tonloser Stimme sagte er: »Sie hat mich gerettet.«

Mit Tränen in den Augen nahm Phoebe die alte Frau, die sie einmal werden sollte, behutsam in den Arm. »Da hast du deine Antwort«, flüsterte ihr zukünftiges Ich und schloss die Augen.

In diesem Moment orbten Leo und Klein-Phoebe in den Raum. »Bitte, Leo«, flehte Phoebe. »Tu was! Sie stirbt!«

Doch als der *Wächter des Lichts* seine heilenden Hände auflegte, schüttelte er den Kopf. »Sie ist bereits von uns gegangen.«

Betroffenes Schweigen machte sich breit. Und dann, nur eine Sekunde später, verschwand der tote Körper der alten Phoebe, und sogleich löste sich auch die Gestalt der kindlichen Phoebe in nichts auf.

»Was ist passiert?«, fragte Paige nach einer Weile in die Stille hinein.

»Sieht so aus«, sagte Piper, »als habe Phoebes Spruch seine Bestimmung erfüllt.« Und an Phoebe gerichtet: »Du hast gehört, was du hören wolltest.«

In einer Mischung aus banger Erwartung und Hoffnung sah Phoebe ihren Verlobten an.

Doch Cole senkte nur den Blick.

In der Küche von Halliwell Manor führten Paige und Leo gerade ein Fachgespräch unter *Wächtern des Lichts*.

»Wo wir gerade beim Thema sind«, sagte Paige, »wann werde ich eigentlich in der Lage sein, mich ›nach oben‹ zu orben?«

»Lass dir Zeit«, erwiderte Leo. »Sei stolz auf das, was du bisher erreicht hast. Du hast damit den Tag gerettet.«

»Aber ich konnte nicht jeden retten«, erwiderte Paige leise.

»Das stimmt«, sagte Leo. »Aber so ist das nun mal mit der Zukunft. Es wird immer eine Gelegenheit geben, sie zu ändern.«

Piper trat herbei, stellte eine gigantische Packung Eiscreme auf den Küchentisch und setzte sich dann zu ihnen.

»Also wird Phoebe nicht auf die Weise sterben, die wir heute miterleben mussten?«, fragte Paige.

»Nein«, sagte Piper. »Wie ich unsere Phoebe kenne, wird sie es nicht so weit kommen lassen.«

»Aber was ist mit Klein-Phoebe?«, fragte Paige besorgt und lüpfte den Deckel der Eiscreme-Bombe. »Immerhin kehrt sie mit all dem Wissen über die Zukunft zurück in ihre Zeit. Wird das nicht zu großen Schwierigkeiten führen?«

»Das wage ich zu bezweifeln«, sagte Piper. »In dem Moment, da die Kleine über Magie zu sprechen beginnt, wird Grams mit irgendeinem Hokuspokus dafür sorgen, dass ihr Schützling das alles ganz schnell wieder vergisst.«

»Das ist gut«, meinte Paige. Sie bohrte ihren Löffel in die Eiscreme und ließ es sich schmecken.

»Das ist Grams«, gab Piper lächelnd zurück.

Für eine Weile hingen sie alle schweigend ihren eigenen Gedanken nach.

»Nun denn«, meinte Paige schließlich und erhob sich. »Ich gehe jetzt besser ins Bett, damit ich morgen ausgeschlafen bin und hinsichtlich meiner eigenen Zukunft aktiv werden kann.«

»Hast du entschieden, was du wegen deiner Beförderung unternehmen willst?«, fragte Piper.

»Ja«, sagte Paige, »ich werde das wieder in Ordnung bringen.«

»Aha«, meinte Piper. »Was hat dich zu dieser Entscheidung bewogen?«

»Die Sache mit den drei Phoebes«, erwiderte Paige. »Unsere Schwester hat Magie benutzt, um ihre eigene Zukunft zu ändern. Aber ich habe mit Magie des guten Scotts Zukunft geändert, und das ist nicht besonders fair. Kurz: Ich werde die Suppe auslöffeln, die ich ihm eingebrockt habe. Gute Nacht, allerseits.«

Nachdem Paige gegangen war, wandte sich Leo an seine Frau. »Was denkst du, wird unsere Phoebe tun? Ich meine wegen der Sache mit Cole?«

»Keine Ahnung«, sagte Piper, »aber ich glaube nicht, dass wir vierzig Jahre warten müssen, um das zu erfahren.«

Einsam saß Phoebe auf dem kleinen Sessel vor dem Frisiertisch und betrachtete gedankenverloren das gerahmte Foto von sich und Cole – ein Bild aus glücklichen und wie es schien, längst vergangenen Tagen.

Da betrat Cole das Zimmer und warf seinen Haustürschlüssel auf die Kommode neben der Tür. Offensichtlich war er gerade von einem seiner ominösen Ausflüge zurückgekehrt. Wie so häufig in letzter Zeit ...

»Hi«, begrüßte ihn Phoebe nach einem kurzen Zögern und runzelte die Stirn

»Hi«, erwiderte Cole. »Ich bin nur ...«

»Ich weiß. Du musstest dir wieder ein Weilchen die Beine vertreten, stimmt's?«, fragte Phoebe müde.

»Ja, so etwas in dieser Art«, murmelte Cole.

Phoebe wandte den Blick ab und starrte wieder das Foto an. »Wenigstens bist du zurückgekommen.«

»Hast du daran gezweifelt?«, fragte Cole.

»Ich weiß nicht«, sagte Phoebe schnell. Dann erhob sie sich, ging ein paar Schritte im Zimmer auf und ab und setzte sich schließlich aufs Bett. »Ich ... mir sind in letzter Zeit eine Menge verrückter Dinge im Kopf herumgegangen. Dinge, die uns betreffen ... ich hatte einige seltsame Gefühlsanwandlungen ... ich vermutete, dir ging es ähnlich.« Sie machte eine kleine Pause und holte tief Luft. »Ich hab dir nie erzählt, was hinter diesem Zauberspruch wirklich steckte.«

»Ich dachte, du wolltest mit seiner Hilfe tief in dein Herz hineinsehen?«, sagte Cole.

»Tatsächlich«, erklärte Phoebe, »wollte ich wissen, ob ich dich heiraten soll oder nicht.«

»Oh ...«, entfuhr es Cole. »Und?«

»Willst *du* es denn noch?«, fragte Phoebe und sah ihn eindringlich an.

»Natürlich«, gab Cole mit gedämpfter Stimme zurück. »Das ist ... immer noch Teil meines Plans, so viel ist sicher.« Unvermittelt lächelte er.

Phoebe kämpfte die aufsteigenden Tränen nieder. »So ist es auch bei mir«, sagte sie leise und sah Cole zärtlich an. »Weißt du, ich hatte nie diese viel zitierten ›kalten Füße‹ wegen unserer bevorstehenden Heirat. Aber als mein vergangenes Ich mich an das längst vergessene Märchen von Aschenputtel erinnerte, und als ich sah, dass mein zukünftiges Ich bereit war ... für dich zu sterben, da ...«

»Und ich war bereit, für dich zu sterben«, sagte Cole mit heiserer Stimme und schlug die Augen nieder.

»Cole«, sagte Phoebe nach einer Weile ernst. »Ich werde dir jetzt eine einzige Frage stellen, und alles, was ich von dir erwarte, ist eine ehrliche Antwort.«

»Okay«, sagte Cole zögernd und räusperte sich.

Phoebe sah ihren zukünftigen Ehemann einige Sekunden lang prüfend an, dann fragte sie mit bebender Stimme: »Gibt es irgendetwas, Liebster, das du mir nicht gesagt hast? Etwas über ... dich? Etwas, das ich nicht weiß?«

Statt einer Antwort kam Cole langsam auf sie zu und setzte sich neben sie auf das Bett. Sein Blick wanderte unstet hin und her, dann suchten und fanden seine Augen die ihren, und nach einer schier unendlich langen Pause sagte er schließlich: »Nein.«

Erleichtert schlang Phoebe ihre Arme um ihn, und all die Qual und all der Schmerz der letzten Tage schienen von ihr abzufallen wie ein scheußlicher Traum, der nach dem Erwachen nur noch eine vage Erinnerung ist.

Fern ab von Zeit und Raum stand die Seherin in ihren Gewölben, und auf ihrem undurchdringlichen Antlitz erschien ein triumphierendes Lächeln.

Was sie soeben gesehen hatte, erfüllte sie mit großer Befriedigung.

Die Dinge entwickelten sich ganz nach Plan.

Drum prüfe,
wer sich ewig bindet...

Ist ein Traum, kann nicht wirklich sein,
dass wir zwei beieinander sein.

Hugo von Hofmannsthal aus »Der Rosenkavalier«

1

*P*IPER WAR GLÜCKLICH.

Sie genoss diesen Moment des Friedens und der selbst-
vergessenen Hingabe an die überschaubaren Dinge des
Lebens, von denen es in ihrem leider viel zu wenige gab.

Ein Meer von Blumen schmückte den Altar der alten,
ehrwürdigen Kirche, sorgsam arrangiert in meterhohen
schlanken Vasen, von denen jede einzelne ausgereicht
hätte, eine großzügig angelegte Gartenterrasse als Blick-
fang zu bereichern. Zarte Pastelltöne mischten sich mit
einer wahren Flut aus weißen Blüten, zwischen denen
inselgleich tiefblaue und strahlend violette Tupfer auf-
blitzten. Schwere Brokatstoffe und sanft sich zum Boden
ergießende Bahnen aus schimmerndem Samt vervollständigten das Feuerwerk floristischer Handwerkskunst
und verwirrten das Auge mit ebenso schillernden wie
flüchtigen Effekten aus Silber und Gold. Und als wäre das
alles nicht genug für einen Tag wie diesen, drängten
durch das bunte Fenster hinter dem Altar die Strahlen der
Nachmittagssonne hinein und schmückten die Kirche
mit allem, was ihr an Farben und Glanz noch zu fehlen
schien.

Alle Zeichen sprachen dafür, dass es eine Hochzeit werden würde wie aus einem Bilderbuch.

»HAST DU DICH UM DEN KUCHEN GEKÜMMERT?«

Die dröhnenden und verzerrten Worte zerrissen die
Stille wie die Stimme des allerhöchsten Anklägers am
Tag des Jüngsten Gerichts.

Kurz darauf tauchte hinter einem der Blumengebinde eine orangerote Strickmütze auf, gefolgt von einem dunklen Haarschopf und dem Rest von Phoebe, die mit prüfenden Blicken die Vase umrundete und an den Blüten herumzupfte, um sie ins rechte Licht zu setzen. Obwohl Piper den Unterschied nicht feststellen konnte.

Irgendwie fühlte sie sich bei Phoebes Anblick an einen hektisch umherflatternden Kolibri erinnert. Den farblich zur Mütze passenden Pullover ihrer jüngeren Schwester zierte ein knapp unterhalb des Kinns angebrachtes schwarzes Knopfmikrophon – die Ursache für die soeben stattgefundene Attacke auf Pipers Trommelfell.

»Ja«, antwortete sie mit erzwungener Ruhe.

»GUT! ICH MÖCHTE NICHT, DASS DER KUCHEN EIN-TRIFFT, BEVOR DIE TISCHE HERGERICHTET SIND!«

Eine schrille Rückkopplung jaulte durch die heiligen Hallen und fetzte ein weiteres Stück aus Pipers Nervenkostüm.

»Mach dir um den Kuchen keine Sorgen – und könntest du bitte das Mikrophon ausschalten?« Pipers Tonfall hatte deutlich an Schärfe zugenommen.

»OH, ENTSCHULDIGUNG! NUR EIN KLEINER... S-O-U-N-D-C-H-E-C-K!« Beim letzten Wort gab Phoebe noch einmal alles. Es folgte ein kurzes, aber heftiges Gewitter aus krachenden und pfeifenden Geräuschen, während sie an ihrem Mikro herumhantierte. Dann trat endlich erlösende Stille ein.

»Was ist mit der Hochzeitslimousine? Hast du daran gedacht, die Hochzeitslimousine zu buchen?«, fuhr Phoebe schließlich mit unverstärkter Stimme fort. Der Widerhall ihrer Worte, von der Akustik des Raumes in alle Ecken und Winkel der Kirche getragen, nahm sich im Vergleich zu ihrem ›Soundcheck‹ wie raunendes Geflüster aus.

»Es ist für alles gesorgt ... auch für den D.J., die Tisch-
arrangements, das Catering, den Reis, das –«

»Reis?« Ein Anflug von Panik machte sich auf Phoebes
Zügen breit. Sie unterbrach die Inspektion der Blumen-
dekoration und trat einige Schritte auf ihre Schwester zu.
»Nein, nein, nein! Auf gar keinen Fall darf irgendjemand
mit Reis werfen.«

»Wieso nicht?«

»Die Vögel können ihn nicht verdauen. Sie bekommen
Blähbäuche davon.«

»Okay, dann werfen wir eben Vogelfutter. Oder lassen
Luftballons steigen.«

»Nein!«, protestierte Phoebe. »Luftballons würden nur
aufs Meer hinaustreiben und dort, wenn sie irgendwann
runterkommen, von Walen für Quallen gehalten und ver-
schlungen ... und die würden dann elendig zu Grunde
gehen ... und ich will keine an den Strand geschwemm-
ten Wale und schon gar nicht an meinem Hochzeitstag
und ... und ... ich meine ...«

Phoebe schnappte nach Luft.

»Schätzchen«, nutzte Piper die entstandene Pause, »ich
weiß, morgen ist für dich ein großer Tag, und dir liegt
daran, dass alles so perfekt wie möglich abläuft, aber du
solltest es ein wenig ruhiger angehen. Atme – atme tief
durch. Atmen ist gut für dich.«

Während Phoebe ihre Lungen mit rettendem Sauerstoff füllte, kam Paige, die dritte der Halliwell-Schwestern, durch den Mittelgang auf sie zu. Keine der beiden
anderen hatte ihre Ankunft bemerkt.

»Wow!«, entfuhr es ihr, während sie bewundernde
Blicke umherschweifen ließ. »Findet hier eine Hochzeit
statt oder eine Krönungsfeier?«

»Wo ist das Brautkleid?«, fragte Phoebe, ohne auf die

Bemerkung einzugehen. Fassungslos starrte sie ihre Schwester an, die mit nichts über dem Arm als der eigenen Jacke vor ihr stand.

»Ich hab's nicht«, gab Paige leichthin zurück.

Japsend rang Phoebe erneut nach Luft, diesmal offensichtlich kurz davor zu hyperventilieren.

»So viel ... zum Thema ... ›Durchatmen‹«, presste sie mühsam hervor. »Soll das etwa heißen, du hast am letzten Tag vor der Hochzeit deiner Schwester vergessen, das Brautkleid abzuholen? Das Geschäft hat morgen geschlossen!«

»Entspann dich«, beruhigte sie Paige. »Es hat heute noch den ganzen Abend geöffnet. Auf dem Weg zum Probedurchlauf werde ich kurz reinspringen und dein Kleid einsacken. Grundgütiger Himmel ...«

»Schon gut, schon gut ... tut mir Leid.« Phoebe wirkte sichtlich erleichtert.

»Am besten, du setzt dich erst mal hin.« Piper legte fürsorglich den Arm um Phoebes Schulter und führte sie zur vordersten Sitzreihe. Als Phoebe sich darauf niederließ, keuchte sie wie eine Schwangere kurz vor der Niederkunft.

»Ich schätze, ich bin wohl ein wenig gestresst«, erklärte sie den Schwestern, denen sie damit nichts Neues erzählte. »Ich möchte einfach nur, dass alles glatt geht. Keine Störungen, weder natürliche noch übernatürliche, keine Magie, keine Geister.« Sie hob ihren Blick und fixierte einen imaginären Punkt irgendwo hoch über ihnen im Gewölbe der Kirche. »Habt ihr verstanden da oben? Ich will morgen keinen von euch Typen sehen! Es soll eine schöne und *ganz normale* Hochzeit werden.«

»Honey«, sagte Piper, »ich verspreche dir, du wirst eine Traumhochzeit haben.« Sie blickte ihrer Schwester fest in die Augen. »Morgen um diese Zeit werden du und Cole vereint sein im heiligen Bund der Ehe.«

»Der *heilige* Bund der Ehe darf niemals geschlossen werden.«

Die Augen der Seherin starrten in ein fernes Nichts, in der Zeit und Raum keine Bedeutung besaßen.

»Andernfalls wäre es ausgschlossen, dass du jemals als *Quelle* die Herrschaft erlangst.«

Ihr Blick klärte sich. Der milchig weiße Schleier hob sich wie ein Vorhang von ihren Augen und gab die tiefschwarzen Pupillen frei.

»Das kann nicht sein.«

»Es ist das, was ich gesehen habe.« Die Seherin fuhr herum zu dem Mann, der es wagte, ihre visionäre Kraft in Frage zu stellen. Zahllose flackernde Kerzen auf Holztischen und Felsvorsprüngen warfen zitternde Schatten an die rohen Wände der düsteren, grottenähnlichen Kammer. Skurrile Statuetten und Steinreliefs voller merkwürdiger Symbole und grausiger Fratzen schienen in dem flackernden Licht zu unheiligem Eigenleben erwacht. »Es ist deine Bestimmung, solltest du dich nicht entschließen, die Hochzeit abzusagen.«

»Ich kann nicht«, erwiderte der Mann. Der schwere, mit seltsamen Schnitzereien versehene thronähnliche Holzstuhl, auf dem er saß, verlieh ihm den Anschein von Stärke und Macht. »Ich brauche Phoebe.«

»Ich weiß ... Auch das habe ich gesehen.«

»Ich dachte, das hätten wir bereits geklärt.« Ärger und Ungeduld schwangen in der Stimme ihres Gegenübers. »Coles Liebe zu ihr lebt in mir ungebrochen weiter, ich kann sie nicht bezwingen. Wenn ich zurückerlangen will, was mir genommen wurde, wird es nicht ohne Phoebe an meiner Seite geschehen. Ich werde sie heiraten.«

»Selbst wenn der Preis dafür dein eigener Sohn ist?«

Einen Moment lang sah sie der Mann verblüfft an. Ein lauerndes Funkeln blitzte in seinen Augen auf, als er sich, hellhörig geworden, nach vorne beugte.

»Ein Sohn?«, fragte er. »Du hast in meiner Zukunft einen Sohn gesehen?«

»Mehr als einfach nur einen Sohn. Du und Phoebe Halliwell, ihr werdet ein Kind zeugen, das über Kräfte verfügt, wie sie die Welt der Magie noch nie zuvor gesehen hat.«

»Das ist mein Junge.« Lächelnd lehnte er sich wieder zurück, und so etwas wie Vaterstolz zeigte sich auf seinem Gesicht.

»Nein. Nicht *dein* Junge. Er wird *ihnen* gehören und auf der Seite des Guten kämpfen. Es sei denn ... du vermählst dich mit der Hexe in einer Zeremonie, die den dunklen Wegen folgt.«

»Das ist unmöglich«, entgegnete der Mann, der aussah wie Cole, und die Selbstzufriedenheit in seinem Gesicht wich einem Ausdruck mühsam unterdrückten Zorns. »Die Hochzeit ist schon morgen, mir bleibt keine Zeit.«

»Dann«, verkündete die Seherin mit erhobener Stimme, »wird dein Sohn niemals dein Erbe antreten. Statt dereinst dein Reich zu regieren, wird er dazu verdammt sein, als dein Vermächtnis *ihr* Schicksal zu teilen.«

Wütend sprang Cole auf, sah auf sie herab wie ein erzürnter Herrscher, der lediglich noch zwischen Fallbeil oder Strick schwankte. Ungerührt erwiderte sie seinen Blick. Beide standen sich reglos gegenüber, ein unsichtbares Kräftemessen, ein flüchtiger Augenblick nur, der darüber entschied, was sein würde und was nicht.

Der Augenblick verging.

Und Cole wandte sich ab. »Nicht, wenn ich die Hochzeit sabotiere und in einem Fiasko enden lasse – und dann eine Möglichkeit finde, sie in einer Zeremonie zu ehelichen, die den dunklen Ritualen entspricht.«

Unruhig begann er auf und ab zu gehen, dabei laut seine düsteren Pläne schmiedend. »Ich muss rasch handeln. Zuerst sollte ich einen Keil zwischen sie und eine ihrer Schwestern treiben.« Er dachte einen Augenblick nach. »Paige . . .«

»Glaubst du ernsthaft, ein Zwist unter Geschwistern könnte ausreichen . . . ?«

»Nicht allein, nein. Du musst irgendeinen Dämon auftreiben, der sie attackiert – als Ablenkungsmanöver. In der Zwischenzeit werde ich mich um Paige kümmern, ein oder zwei Tränke mixen, um ein wenig Unfrieden zu stiften und die beiden gegeneinander aufzuhetzen. Und *paff* . . .«, er schnippte mit den Fingern, ». . . schon löst sich die den Mächten des Lichts gefällige Hochzeit in Luft auf. Im wahrsten Sinne des Wortes . . .«

»Selbst wenn dir das alles gelingen sollte, wie willst du es bewerkstelligen, dass sie sich dir in einem Ritus vermählt, der den Geboten der Finsternis folgt?«

Er blieb direkt vor ihr stehen. »Was benötige ich dafür?«

Das Orakel sah ihm einen Moment lang fest in die Augen, bevor es erneut zu sprechen begann.

»Einen Priester des Bösen, der die Zeremonie durchführt . . . nachts, an einem Ort, wo die Toten ruhen. Und um den Bund zu besiegeln, bedarf es des Blutes der Braut, getrunken von dem Manne, dem sie fortan angehören soll.« Die Skepsis in ihrer Stimme war deutlich zu hören. »Wie stehen die Aussichten für solch ein Unterfangen?«

Der Mann, der in seinem Herzen die Liebe zu Phoebe trug, schien einen Moment lang in sich hineinzuhorchen.

»Gut«, sagte er dann und nahm wieder Platz auf dem thronartigen Stuhl. »Sehr gut.«

Er würde tun, was notwendig war.

2

Dıe Nacht hatte ihren Mantel über der Stadt ausgebreitet, und Dunkelheit lag über Grandma Pennys altem viktorianisch anmutenden Haus, in dem nun die drei Halliwell-Schwestern lebten. Einigen Mitmenschen mochte es aus unerfindlichen Gründen unheimlich sein, anderen möglicherweise Anlass bieten zu beständig nagendem Neid. Doch an diesem Abend wirkte es wie eine Enklave festlicher Heiterkeit, zu der kein Schatten der Finsternis Zutritt erhielt.

Helles Licht drang aus den Fenstern des großen Esszimmers im Erdgeschoss, und fröhliche Stimmen und Gelächter hallten hinaus in die Nacht.

Die drei Schwestern hatten zum opulenten Dinner geladen, um das bevorstehende Ereignis in kleinem Kreise gebührend zu feiern.

Satt und zufrieden saßen alle vor Dessert oder Espresso, erzählten sich Anekdoten, lachten über gemeinsame Erlebnisse, witzelten über die Klippen und Untiefen der Ehe und ließen die Hektik der vergangenen Tage mit nunmehr abgeklärter Distanz und wieder erwachtem Sinn für die komischen Momente des Lebens Revue passieren. Fast schien es so, als hätte ein jeder von ihnen es darauf angelegt, den anderen an Frohsinn und guter Laune zu übertreffen. Kurz: Es war ein Bild des harmonischen Friedens und Beisammenseins.

Einzig Darryl, seines Zeichens Inspector bei der örtlichen Polizeibehörde mit persönlichem Draht zur

›Unterwelt‹, legte eine gewisse Verschlossenheit an den Tag. Das war jedoch hauptsächlich darauf zurückzuführen, dass er es sich nicht hatte verkneifen können, vom Hauptgang einen gehörigen Nachschlag zu nehmen, dem er sich nun mit konzentrierter Hingabe widmete. Offensichtlich war die Verpflegung beim SFPD doch nicht so gut wie gemeinhin behauptet.

»... und Phoebe erst mal. Habt ihr gesehen, mit was für einem Affenzahn sie bei der Probe durch den Mittelgang gedüst ist?«, feixte Piper soeben und sah ihre kleine Schwester belustig an.

»Bin ich nicht!«, protestierte Phoebe. In gespielter Entrüstung knallte sie ihre Serviette auf den Tisch.

»Du hast deinen Dad überholt«, erinnerte sie Cole.

»Zwei Mal«, schlug sich Paige auf die Seite des künftigen Schwagers.

Der indes brachte mit dem Dessertlöffel sein Glas zum Erklingen, erhob sich von seinem Stuhl und setzte eine feierliche Miene auf.

»Wenn ich um etwas Aufmerksamkeit bitten dürfte«, begann er förmlich. »Ich möchte die Gelegenheit nutzen, um mich bei meinen Trauzeugen zu bedanken – zwei großartige Gentlemen, die am wichtigsten Tag meines Lebens an meiner Seite stehen sollen, weil ... äh, nun ja ... sie die einzigen Gentlemen sind, die ich kenne.«

»Wenigstens ist er ehrlich«, kommentierte Leo grinsend.

Cole nahm zwei kleine, mit noblem Präsentpapier umwickelte Päckchen von der Nussbaumkommode, die an der Wand neben dem Esstisch stand, und überreichte sie Darryl und Leo. Beide machten sich sogleich daran, die Geschenke auszupacken.

»Cool, Golfbälle!«, rief Darryl mit leuchtenden Augen.

»*Titleist Professional VI*. Mit eingestanztem Namen. Vielen Dank, Mann!«

Leo, der das Gleiche bekommen hatte, schien Darryls Begeisterung nicht ganz zu teilen.

»Ich spiele kein Golf«, sagte er trocken.

»Dann nehm ich sie.« Victor, der, wie es dem Vater der Braut gebührte, am Kopfende der Tafel saß, erwies sich einmal mehr als Ausbund an Selbstlosigkeit.

»Aber da steht mein Name drauf«, wandte Leo ein.

»Schon in Ordnung.«

Ehe Leo reagieren konnte, griff sich Victor die Packung und nahm die Bälle in Besitz. Zurück blieb ein nichtgolfender *Wächter des Lichts*, der konsterniert mit leeren Händen dasaß.

Gekicher machte sich am Esstisch breit.

Phoebe erlöste Leo, indem sie sich ebenfalls erhob, um nun ihrerseits in die Rolle des Weihnachtsmanns zu schlüpfen.

»Und jetzt zu den Brautjungfern – auf die meine Wahl gefallen ist, weil sie die besten Freunde sind, die ich habe ...« Während sie sprach, holte sie zwei mit Schleifen und Bändern geschmückte Bastkörbchen aus der hinteren Ecke des Zimmers, von denen sie eines Piper überreichte und das andere Paige.

»Ach, Phoebe«, sagte Letztere gerührt.

»Für jede von euch einen Bonsaibaum, für ein Leben voller Harmonie und innerem Gleichgewicht«, fuhr Phoebe fort. »Und einen Traumfänger, damit all eure Wünsche in Erfüllung gehen.« Sie schlang ihre Arme um Cole, der wieder auf seinem Stuhl Platz genommen hatte, und sah ihn mit schmachtendem Blick an. »So wie meine.«

»Hey, super!«, rief Paige erfreut auf, als sie beim Auspacken auf noch ein weiteres Geschenk stieß. »Tarotkarten. Mein altes Set ist schon völlig zerfleddert. Perfekt!«

»Ja, ich dachte mir, für den Fall, dass du mal seelischen Beistand benötigst, wenn ich und mein Gatte gerade mit . . .«, sie stupste Cole aufreizend mit der Hüfte an, ». . . anderen Dingen beschäftigt sind.«

Im Wintergarten läutete das Telefon.

»Oh, das könnte der Fotograf für morgen sein.« Phoebe ließ Cole Cole sein und eilte zum Apparat.

Während sie bereits aufgeregt in den Hörer plapperte, zauberte Darryl aus der Innentasche seines Jacketts eine Zigarre hervor. »Hey, Leo«, grinste er »wie sieht's aus? Ich hab noch eine davon. Kommst du mit nach draußen?«

»Ich rauche nicht«, lehnte Leo dankend ab.

»Dann nehm ich sie.« Erneut gab Victor eine Probe seiner beispiellosen Aufopferungsbereitschaft, indem er sich blitzschnell die Zigarre schnappte. Lachend schoben er und Darryl ihre Stühle zurück und setzten sich in Bewegung Richtung Tür.

»Aber ich esse Schokolade«, fiel Leo ein, während die beiden das Zimmer verließen. Voller Vorfreude erhob er sich und schlug zielstrebig die Richtung zum Wintergarten ein, wo auf einem Tisch das Dessert aufgebaut war, das mittlerweile bereits bedenklich zusammengeschrumpft war.

»Leo, warte, ich komm mit!« Piper setzte ihm augenblicklich hinterher.

Paige und Cole blieben allein am Tisch zurück.

»Okay«, sagte Paige mehr zu sich selbst und nahm ihre neuen Tarotkarten zur Hand. »Mal sehen, was die Zukunft so bereithält für Phoebe und Cole.« Sie zog eine Karte.

Die Liebenden.

Ein Lächeln huschte über ihr Gesicht. Sie drehte eine weitere Karte um.

Verzweiflung.

Ihr Lächeln gefror. Mit ungutem Gefühl deckte sie die dritte Karte auf.

Der Tod.

»O nein!« Fassungslos starrte sie auf den Sensenmann, der sie hämisch anzugrinsen schien.

Sie blickte zu Phoebe hinüber, die telefonierend am anderen Ende des Zimmers stand. In ihrem engen dunkelgrünen Abendkleid sah sie aus wie eine Hollywood-Diva, die gerade von einem Wohltätigkeitsball kam und nun noch rasch mit ihrem Agenten die ellenlange Liste an Filmangeboten durchging. Paige konnte diese Liste buchstäblich vor Augen sehen. *Scream*, *Psycho* und *Rosemary's Baby* standen darauf ganz oben.

»Du glaubst doch nicht wirklich an den Quatsch, oder?« Coles Stimme riss sie ins Hier und Jetzt zurück. Mit undurchdringlicher Miene sah er sie an, und unwillkürlich lief Paige ein Schauer über den Rücken. Reiß dich zusammen, schalt sie sich, fang jetzt nicht an zu spinnen.

Sie zuckte mit der Schulter und schwieg. Aus den Augenwinkeln heraus sah sie, wie Phoebe den Hörer auflegte. Rasch schob sie die Karten zusammen und steckte sie weg.

»Sorry«, entschuldigte sich Phoebe entnervt, als sie wieder an den Esstisch kam. »Dieser ganze organisatorische Kleinkram macht mich noch völlig fertig. Heute Nachmittag in der Kirche hätte ich Paige am liebsten den Kopf abgebissen, als sie dort eintrudelte, ohne mein Brautkleid abgeholt zu haben.«

Die Worte ›Brautkleid‹ und ›abgeholt‹ betonte sie auf eine Art und Weise, dass es Paige nicht schwer fiel, den Wink mit dem Zaunpfahl zu verstehen.

»Das übrigens mittlerweile wohlbehalten oben auf dem Dachboden hängt«, erstattete sie ihrer Schwester Bericht, der daraufhin ein Stein vom Herzen fiel, dessen Poltern Paige förmlich hören konnte.

»Entschuldigt mich, bin gleich wieder da«, sagte Cole, stand auf und ließ die beiden allein. Kaum war er zur Tür hinaus, kam Piper, mit einem mampfenden Leo im Kielwasser und einem silbernen Tablett mit Desserttörtchen auf dem Arm, zu ihnen an den Tisch und ließ sich auf den freigewordenen Stuhl plumpsen.

»Na, was sagen die Karten?«, fragte sie.

»Ach.« Paige verdrehte die Augen. »Nichts.«

Piper sah ihre Schwester argwöhnisch an. Weder sie noch sonst jemand im Haus wurde Zeuge, wie Cole die Küche betrat, noch einmal einen Blick über die Schulter warf und im nächsten Moment in Flammen stand.

Dann war er verschwunden.

Auf dem ausgebauten Speicher des Halliwell-Hauses materialisierte eine Silhouette aus loderndem Feuer.

Das Feuer erlosch und ließ Cole Turner zurück.

Er ging zu dem Garderobenständer, an dem das Brautkleid hing, vollführte mit dem Arm eine weit ausholende Geste, als wollte er es beiseite wischen. Das Kleid begann zu wachsen, wurde größer und größer, bis es wie geschaffen schien für eine Frau auf einem Rubens-Gemälde. Zufrieden betrachtete Cole sein Werk, als ihm der kleine Zettel auffiel, der in einer Stofffalte steckte und auf dem Phoebes Name stand. Eine knappe Handbewegung, kaum mehr als ein Fingerschnippen, und aus ›Phoebe Halliwell‹ wurde ›Millie Platt‹.

Noch während Cole sich abwandte, die Mundwinkel

zu einem höhnischen Grinsen verzogen, züngelten abermals Flammen an ihm empor und trugen ihn mit sich davon.

»Na los, leg die Karten noch mal. Bin gespannt, was dabei rauskommt.« Piper nickte Paige auffordernd zu. Bei Phoebe indes zeigten sich allmählich erste Anzeichen von Erschöpfung. Ermattet, aber glücklich hatte sie den Kopf auf Pipers Schulter gelegt und befand sich, ihrem seligen Gesichtsausdruck nach zu schließen, an einem mystischen Ort, der sich, hätte jemand Wert auf genauere Angaben gelegt, wohl am treffendsten mit ›Wolke Nummer sieben‹ umschreiben ließ.

Paige hörte, wie Cole zurückkam. »Oh, vielleicht später«, sagte sie schnell.

Cole trat an den Tisch heran. »So, Leute,« verkündete er, »ich möchte ja kein Spielverderber sein, aber ich denke, es wird langsam Zeit für mich zu gehen.« Sofort sprang Phoebe auf und schlang ihm ihre Arme um den Hals.

»Gehen? Wohin?«, erkundigte sich Leo verblüfft.

»Ins Hotel. Ich denke, ich sollte die letzte Nacht vor der Hochzeit wohl nicht unter dem gleichen Dach verbringen wie die Braut. Ist doch allgemein so üblich, oder? Na ja, wie auch immer, Phoebe hat meine Nummer, falls irgendetwas ist.«

Phoebe ergriff seine Hand und brachte ihn zur Tür.

»Und?«, fragte sie ihren zukünftigen Ehemann. »Wie gedenkst du deinen letzten Abend als Junggeselle ausklingen zu lassen?«

»Oje, wenn ich dir das erzähle, würdest du mich niemals heiraten.«

Phoebe lachte. »Weißt du –« Sie zögerte, sah ihm in die Augen. »– ich komme mir vor, als stünde ich am Rande eines gähnenden Abgrunds.«

»Wirklich?«

»Ja. Und soll ich dir noch was sagen? Irgendwie hab ich mich noch nie so sicher gefühlt.«

Der Ernst, der in ihrer Stimme lag, die tief empfundene Liebe, die aus ihren Augen sprach, und der zerbrechliche Mensch, der hinter ihnen hervorschimmerte, ihr grenzenloses Vertrauen, das sie ihm in diesem Augenblick offenbarte – dies alles ließ einen Cole erwachen, der er längst nicht mehr war. Übermannt von Gefühlen, die die eines anderen waren, starrte er sie wortlos an.

Betroffen senkte er den Blick.

»Alles okay?« Phoebe legte besorgt ihre Hände auf seine Brust.

»Nein. Nicht wirklich.« Er beugte sich zu ihr herab, und ihre Lippen fanden sich zu einem leidenschaftlichen Kuss.

»Du hast ja keine Ahnung, wie schwer du es mir damit machst«, flüsterte Cole.

»Doch, hab ich«, sagte sie und schob ihn lächelnd zurück. »Aber jetzt solltest du gehen. Du kriegst mich schon noch früh genug.«

Cole griff nach seiner Reisetasche. Auf einmal wirkte er müde und alt.

»Hoffentlich.«

Er öffnete die Tür und trat hinaus in die Nacht.

Der Dunkle Priester holte weit aus und ließ die schwere Axt in die Seitenwand des Sarges krachen.

Ein Donnern erschütterte die Krypta des Mausoleums

und hallte hinaus auf den nächtlichen Friedhof, als das Relief aus Marmor zerbarst. Schweißperlen standen auf der Stirn des bärtigen Mannes.

»Vor einigen Jahren habe ich nachts hier ein paar Hexen herumstrolchen sehen«, sagte er. »Ich nehme an, sie haben ihn hier beerdigt.«

»Ich danke dir für deine Hilfe. Auf dich ist immer Verlass«, sagte die Seherin, die wartend etwas abseits stand.

Der Priester, ein würdevoll wirkender Mann von etwa fünfzig Jahren, wandte den Kopf und schaute sie an. »Du gehörst zu den Wenigen, die übrig geblieben sind. Die Priesterschaft des Bösen ist ein einsames und schwieriges Geschäft in Zeiten wie diesen. Wenn man sich das Ergebnis meiner Kollekten ansieht, könnte man meinen, es gäbe überhaupt keine menschlichen Seelen mehr.«

»Sei gewiss, dass deine Mühen entlohnt werden«, wusste die Seherin seinen Hinweis wohl zu deuten.

Die Augen des Priesters begannen zu glänzen. »Glück auf all deinen Wegen, Kind.«

Der annähernd kahlköpfige Mann griff mit beiden Armen tief in die herausgeschlagene Öffnung des Sarkophags und zog ächzend ein hölzernes Kästchen hervor.

»Du bist dir hoffentlich im Klaren darüber«, sagte er, während er sich aufrichtete und mit seiner Beute zu einem der anderen Särge schritt, um sie dort abzustellen, »dass es ausgesprochen unklug ist, einen Lazarus-Dämon aus seinem Grab zu holen. Sie sind gemein und unzuverlässig. Eine äußerst gefährliche Kombination.«

»Ich weiß«, erwiderte die Seherin.

»Außerdem müssen seine Überreste, wenn du einen von ihnen getötet hast, auf einem Friedhof beigesetzt werden, um zu verhindern, dass er zurückkehrt.«

»Ja, ich weiß!« Die Seherin vermochte ihre Ungeduld kaum noch zu zügeln.

»Nun, in diesem Falle würde mich interessieren, was in Teufels Namen eine weise, alte Seherin wie du mit einer dieser niederträchtigen Kreaturen vorhat?«

»Das ist meine Angelegenheit.«

»Meinst du nicht eher, die Angelegenheit der *Quelle*?« Der Priester erwiderte den Blick des Orakels, in dem sich Erschrockenheit und Zorn die Waage hielten. »Ich hörte einige Gerüchte«, setzte er hinzu.

Die Seherin schien einen Moment lang abzuwägen, wie viel sie diesem Mann von ihrem Geheimnis preisgeben durfte.

»Eine neue *Quelle* ist erstanden«, sagte sie schließlich.

»Und sie kann sich glücklich schätzen, dich ihr Orakel zu nennen. Dennoch, bisher hast du immer nur auf deine Stärke als graue Eminenz gesetzt. Und jetzt . . .« Ein leises Kichern kam über seine Lippen. ». . . stehst du hier und besudelst deine Hände mit der Fäulnis von Dämonen.«

»Und?«

»Und . . . was springt für dich dabei heraus?«

Einige Sekunden verstrichen, bevor die Seherin erneut das Wort ergriff. »Ich hatte eine Vision. Dieser neuen *Quelle* wird ein Sohn geboren werden. Die stärkste Macht, seit es Magie gibt auf dieser Welt.«

Jähe Erkenntnis breitete sich in den Zügen des Priester aus. »Und wenn es so weit ist, wirst du diejenige sein, die an seiner Wiege steht und schützend die Hand über ihn hält.«

»Ja. Sobald ich seiner Mutter ledig geworden bin.«

»Wirklich . . . ausgezeichnet.« In seiner Stimme schwang aufrichtige Bewunderung. Er wandte sich wieder dem hölzernen Kästchen zu, hob den Deckel und schüttete den Inhalt in die Mitte des Raumes.

Hässliche schwarz verkohlte Brocken und schmutzig graubraune Klümpchen von Asche ergossen sich über den Boden, wurden von einem plötzlichen Sog erfasst und strebten, begleitet von dem Wispern und Raunen übernatürlicher Mächte, einem gemeinsamen Zentrum zu. Dort ballten sie sich zusammen und erhoben sich zu einer wirbelsturmartigen Säule, die alles an sich zu reißen schien und unaufhaltsam in die Höhe wuchs. In einer letzten, zischenden Umdrehung verdichteten sie sich zu einer scheinbar menschlichen Gestalt, die wütend umherblickte und sogleich in Angriffsstellung ging. Ihre schäbige, dreckige Kleidung und die markante Frisur, die aus fettigen, wie Stachel in alle Himmelsrichtungen ragenden Haarsträhnen bestand, trugen nicht eben dazu bei, den Eindruck dieses äußerst reizbaren und streitsüchtigen Zeitgenossen zu mildern.

Der Priester des Bösen löste seinen Blick von dem Dämon. Mit der Andeutung einer leichten Verbeugung sah er die Seherin an. »Berichte der neuen *Quelle*«, sagte er ergeben, »dass ich lebe, um ihr zu dienen.«

Das Quartier, in dem Cole Unterkunft genommen hatte, wirkte eher wie eine Alchimistenküche denn wie das Zimmer eines ordentlich geführten Hotels.

Auf dem kleinen Tisch in der Mitte des Raumes reihte sich Reagenzglas an Reagenzglas, akkurat eingehängt in allein diesem Zweck dienenden Halterungen. Mörser, Glaskolben, Apothekerwaage und andere Gerätschaften schienen aus einem Starterkit für ambitionierte Hobbychemiker zu stammen und vervollständigten das Bild eines auf die Schnelle zusammengetragenen Labors.

Gerade als Cole damit beschäftigt war, ein für seinen

Trank benötigtes Pulver auf das Quäntchen genau abzu-
wiegen, klingelte hinter ihm das Telefon, das er auf der
kleinen Wandkommode abgelegt hatte. Ungehalten griff
er zum Apparat.

»Hallo?«

»Ich musste dich einfach anrufen. Es handelt sich um
einen Notfall.«

»Phoebe.« Cole spürte, wie ihn ein leichtes Gefühl von
Unruhe überkam. »Was ist los?«

»Ich wollte deine Stimme hören.«

Cole atmete auf. »Ich bin froh, dass du anrufst«, sagte er
in den Hörer.

»Wirklich?«

»Ja. Es gibt da etwas, das mir ehrlich gesagt ein wenig
Sorge bereitet.« Er klemmte sich das Telefon zwischen
Schulter und Ohr und begann, nebenbei an seiner Mixtur
weiterzuarbeiten.

»Ach ja? Was denn? Immer heraus damit.« Cole ver-
meinte in Phoebes Stimme ein kaum merkliches Zittern
zu hören.

»Vielleicht bilde ich es mir ja nur ein, aber ich hatte den
Eindruck, dass Paige heute beim Abendessen ein we-
nig ... wie soll ich sagen ... ein wenig merkwürdig war.
Irgendwie unterkühlt, um nicht zu sagen frostig.«

»Echt? Das ist mir gar nicht aufgefallen.«

»Jedenfalls hatte ich den Eindruck. Eigentlich wollte
ich es ja gar nicht erwähnen, aber ich möchte nur ungern
der Grund dafür sein, dass es zwischen dir und deiner
Schwester zu Unstimmigkeiten kommt. Sollte unsere
Heirat in irgendeiner Weise die *Macht der Drei* beein-
trächtigen ...« Cole kam nicht dazu, den Satz zu Ende zu
sprechen, da die vielleicht doch etwas zu großzügig
bemessene Prise eines grauweißen Pulvers, die er in die

flache Keramikschale warf, noch im gleichen Augenblick mit den anderen Ingredienzien reagierte und puffend einen kleinen Miniatompilz aufsteigen ließ. Er unterdrückte den aufkommenden Niesreiz und sah, mehr verblüfft als erschrocken, dem sich rasch wieder verflüchtigenden Rauchfähnchen hinterher.

»Ich weiß nicht, was ich dazu sagen soll, Cole«, hörte er Phoebes Stimme an seinem Ohr, die den leisen Knall, falls sie ihn überhaupt mitbekommen hatte, vermutlich der schlechten Verbindung zuschrieb. »Außer, dass Paige bislang nichts anderes getan hat, als mich bei den Vorbereitungen für die Hochzeit nach Kräften zu unterstützen.«

»Am besten, du vergisst es einfach – wahrscheinlich sehe ich Gespenster.«

»Okay.«

Einige Sekunden herrschte Schweigen.

»Und? Wie siehst du aus in deinem Hochzeitskleid?«

»Keine Ahnung. Ich hatte so viel zu regeln, dass ich noch nicht dazu gekommen bin, es anzuziehen.«

»Wenn es so weit ist, möchte ich, dass du dir dabei vorstellst, wie ich es dir wieder ausziehe.«

Gekicher am anderen Ende der Leitung.

Ein lautes Klopfen an der Tür ließ Cole zusammenzucken.

»Ich muss Schluss machen, Baby«, sagte er hastig. »Ich liebe dich.«

»Ich lie-«, hörte er noch, dann hatte er die Verbindung bereits getrennt.

Eine einzige, rasche Bewegung seines Arms ließ aus der Alchimistenküche wieder ein völlig normales Hotelzimmer werden. Reagenzgläser, Mörser, Waage und all die übrigen Utensilien waren mit einem Schlag verschwunden, als hätte es sie nie zuvor gegeben.

Er stand auf, strich sich noch einmal über das Jackett und ging zur Tür.

Ein lautstarkes »Hey!« schallte ihm entgegen, als er sie einen Spaltbreit öffnete. Noch ehe er dazu kam, sie ganz aufzumachen, stieß Leo auch schon mit der Schulter dagegen, eine kleine Schachtel auf dem einen Arm, eine riesige Tüte aus dem Supermarkt unter dem anderen. Er stürmte ins Zimmer mit Darryl und Victor im Schlepptau.

»Was wäre eine Hochzeit ohne richtige Junggesellenparty?«, johlte Leo. »Ich hab Pokerchips . . .«, er hielt die kleine Schachtel hoch, ». . . Maischips . . .«, er hob den Arm mit der Riesentüte, ». . . kurz: Chips in Hülle und Fülle!«

»Und ich hab uns was fürs Auge mitgebracht«, tönte Victor und streckte Cole drei Videokassetten entgegen. »Aus meiner privaten Sammlung, wenn ich das bemerken darf.«

Darryl machte sich suchend an Coles Jackentaschen zu schaffen. »Komm, rück ihn schon raus, du hast doch bestimmt den Schlüssel für die Minibar.«

Die vier Männer brachen in schallendes Gelächter aus. Fraglos würde es ein feuchtfröhlicher Abend werden, mit Option auf einen mächtigen morgendlichen Kater.

Cole drehte sich um und schloss die Tür.

Wäre jemand auf dem Hotelflur gewesen, hätte er durch den sich langsam schließenden Spalt mit ansehen können, wie Coles Lachen zu einer Miene zerrann, wie sie finsterer kaum sein konnte.

Paige saß auf dem Bett in ihrem Zimmer, vor sich den neuen Satz Tarotkarten, den Phoebe ihr geschenkt hatte. Sie hob zweimal ab, sodass sich drei kleine Stapel ergaben.

Schon als Teenager, lange bevor sie wusste, dass sie eine Hexe war, hatte sie das Tarot auf merkwürdige Weise fasziniert. Es hatte eine Zeit gegeben, in der sie und ihre damaligen Freundinnen nicht einen Nachmittag beisammen hockten, ohne sich gegenseitig die Karten zu legen. Meistens war es dabei um Fragen wie ›Wann kommt mein Märchenprinz?‹ oder ›Werde ich reich und berühmt?‹ und dergleichen gegangen, die typischen Dinge eben, die dreizehnjährige Mädchen bewegten. Doch während ihre Freundinnen mehr und mehr das Interesse daran verloren hatten und sich lieber auf Make-up und Lippenstift verließen, waren ihr die Tarotkarten zu einem ständigen Begleiter geworden. Auch wenn sie mit ihren Auslegungen nicht immer ganz richtig lag – was bei den vielen Variablen und subjektiven Faktoren, die dabei eine Rolle spielten, nicht weiter verwunderte –, war es doch verblüffend, wie nah sie oft an die Wahrheit herankam. Mehr als einmal hatte sie sogar mitten ins Schwarze getroffen. Sie hoffte inständig, dass es diesmal nicht so war.

Coles Blick, als er sie am Esstisch angestarrt hatte, war ihr auf merkwürdige Weise unangenehm gewesen, und seine Frage hatte sie ins Grübeln gebracht. Sie wusste nicht, ob sie an den ›Quatsch‹, wie er es nannte, wirklich glaubte, aber sie wusste, dass sie eine Hexe war, und sie wusste auch, dass es auf keinen Fall schaden konnte, wenn sie die Karten noch einmal befragte. Vielleicht würde sie anschließend klarer sehen.

Paige holte tief Luft, schloss die Augen und formulierte ihre Frage.

»Was bringt die Zukunft für Phoebe und Cole?«

Sie öffnete ihre Augen und deckte von jedem der drei Stapel von links nach rechts die oberste Karte auf.

Die Liebenden.
Verzweiflung.
Der Tod.

Ihr Herz schien einige Schläge lang auszusetzen. Mit fahrigen Fingern griff sie nach den schicksalhaften Karten und hetzte aus dem Zimmer. Vor Pipers Tür angekommen, klopfte sie einmal kurz an und platzte im gleichen Moment auch schon hinein.

Piper saß im Bademantel an ihrem Frisiertisch und war damit beschäftigt, hingebungsvoll ihr langes dunkles Haar zu bürsten.

»Piper!«

»Hmm.«

»Ich kann das hier unmöglich länger für mich behalten!«

Piper wandte ihren Blick vom Spiegel ab und sah auf die Karten, die Paige ihr vor die Nase hielt.

»Ich hab die Tarotkarten noch einmal nach Phoebe und Cole befragt: ›Die Liebenden‹ steht für ihre Vergangenheit, ›Verzweiflung‹ für ihr Hier und Jetzt, und das hier...«, sie hielt demonstrativ die Karte mit dem Schnitter hoch, »... ist ihre Zukunft ... der ›Tod‹.«

»Ich bitte dich«, sagte Piper und nahm ihr die Karte aus der Hand, »dieser sensenschwingende Kuttenkasper ist doch nicht der Tod. Der sieht völlig anders aus. Prue ist ihm vor Jahren einmal begegnet, das weiß ich genau.«

»Ach hör auf, darum geht's doch gar nicht. Diese Karte hier ist ganz offensichtlich ein böses Omen.«

»Nicht unbedingt. Die Karte des Todes kann, soweit ich weiß, vieles bedeuten.«

»Okay, zugegeben«, meinte Paige, »Cole ist ein netter Kerl, schön und gut. Aber vergiss bitte nicht die Fakten. Immerhin war er einmal der mächtigste Dämon auf

Erden. Und das für . . . wie lange eigentlich? Ein Jahrhundert?«

»Ganz recht. Aber ich dachte, den Punkt hätten wir bereits abgehakt.«

»Ja, ja, schon klar. Aber ein ganzes Jahrhundert voller Blut und bösem Karma kann man nicht einfach mal eben so abstreifen wie einen abgetragenen Mantel.«

Paige stieß seufzend die Luft aus und ließ sich auf die Kante von Pipers Frisiertisch sinken. »Ich weiß auch nicht, vielleicht mache ich mir einfach zu viele Gedanken.«

»Ist dir mal die Idee gekommen, dass diese Karten hier unter Umständen mehr mit deinen eigenen Gefühlen zu tun haben könnten als mit Phoebes Zukunft?«

Paige sah Piper betreten an. »Schon möglich«, räumte sie mit leiser Stimme ein.

Ein gellender Schrei tönte vom Speicher zu ihnen herab. Alarmiert sprangen beide gleichzeitig auf.

»Phoebe!«

Als Piper und Paige zur Dachbodentür hineinstürzten, bot sich ihnen ein Bild des Entsetzens.

Vor ihnen kämpfte eine völlig aufgelöste Phoebe mit den Tücken eines endlos wallenden Stoffes. Sie stampfte wie Rumpelstilzchen auf den Holzdielen herum und tobte dabei durch das Zimmer, als wäre sie zu einer umherwütenden Windsbraut mutiert. Es war schlichtweg ein Wunder, dass sie nicht über ihre eigenen Füße fiel und der Länge nach auf den Boden schlug. Die Geräusche, die sie dabei von sich gab, waren alles andere als damenhaft.

Als sie Paige erblickte, hielt sie schnaubend inne und

starrte ihre Schwester an, als würde irgendein Dämon, der von ihr Besitz ergriffen hatte, ihr immerzu die gleichen Worte ins Hirn hämmern: »TÖTE! TÖTE!« Paige bekam es tatsächlich ein wenig mit der Angst zu tun.

»Du ... du ...!«, presste Phoebe keuchend hervor. Der etwa kanaldeckelgroße Ausschnitt vermochte das Kleid nur bedingt auf ihren Schultern zu halten. »Du hast meine Hochzeit ruiniert.«

»Oje« war alles, was Paige angesichts der Katastrophe herausbrachte.

»Und morgen hat das Brautkleidgeschäft zu!« Drohend näherte sich Phoebe ihrer Schwester, als wollte sie tatsächlich ernst machen.

»Äh ... Phoebe«, schaltete sich vorsichtig Piper ein, »tu jetzt nichts, was du nachher bereuen könntest. Bitte, du solltest versuchen, die Verhältnismäßigkeiten zu wahren.«

Phoebe wirbelte zu Piper herum. »Piper, mein Hochzeitskleid könnte glattweg als Zirkuszelt durchgehen!«, schrie sie. »Ich finde, da kann man wohl kaum noch von Verhältnismäßigkeiten sprechen!«

»Ich hab das Kleid bloß abgeholt«, verteidigte sich Paige.

»Du hast das *falsche* Kleid abgeholt!« Phoebes Stimme überschlug sich fast.

»Das kann nicht sein! Ich hab noch extra auf den Zettel geguckt.«

»Ach ja? Warte, Moment, das haben wir gleich.« Phoebe pfriemelte hektisch den bereits zerknüllten Zettel wieder auseinander und las mit gefährlicher Liebenswürdigkeit vor: »Millie Platt.« Dann wieder mit ungebrochener Wut: »Sehe ich vielleicht aus wie Millie Platt?«

Verächtlich warf sie ihrer Schwester den Papierfetzen vor die Füße.

Paige bückte sich und hob ihn auf.

»Das ist unmöglich«, sagte sie fassungslos, nachdem sie sich mit eigenen Augen von der belastenden Kraft des Beweismaterials überzeugt hatte.

»Hättest du das Kleid nachmittags abgeholt, wie ich dich gebeten hatte, wäre uns noch genügend Zeit geblieben, die Sache wieder in Ordnung zu bringen.«

»Das können wir immer noch, Phoebe«, sagte Paige, »keine Sorge. Ich ändere es um. Ich werde alle Nähte auftrennen, jede einzelne, und du wirst sehen, morgen passt es dir wie angegossen. Und wenn ich die ganze Nacht dafür brauche.«

Plötzlich materialisierte ein Dämon auf dem Speicher und ließ die drei Schwestern augenblicklich neue Prioritäten setzen. Noch ehe eine von ihnen reagieren konnte, wirbelte der Eindringling, der aussah, als hätte er seine Klamotten aus einem Altkleidercontainer, Piper durch die Luft. Hart landete sie mit dem Rücken auf dem Tisch, riss alles, was sich darauf befand, mit sich herunter und blieb benommen am Boden liegen.

Phoebe hielt es für an der Zeit, sich endlich von ihrem mehr als lästigen Kleid zu befreien. Eine leichte Drehung mit der Schulter, und es glitt problemlos an ihrem schlanken Körper herab. In perlweißer Unterwäsche stand sie da, halb nackt und schäumend vor Wut. Der Dämon starrte sie an wie ein heruntergekommener Trapper, der nach langen Jahren des Darbens in irgendeinem miesen Saloon zum ersten Mal wieder eine Frau erblickt.

Das brachte das Fass zum Überlaufen.

Phoebe verpasste ihm einen Tritt, der ihn in hohem Bogen in das etliche Meter hinter ihm stehende Wandregal krachen ließ.

Geistesgegenwärtig orbte Paige das auf dem Schreibsekretär liegende antike Schwert zu sich und schleuderte es dem Dämon hinterher. Gerade als er sich wieder aufrichten wollte, wurde er von der kalten, von blauer Energie umloderten Klinge durchbohrt. Er sackte in die Knie und schien zu implodieren.

Dann zeugten nur noch der Staub, der auf das am Boden liegende Schwert rieselte, und kleine schwarze Bröckchen von seiner einstigen Existenz.

Paige atmete tief durch.

Phoebe klaubte ihr Kleid vom Boden und baute sich vor ihrer Schwester auf.

»Besser, du kümmerst dich um den Schlamassel.«

»Ja, natürlich. Im *Buch der Schatten* steht bestimmt irgendwas über –«

»Ich spreche nicht von dem Dämon! Ich rede von meinem *Hochzeitskleid*!« Wütend schleuderte sie es von sich und begrub Paige unter einem Wust aus Seide und Tüll.

Dann stapfte sie hoch erhobenen Hauptes davon.

3

*P*IPER BLÄTTERTE EINE WEITERE SEITE im *Buch der Schatten* um, während Phoebe, im hellblauen Frotteebademantel, vor ihr stand und sie erwartungsvoll ansah.

Paige saß wie Aschenputtel auf einem der Holzstühle mitten im Raum und rückte mit Nadel und Faden dem widerspenstigen Brautkleid zu Leibe. Sie blickte auf, als ein helles Geräusch erklang und in einer flirrenden Aura weißblauer Energie die Umrisse Leos und Coles auf dem Speicher erschienen.

Cole wandte sich augenblicklich Phoebe zu.

»Bist du verletzt?«

»Baby!« Phoebe sah ihn überrascht an. »Du solltest eigentlich gar nicht hier sein!«

»Als Leo sagte, dass es sich um einen dringenden Hilferuf handelt, habe ich mir Sorgen gemacht.«

»Danke.« Sie schmiegte sich an ihn. »Mit mir ist alles in Ordnung. Alle Teufel und Dämonen der Hölle werden mich nicht davon abhalten können, morgen den Mann meiner Träume zu heiraten. Etwas anderes . . .« – sie sah zornesblitzend zu Paige hinüber – ». . . ist das allerdings mit meiner Schwester.«

»Ich sagte doch, dass es mir Leid tut.« Paige wurde allmählich ernsthaft sauer.

Leo trat neben Piper an das Lesepult, auf dem das *Buch der Schatten* lag. »Was für ein Dämon war es denn?«

»Der hier, glaube ich«, erwiderte Piper und wies auf die aufgeschlagene Seite. »Ein Lazarus-Dämon.«

»Ein Lazarus-Dämon? Bist du sicher?«, fragte Cole.

»»Ein außergewöhnlich starker Dämon mit telekinetischen Kräften‹«, las Piper vor. »Passt. Das ist der Kerl, der eben hier zerplatzt ist.«

»Hat er sich schon wieder rekonstruiert?«, wollte Cole wissen.

»Rekonstruiert?« Piper schwante nichts Gutes.

Als hätte er nur auf sein Stichwort gewartet, erhob sich hinter ihrem Rücken in diesem Moment aus den Trümmern des zerborstenen Bücherregals in einem Wirbel aus Asche der Lazarus-Dämon.

»Pass auf! Hinter dir!«, schrie Paige.

Doch schon flogen Piper und Leo, von unsichtbaren Kräften gepackt, wie Stoffpuppen quer durch den Raum.

»Sofa!«, brüllte Paige. Das Sofa an der gegenüberliegenden Wand des Speichers verschwand und tauchte im gleichen Moment um etwa zwei Meter versetzt wieder auf. Piper landete sicher auf der durchgesessenen Couch, Leo knapp daneben. Ächzend stöhnte er auf.

Der Lazarus-Dämon ließ seinen Arm in die Richtung des Kronleuchters schnellen, der direkt über Phoebe von der Decke hing.

»Nein!«, schrie Cole, doch es war bereits zu spät. Der kristallgläserne Lüster stürzte unvermittelt herab und zerschellte auf Phoebes Kopf. Mit einem Aufschrei sackte sie zu Boden, wo sie bewegungslos liegen blieb.

»Piper! Mach ihn fertig!«, rief Paige ihrer benommen in den Polstern der Couch liegenden Schwester zu, doch noch ehe diese dazu kam, ihn durch magische Beschleunigung seiner Moleküle in die ewigen Jagdgründe zu schicken, löste sich der Dämon in einer schmutzigen Wolke auf und verschwand.

Piper zerrte Leo auf die Beine, der sogleich auf Phoebe zueilte, die immer noch besinnungslos auf den Holzdielen lag. Blut strömte aus den tiefen Schnittwunden in ihrem Gesicht. Leo legte ihr seine heilenden Hände auf – das Blut verschwand, die Wunden schlossen sich, und Leben kehrte in Phoebe zurück.

»Ohhh«, war jedoch zunächst alles, was sie von sich gab. Behutsam halfen Leo und Cole ihr wieder auf.

»Bist du okay?«, fragte Cole.

»Ich glaube, ja.« Phoebe machte ein Gesicht, dessen Ausdruck irgendwo zwischen Ärger und Verwirrung lag. Ganz offensichtlich deckten sich die Ereignisse der letzten Stunden nicht einmal annähernd mit den Vorstellungen, die sie vom Vorabend ihrer Hochzeit hatte.

»Er ist zurückgekommen«, sagte Piper. »Dem Eintrag im *Buch der Schatten* zufolge werden Lazarus-Dämonen immer mächtiger, je länger sie frei sind von den Ketten geheiligten Bodens.«

»Geheiligten Bodens . . .?«, fragte Paige nach.

»Die einzige Möglichkeit, sie daran zu hindern, wieder aufzuerstehen«, erklärte Cole. »Ihre Überreste müssen auf einem Friedhof bestattet werden.«

»Aber das würde ja bedeuten,« folgerte Phoebe, »dass jemand diesen hier absichtlich ausgebuddelt hat, um ihn auf uns zu hetzen.« Sie schnaufte empört auf. »Einen Tag vor meiner Trauung!«

»Die Frage ist nur, wo«, nickte Leo. »Und vor allem, warum.«

»Ich kann euch sagen, warum.« Alle blickten Paige erwartungsvoll an. »Um die Trauung zu verhindern.«

Allgemeine Entgeisterung machte sich breit.

»Phoebe«, fuhr Paige an ihre Schwester gewandt fort, »ich hab die Tarotkarten befragt. Zwei Mal. Und jedes

Mal kam das Gleiche dabei heraus. Deine Ehe mit Cole wird nichts als Tod und Verzweiflung bringen.«

»Wie bitte?« Phoebe glaubte sich verhört zu haben.

»Ja«, erwiderte Paige. »Es wundert mich, dass er dir nichts davon erzählt hat. Er war beim ersten Mal dabei. Er hat die Karten gesehen.«

Ein dunkler Schatten huschte über Coles Gesicht, so flüchtig wie ein Wetterleuchten. Dann hatte er sich wieder im Griff.

»Wenn ich jedes Mal kalte Füße bekommen hätte, wenn die Dinge für Phoebe und mich schlecht aussahen, wären wir heute nicht da, wo wir sind.« Coles Stimme klang ruhig und fest, beinahe sanft.

»Das stimmt«, sagte Phoebe. Sie blickte zu ihm hoch. »Gibt es sonst noch irgendetwas, das dich stört und wovon ich wissen sollte, Paige?« Die Grenzen ihrer Beherrschung schienen allmählich erreicht.

Paige zögerte, seufzte. »Nein ... nicht wirklich.«

»Gut«, sagte Piper rasch. »Paige und ich werden heute Nacht Dämonenwache schieben, damit Phoebe ihren bitter nötigen Schlaf bekommt.«

»Ich bin viel zu aufgekratzt, um zu schlafen«, bemerkte Phoebe bissig.

»Vielleicht hilft dir eine von meinen Aromatherapie-Behandlungen«, bot Paige ihr an, offensichtlich bemüht, die angespannte Situation zu entschärfen.

»Das ist die richtige Einstellung«, lobte Piper, die sich wieder einmal in der Vermittlerrolle sah. »Wir werden das Kind schon schaukeln, wenn wir nur alle zusammenhalten und Ruhe bewahren.«

Gemeinsam verließen sie den Dachboden, um sich bereit zu machen für die Nacht.

Die Wucht des Schlages schickte den Lazarus-Dämon zum zweiten Mal an diesem Abend auf eine Flugbahn, an deren Ende sich ein großes Holzbord befand, das ebenso wie das erste berstend unter der ankommenden Last zusammenbrach. Glassplitter, Keramikscherben und der Staub von Jahrzehnten regneten auf den Dämon herab.

Strauchelnd kam er wieder auf die Beine. »Ich habe nur getan, was die Seherin mir befahl«, brüllte er und starrte Cole zähnefletschend an.

Die Seherin stand einige Meter hinter Cole in den diffusen Schatten ihrer unterweltlichen Kammer und schien nicht die Absicht zu haben, sich in die Auseinandersetzung einzumischen.

»Hat sie dir etwa befohlen, meine Verlobte umzubringen?« Cole ging drohend auf den Dämon zu. »Denn genau das hättest du beinahe getan.«

»Die *Quelle*, die ich kannte, wäre mir dankbar gewesen, wenn ich eine dieser Hexen erledigt hätte«, sagte der Dämon voller Verachtung.

»Die *Quelle*, die du kanntest, ist tot. Willst du ihr ins Grab folgen?«

»Nein.«

»Dann lass uns eines klar stellen: Du arbeitest nun für mich. Tu, was ich dir sage, und ich garantiere dir, dass du niemals mehr einen Friedhof sehen wirst.« Cole drehte dem Dämon den Rücken zu. »Doch solltest du nur ein einziges Mal noch meiner Braut auch nur den geringsten Schaden zufügen ...«, – er fuhr wieder herum, das Gesicht zu einer hasserfüllten Grimasse verzerrt –, »... werde ich dich eigenhändig in geweihter Erde verscharren.«

Er hob den Arm, und von den Spitzen seiner Finger löste sich ein Ball aus glutrotem Feuer. Der Aufschrei des

Lazarus-Dämons verging in einer dumpfen Explosion, als die Kugel seinen Körper zerriss.

Cole blickte hinab auf die noch dampfende Asche. »Und da bleibst du jetzt liegen, bis ich dich wieder brauche«, presste er zwischen den Zähnen hervor.

Er wandte sich zornig zu der Seherin um. »Wie konntest du so töricht sein, einen Lazarus-Dämonen zu erwecken?«

»Wir benötigten eine Kreatur, die deine Hexe auf den Friedhof lockt«, erwiderte sie ungerührt.

»Aber musste es unbedingt ein Lazarus-Dämon sein?«

»Wenn dein Plan aufgehen soll, ist es unabdingbar, dass die Hexen sich einer tatsächlichen Gefahr gegenübergestellt sehen.«

»Ja, aber es gehört nicht zu meinem Plan, dass Phoebe dabei draufgeht.«

Die Seherin entschloss sich zur Offensive. Das Risiko war hoch, das wusste sie, doch war sie bereit, es einzugehen.

»Ich frage mich allmählich«, begann sie, »ob du wirklich im Stande bist, das Ausmaß deiner neu erworbenen Kräfte zu begreifen, geschweige denn sie zu nutzen.«

Cole erstarrte. Einige Sekunden verstrichen, die für die Seherin zu einer Ewigkeit gerannen. »Zweifelst du etwa meine Herrschaft an?«

»Nein.« Die innere Anspannung fiel von ihr ab. »Du bist der rechtmäßige Erbe des Bösen, das auf dieser Welt existiert. Nichts anderes bestimmt all mein Trachten und Tun. Es liegt eine Wahrheit darin von immer während er Gültigkeit.«

»Aber?«

»Es ist Cole ... Er ist immer noch in dir. Und seine Liebe gehört dieser Hexe.«

»Ich weiß.« Er suchte ihren Blick und fand zwei Augen so kalt wie Eis. »Ich kann es *fühlen*.«

»Als du noch ein Dämon warst, hat Coles Liebe zu ihr mehr als nur einen guten Plan zunichte gemacht.«

Er schaute zu Boden und erinnerte sich an die Zeit, in der er den drei Schwestern als Balthasar nach dem Leben getrachtet hatte und daran, wie Phoebe ihm zur Seite gestanden, ihn vor seinen eigenen Verfolgern gerettet und schließlich die dunkle Seite in ihm vernichtet hatte. Doch das war lange her, Tausende von Jahren schienen seitdem vergangen.

»Diesmal ist es etwas anderes«, sagte er. »Damals dröhnte Coles Stimme in meinem Kopf wie das Tosen eines heulenden Sturms. Heute ist sie nur noch ein schwaches Flüstern.«

Als er den Kopf hob, um sie wieder anzusehen, regte sich in seiner Miene nicht ein einziger Zug. »Wir können uns seine Gefühle zu Nutze machen.«

»Die ganze Nacht wird eine von uns vor deiner Tür sitzen. Ich übernehme die erste Schicht, Paige die zweite. Sie wird dich dann morgen früh wecken.«

Piper setzte sich auf Phoebes Bett.

»Hey, was ist das?«, rief Phoebe erfreut aus, als Paige ins Zimmer kam und ein kleines durchsichtiges Behältnis mit hellweißer Paste auf der ausgestreckten Hand balancierte.

»Gesichtscreme. Auch bekannt als ›Himmel im Einmachglas‹«, erwiderte Paige. »Meine ganz spezielle Mischung.«

Phoebe nahm das Glas entgegen, drehte den Verschluss auf und roch prüfend an dem Inhalt. »Eigene Herstellung?«, fragte sie anerkennend.

»Hmhm.« Paige nickte stolz. »Mit einem Schuss Patschuliöl fürs Gemüt und etwas Kamille, um die Nerven zu beruhigen.«

»Das mit deinem Hochzeitskleid tut mir echt Leid«, setzte sie nach einer kurzen Pause hinzu. »Glaub mir, ich wünsche mir nichts sehnlicher, als dass der morgige Tag für dich der schönste in deinem Leben wird.«

»Ach, Schwamm drüber, schon okay«, sagte Phoebe und schloss ihre Schwester in die Arme.

Nach einem kurzen Augenblick einträchtiger Versunkenheit ging Paige, merklich aufatmend, hinaus.

»Sie gibt sich wirklich Mühe«, meinte Piper, als die Tür sich hinter Paige geschlossen hatte.

»Ja, ich weiß.« Phoebe steckte abermals ihre Nase in das Glas mit der Gesichtscreme. »Das Zeug hier kann doch nichts anrichten, oder?«

»Du bist immer noch reichlich angespannt, hm?«, fragte Piper lächelnd.

»Angespannt ist nicht das richtige Wort. Sagen wir, ich befinde mich in äußerster Alarmbereitschaft.«

Piper sah ihre Schwester mit ruhigem Blick an. »Phoebe, ich weiß, du träumst von einer richtigen Cinderella-Hochzeit, mit allem Schnickschnack und lauter strahlenden Gesichtern und so. Aber sei bitte nicht zu enttäuscht, wenn nicht alles so glatt geht, wie du es dir wünschst.«

»Was kommt jetzt?«

»Nichts weiter. Ich musste nur gerade an meine eigene Hochzeit denken. Genau wie du wollte ich, dass alles absolut nach Fahrplan verläuft.«

»Und dann kam Prue auf ihrer Harley ins Wohnzimmer gebrettert.« Phoebe grinste und ließ sich neben Piper auf die Bettkante sinken.

»Nur Prue konnte es schaffen, mir an meinem eigenen Hochzeitstag die Show zu stehlen«, lachte Piper.

Einen Moment lang versanken beide in Erinnerungen. Es waren Erinnerungen an Tage, die manchmal hart, doch oft auch glücklich waren, Tage, in denen Prue noch bei ihnen war und keine der Schwestern geahnt hatte, dass es Paige überhaupt gab.

»Und soll ich dir was verraten?«, brach Piper das Schweigen. »Ich kann mich an die eigentliche Trauung kaum noch entsinnen. Wenn überhaupt, dann nur ganz verschwommen. Letzten Endes ist das Einzige, was zählt, dass du den Mann heiratest, den du liebst. Wenn du das nicht vergisst, wird deine Hochzeit perfekt.«

Draußen herrschte stockfinstere Nacht, als in Phoebes Zimmer, die vor Stunden bereits und aller Aufregung zum Trotze in einen komatösen Tiefschlaf gesunken war, eine lodernde Gestalt aus Feuer erschien. Die flammende Aura erlosch, und Cole ließ seinen Blick wie ein Dieb durch das Zimmer schweifen.

Leise schlich er an die schlafende Phoebe heran, setzte sich behutsam auf die Kante ihres Bettes und zog eine Phiole mit grauweißem Pulver hervor. Während er die körnige Substanz auf die dicken Schichten der Gesichtsmaske rieseln ließ, formten seine Lippen jahrhundertealte Worte von unheilvoller Macht:

»*Summum supplicium diabolus infernum*
invocatio paganus sacrificium.«

Ein blauweißer Schimmer waberte über Phoebes Gesicht und war im selben Moment schon wieder verflogen.

Cole wandte sich ohne Hast um, als er hörte, wie hinter ihm die Türklinke heruntergedrückt wurde. Fast übergangslos nahm seine Gestalt die von Piper an. Dann öffnete sich die Tür.

»Piper«, flüsterte Paige überrascht, als sie ihre Schwester erblickte, »was machst du denn hier? Ich dachte, du liegst schon längst im Bett.«

»Schsch!« Der Eindringling legte einen Finger an den Mund. »Ich wollte nur nach dem Rechten sehen. Du warst gerade im Bad.«

Er stand auf und schob Paige mit sanftem Nachdruck hinaus.

»Ich hab dich nicht mal gehört«, sagte Paige leise, als sie die Tür zu Phoebes Zimmer wieder hinter sich geschlossen hatten. Direkt daneben stand ein Sessel, auf dem ein dickes Plumeau lag.

»Das sollte dir zu denken geben, meinst du nicht auch?«, erwiderte ihre vermeintliche Schwester. »Was, wenn ich nun ein Dämon gewesen wäre?«

»Oh. Du hast Recht.«

»Wenn du in diesem Haus Dämonenwache hast, sieh zu, dass du deine kleinen Bedürfnisse vorher erledigst, klar?«

»Klar«, nickte Paige kleinlaut.

Piper/Cole ließ sie stehen, und betreten bezog Paige wieder Stellung in ihrem Sessel.

»Und bitte«, drehte die Schwester sich noch einmal zu ihr um, »schlaf um Himmels willen nicht ein.«

Abermals nickte Paige, beinahe wie ein gescholtenes Kind. Sie senkte den Blick und ordnete beschämt das Plumeau auf ihrem Schoß. Dabei entging ihr die Handbewegung des hinter Pipers Maske agierenden Mannes, die ihr Kinn augenblicklich auf die Brust sacken und sie in einen tiefen Dornröschenschlaf fallen ließ.

Die falsche Piper öffnete die Tür zum nächstgelegenen Zimmer, trat an das Bett ihres schlafenden Ebenbilds heran und sorgte mit der gleichen, knappen Drehung der Hand dafür, dass auch dieses Halliwell-Kind fest in Orpheus' Armen verblieb.

Dann flammte sie auf und verschwand.

Es war ein herrlicher Frühlingstag, kein Wölkchen stand am tiefblauen Himmel und hinderte die Sonne daran, ihr Leben spendendes Licht über der Stadt auszugießen. Vögel zwitscherten in den Bäumen, und das Gelächter von Kindern drang zum Fenster herein.

Phoebe öffnete verschlafen die Augen und sah blinzelnd auf die Uhr, die sich neben ihr auf dem Nachttisch befand.

Sieben Minuten nach elf!, grinsten die Ziffern der Digitalanzeige sie an.

Im nächsten Moment saß sie kerzengerade im Bett.

Sie sprang auf und stürmte auf den Flur hinaus.

»Paige!«, brüllte sie. »Paige!«

Ihre Schwester schreckte aus dem Sessel hoch.

»Paige, verdammt! Du wolltest mich doch wecken!«

Ehe Paige wusste, wie ihr geschah, war Phoebe bereits im Badezimmer verschwunden. Benommen trottete Paige ihr hinterher, geradewegs in die Arme einer ebenfalls ziemlich übernächtigt wirkenden Piper, die soeben wie nachtblind aus ihrem Zimmer getorkelt kam.

Während sich in den Augen der schlaftrunkenen Schwestern allmählich so etwas wie gegenseitiges Erkennen breit machte, ertönte aus dem Bad ein markerschütternder Schrei, ganz ähnlich dem, der sie am Abend zuvor voller Panik auf den Speicher hatte hinaufeilen lassen.

In der nächsten Sekunde tauchte Phoebe in der Tür zum Badezimmer auf, kaum noch in der Lage, aufrecht zu stehen. Mit beiden Händen suchte sie am Türrahmen Halt.

»Seht mich nur an!«, schrie sie hysterisch, nicht zum ersten Mal in den vergangenen vierundzwanzig Stunden von akuter Atemnot erfasst. Um genau zu sein, schien sie kurz vor dem finalen Kollaps zu stehen.

»Grundgütiger Himmel!« Piper fuhr erschrocken zurück. Das Gesicht ihrer Schwester sah aus wie eine Mondlandschaft. Pickel reihte sich an Pickel, und hässliche Pusteln und verkrusteter Schorf verunzierten Phoebes sonst so samtweiche Haut. Sie schien direkt dem ›Michael Jackson‹-Video ›Thriller‹ entsprungen zu sein.

Mit mordlüsternem Blick sah Phoebe Paige an. »Was hast du zu deiner Verteidigung vorzubringen, du Aas?«, spuckte sie aus.

»Dass ich dein Hochzeitskleid umgenäht habe?«, fragte Paige vorsichtig.

»Paige!« Phoebe stieß die Schwester heftig beiseite und rannte zurück in ihr Zimmer. Die anderen beiden setzten ihr nach.

»Das ist alles deine Schuld!«, wetterte Phoebe weiter, mittlerweile den Tränen nah. »Gib's zu, in der Gesichtsmaske war irgendwas ganz Übles drin!«

»War es nicht! Ich hab ausschließlich dermatologisch getestete Naturprodukte verwendet!«

»Wenn du mir irgendetwas mitteilen willst, Paige, warum versuchst du nicht ganz einfach, es mir zu sagen?« Phoebe suchte, hektisch in der Schublade ihres Frisiertisches herumwühlend, nach dem Abdeckstift.

»Vielleicht sollten wir uns alle erst mal hinsetzen und beruh...« Weiter kam Piper nicht.

»Was sagen?«, fragte Paige beinahe verzweifelt.

»Glaubst du, ich merke nicht, wie du wirklich über Cole denkst?«, erwiderte Phoebe mit tränenerstickter Stimme.

Nun war es an Paige, genervt zu sein. »Jetzt mach mal 'n Punkt!«, brauste sie auf. »Ich hab dich immer nur unterstützt, was diesen Dämon betrifft!«

»Exdämon«, keifte Phoebe zurück.

»Oh«, parierte Paige, »ist das vielleicht so was Ähnliches wie ein *Exzuchthäusler*?«

Phoebe rang nach Luft.

»Hey, Leute, hört mal, es gibt überhaupt keinen Grund, sich hier –« Piper hatte keine Chance.

»Mach endlich deine Augen auf, Phoebe!«, beschwor Paige ihre Schwester. »Diese Hochzeit steht unter keinem guten Stern. Wo du auch hinschaust, nur böse Omen.«

»Ja, und ist es nicht merkwürdig, dass du bei allen irgendwie deine Hände im Spiel hast?«

Es herrschte offener Krieg.

»Schluss jetzt! Das reicht!«, verschaffte sich Piper lautstark Gehör. »Du ...«, sie zog Paige zurück, »... gehst ab in deine Ecke, und du, Phoebe, machst dich jetzt besser fertig. Wir werden die Sache schon wieder in Ordnung bringen. Wir tragen einfach ordentlich Make-up auf.« Sie musterte Phoebes Gesicht. »Jede Menge Make-up ... tonnenweise Make-up.«

»Ich bitte dich, bleib realistisch, Piper«, widersprach Paige. »Wir bräuchten einen Spachtel, um diese Krater zu beseitigen. Geh mal einen Schritt zur Seite.«

»Halt, Moment mal! Was hast du vor?« Phoebe schien alarmiert.

»Dir beweisen, dass mit nichts ferner liegt, als deine Hochzeit zu sabotieren.«

»Ich glaube nicht, dass das eine gute –« Piper hatte heute einfach kein Glück. In einem Tempo, als handelte es sich um den Hinweis auf Arzt oder Apotheker am Ende eines Arzneimittelspots, rasselte Paige bereits ihren Spruch herunter.

»Des Übels Wurzel verschwinde,
ein Traum nur in des Gedanken Gewinde,
lass es von nun an unsichtbar sein
und alles, was schlecht, nur ein Schein.«

»Magie!«, japste Phoebe. »Sie wendet einfach Magie auf mich an!«

Die Akne verschwand.

»Es scheint zu funktionieren«, meinte Piper.

»Echt?« Auf Phoebes Gesicht erschien ein freudiges Strahlen.

Dann verschwand auch das Gesicht. Und dann Phoebes Arme und Beine.

»Sind die blöden Pickel weg?«, fragte Phoebes Stimme.

»Ja ...«, sagte Piper und suchte nach Worten. »... ich kann dir ... mit bestem Gewissen versichern, dass deine Haut noch niemals so rein und makellos war.«

»Yipee!«, rief Phoebe frohlockend.

Unsichtbare Hände klatschten erfreut ineinander, und kleine, sich nur ahnen lassende Füße trippelten aufgeregt dazu im Takt.

Piper und Paige standen da mit sperrangelweit geöffneten Mündern.

Vor ihnen tanzte zappelnd ein Geist in pyjamarosafarbener Seide, der nichts so sehr wollte als endlich, endlich vor dem Traualtar zu stehen.

4

AN EINEM SONNIGEN VORMITTAG in San Francisco, Kalifornien, zogen sich drei Hexen auf den Speicher eines Hauses in der Prescott Street zurück, um ihre nächsten Schritte zu planen.

Doch nur zwei von ihnen waren zu sehen, die dritte dafür umso lauter zu hören.

»Heute ist mein Hochzeitstag! Der einzige Tag in meinem Leben, an dem sich alles um mich dreht.« Ein schwebender Stapel Hochzeitseinladungen flog mit einer ruckartigen Bewegung durch die Luft. »Und kein Mensch kann mich sehen!«

Die Einladungen segelten quer durch den Raum.

Piper blickte nur kurz von dem *Buch der Schatten* auf, in dem sie blätternd herumsuchte, während Paige mit vorgehaltenem, nun deutlich geschrumpftem Brautkleid in die ungefähre Richtung des unsichtbaren Wirbelwindes ging.

»Ich schwör dir, ich hab's nicht mit Absicht getan. Es tut mir so Leid«, versuchte Paige Phoebe zu besänftigen.

»Hau ab! Bleib mir von der Pelle!«, hörte sie Phoebes drohende Stimme, näher, als ihr lieb war.

»Reg dich ab, Phoebe«, sagte Piper. »Dreh jetzt bitte nicht durch.«

»Ja«, stimmte Paige ihr zu, »was wir jetzt brauchen, ist vor allen Dingen einen klaren Kopf.«

»Paige!« Phoebes Stimmorgan war trotz aller Unsichtbarkeit nach wie vor gewaltig.

»Oh, sorry, schlechte Wortwahl.« Rasch streckte Paige der erzürnten Stimme das Brautkleid entgegen. »Hier, du kannst schließlich nicht nackt herumlaufen. Ich denke, es sollte jetzt passen.«

Eine Geisterkralle riss ihr das Kleid aus der Hand.

»Was macht das für einen Unterschied, Paige?«, krakeelte es wütend aus dem Nichts. »Ich bin *unsichtbar*! In knapp einer Stunde findet meine Trauung statt, und alle meine Verwandten und Bekannten werden dort sein! Und ich weiß nicht einmal, wie ich ihnen unter die Augen treten soll!«

Das Kleid machte einen kleinen Satz in die Höhe und landete dann mit Wucht auf dem Boden, gefolgt von einem Stoß auf dem Tisch liegender Bücher, der jäh in Aufruhr geriet und den gleichen Weg ging.

»Das alles sind nur harmlose Nebenwirkungen des fehlgeschlagenen Verflüchtigungszaubers«, bemühte sich Piper einmal mehr, die erhitzten Gemüter zu beruhigen. »Ich bin sicher, dass in diesem Buch hier irgendwo ein Gegenspruch steht.«

Schritte waren auf der Treppe zum Speicher zu hören, und einen Moment später steckte Victor den Kopf durch die Tür.

»Was geht hier oben eigentlich vor?«, fragte er. »Ihr seid ja noch nicht einmal umgezogen! Wo ist Phoebe?«

»Die...«, setzte Piper an und zog das Wort in die Länge, »...ist immer noch mit ihrem Gesicht beschäftigt.«

»Ich kann den Fotografen unmöglich länger hier festhalten. Ich hab mich von ihm bereits in allen Zimmern des Hauses ablichten lassen.«

»Schick ihn zur Kirche. Wir machen die Brautfotos dort«, sagte Phoebes Stimme.

Victor ließ seinen Blick verstört durch das Zimmer wandern.

»Phoebe . . .?«

»Das war ich«, strahlte Piper ihn an. »Toll, was? Ich kann Phoebes Stimme nachmachen.«

»Dad . . .«, erhob sich abermals die Stimme der unsichtbaren Schwester, und Piper schlug sich reaktionsschnell die Hand vor den Mund, ». . . geh nach unten und warte dort auf uns.«

»Hast du gehört?« Piper breitete wie ein Künstler nach gelungener Darbietung ihre Arme aus. »Ich dachte, ich baue es heute Abend in die Rede auf das Brautpaar ein.«

Victor starrte sie, offensichtlich nicht weniger verwirrt als zuvor, einen Augenblick lang an, zog dann wortlos die Tür hinter sich zu und begab sich wieder nach unten.

»Das hat doch alles keinen Zweck«, seufzte Phoebe resignierend. »Am besten, ich rufe Cole an und sage ihm, dass wir die Hochzeit abblasen.«

»Oh, Schätzchen . . .«, sagte Piper und beobachtete, wie sich die Sofapolster, als wären sie gleichfalls deprimiert, unter einem unsichtbaren Gewicht nach unten wölbten.

»Es gibt da etwas, was mich die ganze Zeit über nicht in Ruhe lässt«, meldete Paige sich wieder zu Wort. »Wieso hat eigentlich der Verflüchtigungszauber überhaupt irgendwelche Nebenwirkungen?«

»Muss wohl an deinem Fluidum liegen«, vermutete Piper achselzuckend.

»Schon möglich, aber wieso ist der Spruch dann bisher noch niemals übers Ziel hinausgeschossen, wenn ich ihn bei anderen angewendet habe. Warum bei Phoebe?«

»Willst du damit andeuten«, fragte Piper ein wenig ungehalten, »dass es irgendwelche magischen Einflüsse von außen geben könnte, die dafür verantwortlich sind?«

»Ja«, gab Paige beinahe trotzig zurück. »Die gleichen Einflüsse, die uns den Lazarus-Dämon beschert haben ... und Phoebes Akne ... und das monströse Hochzeitskleid.«

»Sie fängt an, dummes Zeug zu faseln«, kam es vom Sofa. »Soll ich sie noch mal anschreien?«

»Nein!«, erwiderte Piper in einem Ton, der jeden weiteren Vorstoß dieser Art im Keim erstickte. »Sie könnte da auf etwas gestoßen sein.«

»Hier geht es nicht um Schwester gegen Schwester«, fuhr Paige beschwörend fort. »Wir haben es mit etwas Bösem zu tun. Und damit sollten wir fertig werden. Wir treten doch andauernd dem Bösen in den Arsch.«

»Manchmal sogar zwei Mal am Tag«, nickte Piper.

»Meine Rede. Und heute ist eben auch so ein Tag. Das Böse will diese Hochzeit sabotieren? Ich sage euch, wir werden dem Bösen zeigen, wo der Hammer hängt! Auf keinen Fall strecken wir kampflos die Waffen.« Paige holte tief Luft. »Wir fahren jetzt alle gemeinsam zur Kirche, und unterwegs suchen wir nach einem Weg, wie wir Phoebe wieder sichtbar machen können. Einverstanden?«

»Ich bin begeistert! Phoebe?«

Anstelle einer Antwort drehte sich wie von Geisterhand der Türknauf herum, und die Speichertür schwang auf. »Schnapp dir das Buch, Piper! Auf geht's!«, rief die Unsichtbare. In der nächsten Sekunde polterte sie bereits die Treppe hinab.

Piper klemmte sich das *Buch der Schatten* unter den Arm und setzte sogleich hinterher.

»Vergiss das Kleid nicht!«, rief sie Paige über die Schulter hinweg zu.

Paige raffte das Brautkleid zusammen und startete ebenfalls durch.

182

Ruhe kehrte ein auf dem Speicher.
Die Ruhe vor dem Sturm.

Die Kirche war bis in die letzte Sitzreihe mit Menschen gefüllt.

Der Duft von unzähligen Blumen erfüllte den festlich geschmückten Raum, und leise klassische Musik klang von der Empore herab, gespielt von einem eigens engagierten Streichquartett.

Wie ein an- und abschwellender Orgelpunkt lag unter dem kunstvoll verwobenen Teppich aus Tönen das beständige Raunen der Gäste, die, mal hierhin, mal dorthin weisend, die geschmackvolle Hochzeitsdekoration goutierten. Der ein oder andere von ihnen sah allerdings bereits zum wiederholten Male verstohlen auf die Uhr – und tröstete sich zum ebenfalls wiederholten Male mit dem Gedanken, dass gut Ding eben Weile haben will.

Nur lief dem ›gut Ding‹ allmählich die Weile davon.

Nebenan im kircheneigenen Umkleideraum jedenfalls wussten Piper, Paige und eine höchst aufgelöste Phoebe ein Lied davon zu singen.

»Okay, der hier könnte funktionieren«, sagte Paige, die gegenüber von Piper an einem niedrigen Couchtisch saß, und vor sich das aufgeschlagene *Buch der Schatten* liegen hatte. Dutzende zusammengeknüllte Zettel verteilten sich gleichmäßig über den Tisch. »Dieser Spruch hat damals meine magisch vergrößerte Oberweite wieder auf Normalmaß gebracht. Hier . . .«

Sie riss das oberste Blatt von ihrem Schreibblock ab und reichte es über den Tisch. Nachdem Piper einen kurzen Blick darauf geworfen hatte, las sie den Zauberspruch laut vor:

»Ihr Geister, waltend, lenkend,
höret mein Begehr,
hebt auf den Bann, bedenkend,
er quälet uns so sehr.«

Während der letzten Worte entzündete Piper das Blatt an der brennenden Kerze, die auf dem Tisch stand, und legte es in eine kleine Schale aus Messing.

»Was ist? Könnt ihr mich sehen?«, fragte Phoebe erwartungsvoll aus dem Verborgenen.

Paige und Piper blickten suchend im Raum umher.

»Nicht mal deine Brüste«, stellte Piper fest.

»Das war's«, sagte Paige frustriert. »Das war der letzte Umkehrzauber, den wir haben.«

»Schon okay, Leute. Ihr habt euer Bestes gegeben.« Ein Pusten war zu hören, und die brennende Kerze erlosch.

Jemand klopfte an der Tür. Piper stand auf, um sie zu öffnen, und Cole trat herein. Allem Anschein nach stand er unter erheblichem Druck.

»Hey, Mädels, wo bleibt ihr denn?«, begann er sofort, »Leo sagte, dass ich euch hier finden würde. Er meinte, es gäbe noch irgendwelche Probleme. Ist euch eigentlich klar, dass die Trauung bereits vor einer Viertelstunde beginnen sollte?«

»Komm, Paige«, forderte Piper ihre Schwester auf, »wir lassen die beiden allein. Ich denke, sie haben einiges zu besprechen ... und wir im Übrigen auch.«

Coles Blick irrte durchs Zimmer. »Moment mal ... wo ist Phoebe?« Doch die Tür hinter ihm fiel bereits ins Schloss.

»Hier drüben.«

Cole zuckte zusammen. Die Stimme schien von einem ebenso schwere- wie herrenlosen Brautstrauß zu kommen, der im hinteren Bereich des Umkleideraums zaghaft wedelnd in die Höhe stieg.

»Phoebe ...?« Cole riss ungläubig die Augen auf. »Du bist ... *unsichtbar?*«

»Ja ... Scheint so, als hätte was auch immer für ein Dämon es darauf angelegt, unsere Hochzeit zu boykottieren und wie man sieht – oder auch nicht – mit Erfolg.«

Der Brautstrauß landete kläglich auf der antiken Frisierkommode, die neben einem ausladenden Sessel im Rokokostil stand.

»Oh, Liebling ...« Cole trat näher an das Möbelstück heran.

»Wir haben alles Mögliche versucht, den Zauber wieder aufzuheben, nichts hat funktioniert. Und jetzt ...«

Einige Herzschläge lang herrschte Stille.

»Phoebe?«

Ein seidenbesticktes Taschentuch erhob sich, leicht, als würde ein sanfter Morgenwind mit der Daune eines Kissens spielen, in die Luft, und ein leises Schniefen war zu hören.

»Ich wollte eine perfekte Hochzeit, aber ich wollte sie nicht für mich ...« Ein erneutes Schniefen, diesmal deutlich kräftiger als das vorherige, und das Taschentuch sank wieder herab. »... Ich wollte sie für dich. Du gibst mir so viel. Du hast das alles hier nicht verdient.«

Unsichtbare Arme umfingen Cole, und ein schluchzendes Nichts drückte sich an ihn und benetzte seinen Smoking mit Tränen.

»Es ist okay, Baby«, sagte er mit samtweicher Stimme. »Wir finden einen anderen Weg, das verspreche ich dir.« Er löste sich aus der Umarmung. »Ich werde den Gästen mitteilen, dass die Feierlichkeiten abgesagt sind.«

Die Tür wurde aufgerissen, und Piper und Paige platzten herein.

Cole drehte sich zu ihnen um. »Die Hochzeit fällt aus«, verkündete er.

»Nicht unbedingt«, entgegnete Paige.

Piper nahm Cole beim Arm und manövrierte ihn in Richtung Tür. »Sorg dafür, dass alle ihre Plätze einnehmen. Wir fangen gleich an. Sag schon mal den Musikern Bescheid.«

»Aber ...«, wandte Cole ein, »... was ist mit Phoebe? Sie ist unsichtbar.«

»Nicht mehr lange, hoffentlich«, sagte Piper. »Los jetzt, ab mit dir. Und behalte den Mittelgang im Auge, damit du den Auftritt deiner Braut nicht verpasst.«

Sie schob Cole hinaus und schloss hinter ihm die Tür.

»Wartet mal«, erklang aus dem Rokoko-Sessel Phoebes Stimme, »ich bin vielleicht ein wenig durcheinander. Ich dachte, wir hätten bereits alle Sprüche ausprobiert?«

»Nicht ganz«, entgegnete Paige. »Jeder Versuch, den Unsichtbarkeitszauber rückgängig zu machen, ist bisher fehlgeschlagen, stimmt's?«

»Stimmt.«

»Okay, also werden wir diesmal nicht versuchen, ihn rückgängig zu machen, sondern einfach auf eine deiner Schwestern übertragen.«

»Du meinst, du willst dich statt meiner in Luft auflösen?«, ertönte es aus dem Sessel. »Niemals. Das lass ich nicht zu.«

»Phoebe«, sagte Paige, »jede Cinderella braucht ihre gute Fee, die ihr beisteht und sie beschützt. Und ich möchte gern deine sein.«

»Paige ...«, seufzte Phoebe, wenig überzeugt.

»Bitte, Phoebe, du *musst* es mich versuchen lassen

186

... und wäre es nur, damit ich dir beweisen kann, dass ich nicht zwischen dir und deiner Hochzeit stehe.«

»Die Gäste werden allmählich ungeduldig«, stellte Leo fest, der mit Darryl und dem Brautvater im Eingangsbereich der Kirche stand. Alle drei machten einen nervösen Eindruck.

»Ja, ein paar sind schon wieder gegangen«, sagte Darryl.

»Ich würde zu gerne wissen, was hier eigentlich gespielt wird«, beschwerte sich Victor und versenkte die Hände in den Taschen.

Cole, der die letzten Worte mitbekommen hatte, trat, vom Umkleideraum kommend, an die Gruppe heran. »Ich wünschte, ich könnte es dir sagen«, seufzte er. »Nehmt eure Plätze ein, es geht gleich los.«

Erleichterung machte sich auf den Mienen der anderen breit. Die vier Männer setzten sich in Bewegung und steuerten mit gemessener Eile auf die große Flügeltür zu, die den Vorraum von der eigentlichen Kirche trennte.

»Wäre vielleicht einer der Gentlemen so freundlich, mich zu meinem Platz zu geleiten?«, fragte jäh hinter ihnen eine sonore Frauenstimme.

Cole und Victor blieben gleichzeitig stehen und wandten sich um. Ihre Blicke fielen auf eine dunkelhäutige Frau mit ebenmäßigen Zügen, deren weitere Vorzüge verborgen waren unter einer wallenden, mattblauen Toga. Das gleichfarbige, weite Tuch, das sie lose um ihren Kopf geschlungen hatte, ließ sie beinahe aussehen wie eine Göttin der Antike.

»Aber natürlich, gnädige ...«, setzte Victor an, in dem sogleich der Galan erwachte.

»Nein ... wenn du erlaubst«, fiel Cole ihm ins Wort. »Du wartest besser auf Phoebe.«

Der Brautvater siegte über den Galan, und Victor räumte einsichtig das Feld.

Cole bot der Frau seinen Arm an. Die Seherin hakte sich bei ihm ein und gemeinsam schritten sie durch das schwere Doppelportal.

»Sie werden dich erkennen«, sagte Cole mit gedämpfter Stimme, als er sie durch den Mittelgang führte, das Gesicht zu einem unverbindlichen Lächeln vereist.

»Du hast dich nicht mehr bei mir gemeldet«, gab sie ebenso leise zurück. »Hat deine Mixtur gewirkt?«

»Ja.«

»Und haben sie den Spruch benutzt, von dem du annahmst, dass sie sich seiner bedienen würden?«

»Ja, und jetzt ist sie unsichtbar«, entgegnete Cole.

»Warum sind dann all diese Menschen hier?«

»Ich fürchte, die drei haben noch etwas in petto.«

»Haben sie etwa einen Unterwürfigkeitszauber für dich entdeckt?«

Cole nickte freundlich einem flüchtigen Bekannten zu.

»Vergiss nicht, mit wem du sprichst«, sagte er, immer noch lächelnd, und wies der Seherin mit charmanter Geste einen freien Platz.

Nachdem sie sich hingesetzt hatte, beugte Cole sich zu ihr herab. »Wo ist der Lazarus-Dämon?«, fragte er sie flüsternd.

»In meiner Kammer. Er erwartet deinen Befehl.«

»Sag ihm, dass er angreifen soll. Die Schwestern werden die Zeremonie abbrechen, wenn es gilt, unschuldige Leben zu retten.«

Cole richtete sich wieder auf und ging weiter zum Altar.

Die Seherin wartete einen Augenblick. Dann erhob sie sich und verließ die Kirche.

Auf ein Zeichen des Pfarrers hin brach die Musik jäh ab. Das Raunen in den Reihen erstarb.

Das Streichquartett stimmte in die erwartungsfrohe Stille hinein den Hochzeitsmarsch an, und die Blicke aller richteten sich gespannt auf das Zwischenportal.

Auch die Blicke Coles, der mit seinen Trauzeugen, Leo und Darryl, bereits am Altar wartete. Der wachsame Ausdruck in seinem Gesicht unterschied sich in nichts von dem eines jeden angehenden Ehemanns, der in der Kirche dem Auftritt seiner Braut entgegenfieberte.

Dann trat Phoebe an der Seite Victors herein. Entzückte ›Ahs‹ und ›Ohs‹ waren zu vernehmen, als Vater und Tochter durch den Mittelgang schritten, er voller Stolz und mit der Würde des Alters, sie ein wenig unsicher und angespannt. Dennoch erhellte ihr strahlendes Lächeln beinahe jeden Winkel der Kirche.

Phoebe sollte sich später nicht mehr daran erinnern können, wie sie es geschafft hatte, an all diesen freudig gerührten und wohlwollend nickenden Gesichtern vorbeizukommen, ohne über ihre eigenen Füße zu stolpern, doch irgendwann stand auch sie endlich vor dem Altar. Victor nahm ihre Hand, legte sie in die des Bräutigams und zog sich diskret in die erste Reihe zurück.

Der Geistliche breitete seine Arme aus und forderte die versammelten Gläubigen auf, sich zu setzen.

»Wo ist Paige?«, raunte Darryl Leo unauffällig zu.

»Keine Ahnung«, gab Leo zurück.

Kaum waren Vater und Braut am Altar angelangt und die Aufmerksamkeit aller Anwesenden auf die beginnende Hochzeitszeremonie gerichtet, zog Paige leise den seitlich vom Flügelportal stehenden Stuhl in die Mitte des Ganges.

Wenn sie schon unsichtbar war und nicht in der ersten Reihe sitzen konnte, wollte sie zumindest freie Sicht auf das Geschehen haben.

Auch sie bekam feuchte Augen und fühlte einen Kloß im Hals aufsteigen, als die Trauung begann. Mühsam unterdrückte sie ein Schniefen.

Ich wusste, dass ich anfangen würde zu heulen, dachte sie, als der Pfarrer die Stimme erhob und die einleitenden Worte sprach.

»Wir haben uns alle heute hier eingefunden«, er lächelte das Brautpaar an, »um die Liebe zwischen Cole Turner und Phoebe Halliwell vor dem Antlitz Gottes zu besiegeln und um seinen Segen zu bitten.«

Paiges Kloß im Hals löste sich schlagartig, als direkt vor ihrer Nase der Lazarus-Dämon erschien.

»Uh-oh«, entfuhr es ihr.

»Bevor wir mit der Trauung beginnen«, fuhr der Geistliche fort, »möchte ich allen hier Versammelten eine . . .«

Paige schnappte sich den schweren Kerzenständer, der in einer der hohen Wandnischen stand, und zog ihn dem Dämon über den Kopf. Sie packte die strauchelnde Kreatur am Kragen und zerrte sie mit sich in den Vorraum hinaus.

Wütend warf sie die Tür hinter sich zu.

». . . Frage stellen.«

Die letzten Worte des Pfarrers gingen unter in dem Krachen des zuschlagenden Kirchenportals. Entrüstetes

Gemurmel brandete in den Sitzreihen auf, als weiterer Lärm von draußen hereindrang, um sofort darauf wieder zu verstummen. Phoebe und Piper sahen sich alarmiert an.

Der Geistliche räusperte sich, suchte nach dem verlorenen Faden und rang sich ein entschuldigendes Lächeln ab. »Falls es jemanden gibt, der einen Grund gegen diese Ehe vorzubringen hat, so möge er jetzt seine Stimme erheben oder für immer schweigen.«

Erneutes Getöse aus dem Eingangsbereich. Dann wieder ein lauter Knall, der wie Donner durch die Kirche hallte. Diesmal klang es, als hätte jemand mit voller Wucht die Tür zum Umkleideraum aufgetreten.

»Ich kümmere mich darum«, sagte Piper, als sie den indignierten Gesichtsausdruck des Geistlichen sah. »Machen Sie ruhig weiter.«

Sie eilte durch den Mittelgang hinaus.

Einen Augenblick lang schien der Pfarrer aktiv die tiefere Bedeutung des soeben gefallenen Begriffs ›schweigen‹ zu ergründen, dann fiel ihm offenbar ein, dass das ja gar nicht seine Aufgabe war.

»Nun . . .«, besann er sich wieder auf seine eigentliche Funktion, ». . . da niemand einen Grund anzuführen hat, wird mir die Ehre zuteil, zu fra –«

»*Lass sie runter, du Arsch!*«, ertönte von hinten Pipers Stimme über ein lautes Scheppern hinweg.

Leo war der Nächste, der die Stellung aufgab. »Entschuldigen Sie mich«, sagte er und hetzte in Richtung Vorraum davon.

»Fahren Sie fort. Bitte, fahren sie fort!«, flehte Phoebe den Geistlichen an.

Solcher Inbrunst konnte sich ein Mann Gottes nur schwerlich entziehen.

»Ähm ... wie ich schon sagte ... mir wird die Ehre zuteil, zu fragen, wer die Braut diesem Manne übergibt?«

Victor erhob sich von seinem Platz: »Ihre Schwestern und ich.«

Der Pfarrer zeigte sich sichtlich erfreut. Damit ließ sich doch etwas anfangen. Das roch nach sicherem Terrain.

»Ich hab ihn! Ich hab ihn!«, drang es von hinten herein. Dann: *»Piper, pass auf!«* Und kurz darauf: *»Du gottverdammter Hurensohn!«*

Es folgte ein Splittern und Bersten, als wäre ein Abrisskommando am Werk.

Die aufkeimende Hoffnung des Pfarrers zerplatzte wie eine Seifenblase. Der Umstand, dass in diesem Moment die Braut ihr Kleid zusammenraffte und ebenfalls nach hinten stürmte, konnte ihn kaum noch aus der Fassung bringen. Geschlagen klappte er die Bibel zu.

Der Bräutigam setzte der Braut hinterher.

Das Erste, was Phoebe im Umkleideraum sah, war Leo, der wie ein Geschoss auf sie zugeflogen kam, um sie mit sich zu Boden zu reißen.

Das Nächste war die Fratze des Lazarus-Dämons, der mit einem erhobenen Sessel über ihr stand, um ihr den Schädel zu zerschmettern.

»Stopp!«, brüllte Cole von der Tür.

Der Dämon erstarrte in der Bewegung.

Dieser kurze Augenblick des Zögerns wurde ihm zum Verhängnis. Wenige Meter hinter ihm sprang Piper auf die Beine und brachte ihn mit einer einzigen, raschen Bewegung zur Explosion.

Er verging in einem Regen aus Asche und Staub.

»Wo ist Paige?«, fragte Phoebe, nachdem sie sich wieder aufgerappelt hatte.

»Ich ... ich weiß nicht«, keuchte Piper und sah sich suchend um. »Paige?«

»Leo! Wo ist Paige?«, wandte Phoebe sich fast schreiend an den *Wächter des Lichts*, doch auch er ließ seinen Blick hilflos durch den Raum voller Trümmer wandern.

Allein Cole bemerkte den kleinen dunkelroten Fleck auf dem Boden, der sich, nicht weit von dem Fenster unter einem umgekippten Garderobengestänge, rasch vergrößerte. Wie gebannt starrte Cole die Lache an.

»Ich kann sie nicht empfangen«, sagte Leo. Wachsende Sorge und Angst mischten sich in seine Stimme. »Wo immer sie liegt – ihr Herz hat zu schlagen aufgehört.«

Beinahe widerstrebend deutete Cole auf den bereits faustgroßen Blutfleck. »Da drüben.«

Im gleichen Moment war Leo schon dort, kniete sich nieder und suchte tastend nach der reglosen Frau. Ein helles Leuchten ging von seinen Handflächen aus, als er sie über den unsichtbaren Körper gleiten ließ.

Inzwischen hatte auch der Pfarrer den Schauplatz des Kampfes erreicht. »Was zum Teufel geht hier vor?«, donnerte er aufgebracht und ohne Rücksicht auf Amt oder Würde. Hinter ihm tauchte Darryl im Türrahmen auf. Hysterisch riss Phoebe sich den Brautschleier vom Kopf und schleuderte ihn weit von sich.

»Die Hochzeit findet nicht statt!«, fuhr sie den Geistlichen an, völlig aufgelöst und den Tränen nah. »Sagen Sie allen, dass die Vorstellung vorbei ist. Gehn Sie, gehn Sie. So gehn Sie doch schon!«

Noch ehe der Gottesmann den mit glühenden Handflächen am Fenster kauernden Leo entdecken konnte, schob Phoebe ihn mitsamt Darryl wieder aus dem

Umkleideraum. Dann schlug sie die Tür hinter ihnen zu und warf sich mit dem Rücken dagegen. Weinend schaute sie in die betroffenen Gesichter von Piper und Cole.

Und auf ein völlig verwüstetes Zimmer.

5

Alle Gäste waren gegangen, alle Kerzen erloschen.

Die Stimmung, die in der Kirche herrschte, erinnerte, trotz aller farbenfrohen Blütenpracht, eher an eine Beerdigung als an eine Hochzeitsfeier.

»Liefern Sie das Essen einfach an die Privatadresse«, sprach Piper, müde im Mittelgang auf und ab schreitend, in ihr Handy. »Ja, die Rechnung ebenfalls ... Mir tut es auch Leid, wahrscheinlich noch mehr als Ihnen ... Ja, vielen Dank.«

Sie unterbrach die Verbindung. »Alles klar, der Catering-Service weiß Bescheid«, teilte sie dem vollkommen niedergeschlagenen Brautpaar mit. Phoebe und Cole standen mit gesenkten Köpfen vor den Treppen zum Altar, die plötzlich so unüberwindlich schienen wie die Eigernordwand.

»Danke, Piper. Mir steht der Sinn jetzt wirklich nicht nach solchen Dingen. Ich würde wahrscheinlich nur ausfallend werden.«

»Schon gut, es war ein schlimmer Tag für dich«, winkte Piper ab. »Was ist mit dir, Paige? Wie fühlst du dich?«, wandte sie sich an ihre Schwester, die neben Leo wie ein Häuflein Elend in einer der Sitzbänke saß, eingehüllt in eine große grüne Decke.

»Noch ein wenig wacklig auf den Beinen«, erwiderte Paige mit schwacher Stimme.

»Kein Wunder«, sagte Leo, »du warst dem Tode nah. Ich hätte dich beinahe verloren. Du kannst von Glück sagen, dass der Dämon aufgehört hat herumzuwüten, als er Cole brüllen hörte.«

»Ja«, nickte Phoebe. »Aber wieso eigentlich?«

»Vielleicht war er einfach nur überrascht, dass es jemand wagte, ihn anzuschreien«, meinte Cole.

Leo atmete tief durch. »Wie auch immer, wir sollten froh sein, dass wir alle noch am Leben sind.«

»Und wieder sichtbar«, fügte Paige hinzu. »Obwohl mir immer noch schleierhaft ist, warum.«

»Das liegt doch auf der Hand« sagte Cole. »Der magische Einfluss, unter dem du standest, diente einzig und allein dem Zweck, die Hochzeit zu verhindern. In dem Moment, in dem sie abgesagt wurde, erlosch auch seine Wirkung.«

»Du meinst, in dem Moment, in dem das Böse gewonnen hatte.« Phoebe schien dieser Gedanke nicht zu behagen. »Ich schwöre euch, ich werde nicht eher ruhen, bis ich herausgefunden habe, wer uns diesen Kretin auf den Hals gehetzt hat.«

»Da wir gerade von dem Dämon sprechen ...«, setzte Piper an, »... wir müssen den verkokelten Satansbraten wieder zurück auf den Friedhof schaffen.«

»Ich weiß ein schönes Plätzchen für ihn, ganz hier in der Nähe. Ich werde ihn dort hinbringen«, erbot sich Cole.

»Und wenn er sich unterwegs wieder rekonstruiert?« Piper sah Cole zweifelnd an. »Du bist ihm gegenüber so wehrlos wie ein junges Kätzchen.«

»Ich gehe mit ihm«, schlug Phoebe vor. »Ich will mich mit eigenen Augen davon überzeugen, dass das Kerlchen gut untergebracht ist.«

»Wir kommen alle mit«, sagte Paige bestimmt.

Da niemand widersprach und auch Cole einverstanden zu sein schien, machte sich die Gesellschaft beklommen auf den Weg.

Auf dem Friedhof herrschte tiefe Finsternis.

Nur ein schwacher Lichtschein huschte wie ein suchender Finger über die Gräber. Sträucher und Büsche warfen unheimliche Schatten, und das Rascheln der Blätter begleitete das unheilige Tun. Zu allem Überfluss war auch noch von irgendwoher der Schrei eines Käuzchens zu hören.

Mit Wucht stieß Cole seinen Spaten in das Erdreich.

»Hier drüben!«, rief er den anderen zu. »Ich hab die Stelle gefunden.«

Leo eilte mit der Taschenlampe herbei, hinter sich Piper und Paige.

»Das Grab hier stammt noch aus dem frühen 19. Jahrhundert.« Cole deutete auf den Gedenkstein zu seinen Füßen. »Nicht anzunehmen, dass jemand so bald auf die Idee kommt, hier eine Exhumierung vorzunehmen.«

»Piper«, instruierte der *Wächter des Lichts* seine Angetraute, »wenn jemand vorbeikommt, frier ihn ein.«

Die drei Halliwell-Schwestern positionierten sich etwas abseits vom Grab, während die Männer sich an die Arbeit machten.

»Wirf die Flinte nicht ins Korn, Süße«, versuchte Piper Phoebe wieder aufzurichten, »Leo und ich haben drei Anläufe für unsere Hochzeit gebraucht. Glaub mir, du und Cole, ihr werdet es auch noch schaffen – sobald wir herausgefunden haben, welche bösen Mächte eure Trauung vereiteln wollen. Und warum.«

Paige schaute grübelnd auf den großen Pappkarton, den sie in Händen hielt. »Ich hätte da eine Idee«, sagte sie vorsichtig. »Warum fragen wir nicht einfach den Dämon?«

Cole blickte alarmiert auf. Auf seiner Stirn waren im schwachen Licht der Taschenlampe bereits die ersten Schweißperlen zu sehen.

»Seid ihr jetzt völlig verrückt?«, unterbrach er schwer atmend die Arbeit. »Der Lazarus-Dämon ist eine tickende Zeitbombe!«

»Ist mir egal«, erwiderte Phoebe. »Ich will wissen, wer mir meine Hochzeit versaut hat.«

Paige setzte den Pappkarton ab, öffnete ihn und schüttete die Überreste des Dämons auf den Friedhofspfad.

»Phoebe, ich bitte dich«, beschwor Cole seine Verlobte, »im Namen unserer Liebe, tu's nicht.«

»Ich kann nicht glauben, dass es dich nicht interessiert, wer uns das alles eingebrockt hat.«

Cole blieb ihr die Antwort schuldig und sah sie wie versteinert an.

Phoebe löste sich mit einem Ruck von seinem starren Blick und nickte Piper zu, die daraufhin ihren magischen Bann auf die Überreste des Lazarus-Dämons wieder aufhob. Im gleichen Moment stand der Dämon wie ein aus seiner Flasche befreiter Dschinn wieder vor ihnen. Dem wütenden Gesichtsausdruck nach, mit dem er die Schwestern bedachte, war allerdings nicht davon auszugehen, dass er ihnen nun zum Dank drei Wünsche zu erfüllen gedachte. Piper hielt sich bereit, die Ausgeburt der Hölle beim kleinsten Anzeichen eines Ausfalls sogleich wieder in die Schranken zu verweisen. »Eine falsche Bewegung, und ich mach wieder Brikett aus dir.«

Geifernd stand der Dämon da, umringt von drei ebenso streitbaren wie entschlossenen Schwestern.

»Wer hat dich gerufen?«, fragte Phoebe barsch. Aus den Augenwinkeln heraus sah sie, wie Cole sich straffte.

»Du willst es wirklich wissen«, stieß der Dämon hervor. Sein Arm schoss empor, und sein Finger wies auf Cole. »Frag ihn!«

Der Lazarus-Dämon funkelte Phoebes Verlobten zornig an. »Du hast mir versprochen, dass ich niemals mehr einen Friedhof sehen werde, wenn ich dir helfe. Du hast mich reingelegt!«

Die Stille, die seinen Worten folgte, war förmlich zu greifen.

»Cole«, brach Piper schließlich das Schweigen, »wovon redet dieser Dämon?«

»Ich hab keine Ahnung.« Cole rang sich ein verächtliches Lachen ab.

»Lügner!«, schrie der Dämon ihn an. »Du hast mir befohlen, sie in der Kirche anzugreifen. Belohnst du so etwa deinen getreuen Diener?«

»Cole, bitte«, sagte Phoebe, und ihre Stimme wurde mit jedem weiteren Wort lauter, »sag mir sofort, was hier los ist ... weil ... ich stehe nämlich kurz davor, endgültig auszuflippen!«

Alle Blicke waren auf Cole gerichtet. Er schien mit sich zu kämpfen. Dann fasste er offenbar einen Entschluss.

»Es hat wohl keinen Sinn mehr. Ihr findet es ja doch heraus.« Cole streckte mit eisiger Miene den Arm aus und ließ aus den Fingern seiner Hand einen Feuerball hervorschießen, der den Lazarus-Dämon zerriss.

Fassungslos starrte Phoebe ihn an.

»Nein ... das kann nicht sein«, keuchte sie und wich strauchelnd zurück.

In der nächsten Sekunde veränderte sich Coles Gestalt, schrumpfte und wurde zu der einer dunkelhäutigen Frau.

»Es ist nicht ...«, stieß Paige hervor und legte eine Hand auf Phoebes Schulter, die sich entsetzt abgewandt hatte. »Es ist die Seherin!«

»Nicht mehr lange«, sagte Piper und hob den Arm.

»Nein, warte!« Phoebe stürzte auf die Seherin zu, blieb nur wenige Zentimeter vor ihr stehen, Auge in Auge mit der finsteren Frau, die so voller Geheimnisse war.

»Wo ist Cole?«

»Er liegt bewusstlos im Mausoleum.« Die Seherin wies mit dem Kopf auf ein etwa zehn Meter entferntes Gebäude, das in der Dunkelheit nur als ein tiefschwarzer Schatten auszumachen war.

»Warum?«, schrie Paige die Seherin an. »Warum hilfst du uns an dem einen Tag, und versuchst uns am nächsten zu vernichten?«

»Beides geschieht aus dem gleichen Grund«, erwiderte die rätselhafte Frau. »Um das Gleichgewicht zu erhalten zwischen den Mächten des Guten und denen des Bösen.«

Pipers Arm zuckte unwillkürlich erneut nach oben. »Lass das orakelhafte Geschwätz«, presste sie zwischen den Zähnen hervor. »Ich hasse Orakel.«

Ohne auf Pipers Drohung einzugehen, sah die Seherin Phoebe fest in die Augen. »Ich hatte eine Vision«, fuhr sie mit ruhiger Stimme fort. »Wenn du Cole heute geheiratet hättest, wäre aus seiner Liebe zu dir eine Kraft erwachsen, wäre aus dir eine der mächtigsten Hexen geworden. Mir oblag es, das zu verhindern. Und nichts anderes habe ich getan.«

Die Seherin verzog ihre Mundwinkel zu einem selbstzufriedenen Lächeln. Flammen züngelten an ihr empor, und sie wurde eingehüllt in eine flackernde Aura aus Hitze und Feuer.

Dann war sie verschwunden.

»Schlampe!«, schickte Piper ihr hinterher.

»Cole ...« Phoebe sah mit angstvollem Blick zu dem Mausoleum hinüber, das ungerührt seinen nachtschwarzen Schatten über den Friedhof warf.

»Geht«, sagte Leo, immer noch den Spaten in der Hand. »Ich kümmere mich um die Überreste des Dämons.«

Gleichzeitig rannten die drei Schwestern los.

In der Krypta des Mausoleums flammte eine Feuersäule auf, verpuffte und ließ die Seherin zurück.

Aus der Seherin wurde Cole.

Rasch löste er seinen Kragen, öffnete die obersten Knöpfe des Hemdes und legte sich auf den Boden.

Keinen Augenblick zu früh, denn kaum hatte er die Augen geschlossen, hörte er auf der steinernen Treppe, die in die Grabkammer hinabführte, die eiligen Schritte der drei Schwestern.

»Cole!«, schrie Phoebe, als sie ihn sah. Sie eilte zu ihm und ließ sich auf die Knie herab.

Er schrak jäh auf, als sie ihn berührte. Seine Bewegungen täuschten Benommenheit vor.

»Die Seherin ...« Sein Arm wies kraftlos zur Treppe. »Sie ist oben auf dem Friedhof ...«

»Wissen wir«, sagte Piper. »Wir hatten gerade ein Pläuschchen mit ihr.«

Paige sah Cole besorgt an. »Mich wundert, dass sie dich nicht getötet hat.«

»Das ist nicht ihr Stil.« Cole stöhnte auf und griff sich mit der Hand an den Kopf. »Es wäre unter ihrer Würde ... Sie tötet nur, wenn sie unbedingt muss.«

»Lass uns zusehen, dass wir nach Hause kommen«, sagte Phoebe. Vorsichtig half sie ihm auf die Beine.

Da kam Leo atemlos die Treppe heruntergerannt. »Bist du okay?«, rief er und stürzte auf Cole zu.

»Es geht schon wieder, danke«, sagte Cole.

Gemeinsam stiegen sie die Treppen empor, die in den langen, knapp drei Meter breiten Mausoleumsgang mündeten, der um einige Ecken herum zu einer weiteren Treppe führte, über die man wieder zurück auf den Friedhof gelangte. Zwischen Reliefs mit sakralen Motiven säumten stilvolle Wandleuchten den Gang, die von der Friedhofsverwaltung offenbar auch des Nachts nicht ausgeschaltet wurden.

»Ich verstehe immer noch nicht«, meinte Paige zu Cole, während ihre Schritte durch den leicht ansteigenden Korridor hallten, »warum die Seherin, wenn es ihr nur darum ging, Phoebe von der Hochzeit mit dir abzuhalten, dich nicht einfach aus dem Weg geräumt hat. Es hätte ihr 'ne Menge Sorgen erspart.«

»Ich hab nicht die blasseste Ahnung«, erwiderte Cole. »Schätze, da musst du schon die Seherin fragen.«

»Hey, seht mal«, rief Leo plötzlich aus, als sie um eine der Ecken bogen. »Eine Kapelle.«

Alle blieben stehen und blickten in die betreffende Richtung.

Tatsächlich waren durch eine geöffnete Flügeltür in einem der abzweigenden, etwas dunkleren Gänge ein kleiner Altar und einige schmale Gebetsbänke zu erkennen. Blumen schmückten den eher schlicht gehaltenen Raum, und ein Mann in einer dunklen Kutte war damit beschäftigt, die Kerzen zu entzünden. Niemand von ihnen hatte beim Betreten des Mausoleums die Kapelle bemerkt.

Über der niedrigen Eingangstür standen, eingemeißelt in ein ornamentreiches Relief, die Worte »Der Ewige Garten«.

»Eine Kapelle? In einem Friedhofsmausoleum?«, fragte Paige verwundert.

»Sie ist hübsch«, sagte Piper.

»Und sie ist perfekt«, sagte Cole.

»Für was?« Phoebe sah ihn argwöhnisch an.

Cole ließ sich ein, zwei Sekunden Zeit. »Für eine Hochzeit«, entgegnete er dann, und ein breites Grinsen trat in sein Gesicht.

»So seh ich das auch«, stimmte Piper ihm zu.

Ein wenig zweifelnd wanderte Phoebes Blick von Cole zu ihrer Schwester und wieder zurück. »Meint ihr wirklich?«

»Wir haben die Ringe ...«, stellte Paige fest.

»Und wir sind alle hier.« Leo wippte mit gespielter Ungeduld auf den Füßen.

»Okay ... ich mach's ... ich meine ... ich meine, ja, ja, ich will ... los, worauf warten wir noch!« Phoebe nahm Coles Arm und zog ihn mit sich in die Kapelle hinein.

Der Mann in der Kutte wandte sich lächelnd zu ihnen um. Er mochte etwa fünfzig Jahre alt sein, und der graue Bart an seinem Kinn verlieh ihm einen Ausdruck von Abgeklärtheit und Würde.

Phoebe nahm eine Rose und steckte sie Cole ans Revers. Sie spürte einen leichten Schmerz, als ein Dorn ihre Haut einritzte. Ein feiner Blutstropfen zeigte sich auf ihrem Finger. Cole beugte sich herab und presste seine Lippen darauf. Kein zu hoher Preis für den einzigen Mann, den man liebt, dachte Phoebe.

Wie im Traum flog nun alles an ihr vorüber, die Ringe, der Priester, die Worte, das Licht. All die Tränen und Zweifel schienen vergangen, vergessen der Schmerz und das Leid, die weit, weit zurücklagen auf dem steinigen Weg ihrer Liebe.

Dann spürte sie Coles Hand in der ihren, umfasst von den segnenden Händen des Priesters.

»Willst du, Cole Turner, diese Frau zu deiner Ehefrau nehmen . . . ?«

»Ja, ich will.«

». . . und du, Phoebe Halliwell, diesen Mann zu deinem rechtmäßigen Ehemann . . . ?«

»Ja, ich will.«

»So möget ihr eins sein, bis dass der Tod euch scheidet.«

Erneut wurde Phoebe hinweggetragen von einer Woge des Glücks, als sich ihre und Coles Lippen vereinten zu einem innigen, besiegelnden Kuss.

Die Seherin, die verborgen in den Schatten der Flügeltür stand, wandte sich triumphierend ab. Das Blut der Erwählten ward getrunken vom Bräutigam, der Bund geschlossen inmitten der Nacht, vollzogen das Ritual durch einen Priester des Bösen, an einem Ort, der den Toten gehört.

»Es ist vollbracht«, sagte sie und verschwand.

Das fünfte Rad am Wagen

... and you know you're never sure
but you're sure you could be right ...

The Smashing Pumpkins »Tonight, Tonight«

1

*I*M *P3* WAR ES GERAMMELT VOLL.

Unablässig strömten Nachtschwärmer und Szenegänger herein, schoben sich Schulter an Schulter unter dem Neon-Logo vorbei, das hell über dem Eingang prangte, drückten von hinten, stauten sich in der Mitte und bremsten von vorn – und ein Ende war nicht abzusehen.

Wummernde Bässe und ein treibender Beat drangen aus den Lautsprecherboxen, während dazu die im Takt wippenden Menschen die Mühen des Alltags abschüttelten und sich fallen ließen in die durchaus erträgliche Leichtigkeit des Seins. So ähnlich dachten wohl auch die zwei Pärchen, die an einem der Tische im hinteren Bereich des Clubs beisammensaßen und geräuschvoll ihre Gläser gegeneinander stießen – zwei Hexen, ein Exdämon und ein *Wächter des Lichts*.

»Auf die Ehe!«, rief Phoebe und bekam ein dreifaches Echo zurück.

Ein fünftes Glas gesellte sich, eine Winzigkeit zu spät, zu den anderen. Es gehörte Paige, die soeben von der Theke kam, wo sie sich mit Nachschub versorgt hatte. Ein klein wenig eingeschnappt, da niemand sie zu beachten schien, stellte sie ihren Drink ab und setzte sich. Andererseits musste sie sich eingestehen, hatte sie etwa so viel Berechtigung, auf die Ehe anzustoßen, wie ein Chihuahua auf den gelungenen Start der *Mars-Global-Surveyor-Mission*.

Stay forever and ever and ever and ever, nölte Kylie

Minogue aus den Boxen, was aber auch nicht half, den Sturz von Paiges plötzlich rapide abfallender Laune zu stoppen. Mit beinahe wissenschaftlicher Nüchternheit beobachtete sie, wie Phoebe an Coles Ohrläppchen herumzuknabbern begann.

»Hey«, lachte Piper, als sie sah, was da vor sich ging, »ich dachte, das wäre heute *unsere* Jahresfeier!«

»Oh, ach ja, stimmt«, sagte Phoebe und löste sich vom Ohr ihres Mannes. »Auf *Leos und Pipers* Ehe! Und darauf, dass unsere ebenso glücklich wird.« Sie sah Cole tief in die Augen. In der nächsten Sekunde klebten die beiden schon wieder zusammen.

»Irgendwie klingt das für mich immer noch nicht so, als ginge es hier in erster Linie um uns«, meinte Piper. Doch anscheinend kam sie ganz gut damit klar, denn im nächsten Moment hing auch sie an den Lippen ihres Liebsten.

Paige ließ ihren Blick von einem der beiden knutschenden und giggelnden Pärchen zum anderen wandern. *La la la, la la lala la, la la la* ..., trällerte Kylie dazu.

In dieser Kombination eindeutig ein paar *Lalas* zu viel! Paige stieß entnervt die Luft aus und stand auf.

»Okay, liebe Leute, ich mach jetzt 'nen Abflug. Ich bin echt müde und froh, wenn ich ...«

»Nicht doch!«, rief Cole aus. »Du willst doch nicht jetzt schon etwa gehn? Der schöne Teil kommt doch erst noch.«

»Tatsächlich?« Paige ließ sich zögernd wieder auf ihren Platz sinken. »Und ich Dummchen dachte schon, euch vieren hier beim Turteln zuzusehen sei bereits der Höhepunkt des Abends.«

»Oh, Schätzchen, entschuldige bitte«, sagte Phoebe mit ehrlichem Bedauern. »Langweilst du dich mit uns?«

»Nein, nein, ... es ist nur ... ich meine, es ist schon

irgendwie komisch, eine junge Frau, die so gar nicht dem Typ der verheirateten Ehefrau entspricht, so ... na ja ... so *verheiratet* zu sehen.«

»Ja, ich verstehe, was du meinst«, erwiderte Phoebe. »Piper hat immer versucht, mir zu erklären, was für einen Riesenunterschied es ausmacht, wie großartig man sich fühlt und wie wunderbar alles ist, aber ...«

»... es lässt sich nicht erklären, man muss es einfach selbst erleben«, beendete Piper Phoebes Satz.

Wieder kannten die Emotionen kein Halten, und erneut fielen sich beide Paare voller Leidenschaft in die Arme, als könnten sie vom ›selbst erleben‹ gar nicht genug bekommen.

Paige hatte nicht die Absicht, dergleichen noch einmal einreißen zu lassen. »Also ... was ist jetzt mit dem ›schönen Teil‹?«, erkundigte sie sich, vielleicht eine Spur lauter als nötig.

»Oh, ja richtig, der schöne Teil!« Cole sprang auf und kramte ein längliches Couvert aus der Innentasche seines Jacketts, das er mit großer Geste Piper und Leo überreichte. Gespannt sah er zu, wie Piper es öffnete.

»Du meine Güte ...« Mit großen Augen blickte Piper auf den Hotelprospekt in ihrer Hand.

»Cole ...«, setzte Leo an.

Cole winkte ab. »Lass stecken. Nicht der Rede wert.«

»Nicht der Rede wert? Das ist das schönste Hotel auf Hawaii!«

»Ich fand es einfach nicht okay, dass ihr immer noch keine Flitterwochen hattet«, erklärte Cole.

»Gott, kannst du süß sein«, himmelte Phoebe ihren frisch gebackenen Ehemann an.

»Aber ihr wart doch auch nicht in den Flitterwochen«, wandte Piper ein.

»Das holen wir im Sommer nach. Aber eure beginnen morgen Abend.«

»Warte mal, du schenkst ihnen Tickets nach Hawaii?«, fragte Paige verständnislos.

»Nicht die Flugtickets – hin müssen sie sich schon selbst orben. Nur das Hotel und ein paar lauschige Dinner für zwei.«

»Cole, ich kann das gar nicht glauben!«, sagte Piper. Ihr glückliches Strahlen reichte vom einen Ohr zum anderen.

»Ich auch nicht.« Paige schien fast noch erstaunter als die Beschenkten. »Hab ich da irgendwas nicht mitbekommen? Ich dachte, du hättest keinen Job?«

»Ah-ah ... *die* Überraschung gibt's erst morgen«, entgegnete Cole. »Dieser Abend gehört dem Jubelpaar.« Er hob sein Glas und sah die beiden an. »Leo, Piper, auf euch – und auf ein Leben voller Glück!«

Während er trank, fiel sein Blick auf eine dunkelhäutige Frau, die mit gestrenger Miene inmitten der tanzenden Clubgäste stand, gekleidet in eine weite tiefrote Robe. Cole verschluckte sich fast.

»Baby, alles in Ordnung?«, lachte Phoebe.

»Ja, alles okay«, erwiderte Cole etwas verlegen und wischte sich mit der Hand ein Rinnsal vom Kinn, »ich hab nur ... ähm, entschuldigt mich, bin gleich wieder da.« Hastig stand er auf und verschwand Richtung Toilette. Phoebe schaute ihm verliebt hinterher.

»Was meint ihr«, fragte Paige, nachdem er fort war, »ob er wohl das große Los gezogen hat?«

»Keine Ahnung. Aber ich«, säuselte Phoebe.

Nun war es an Paige, sich zu verschlucken. »Ach ja, entschuldige«, krächzte sie, »ich vergaß.«

Eine Feuersäule flammte auf und erfüllte die höhlenartige Kammer der Seherin mit grellem Geflacker.

Dann stand Cole in ihrem finsteren Domizil, das sich tief in der Unterwelt befand, dem Reich des Bösen und der ewigen Nacht. Wütend schritt er auf die Seherin zu. Sie erwartete ihn bereits in einer Nebengrotte vor einem archaisch anmutenden Gestell aus drei massiven Stangen, in dessen Mitte an vier mächtigen Ketten ein großer Kessel über einer offenen Feuerstelle hing. Giftig grüngelbe Schwaden stiegen aus der darin brodelnden Brühe empor.

»Meine ganze Familie war im Club versammelt! Hast du den Verstand verloren?«, fuhr Cole die Seherin an.

»Vergib mir, aber deine Anwesenheit ist für mein Ritual unabdingbar, wenn es Wirkung zeigen soll.«

»Ich geb mir die größte Mühe, ein perfekter Ehemann zu sein und ein ebenso perfekter Schwager. Da wäre es ganz hilfreich, wenn ich mich nicht zudem noch mit einem mir von der Tanzfläche aus zuwinkenden Orakeln herumschlagen müsste.«

»Falls mein Fruchtbarkeitsritual fehlschlägt, sind unsere Pläne ohnehin gescheitert.«

Coles Blick bekam etwas Lauerndes, und ein Funkeln heraufdämmernder Ahnung leuchtete in seinen Augen auf. Durch die Andeutung, welche sich hinter den Worten der Seherin verbarg, einigermaßen besänftigt, bedeutete er ihr fortzufahren.

»Dem Vollmond in der morgigen Nacht«, erklärte die Frau mit den unergründlichen Zügen, »wohnt eine Magie inne von ganz besonderer Art. Nur unter seiner Regentschaft kann es dir gelingen, den Sohn, der dir vorausgesagt wurde, zu zeugen.«

Sie griff nach einer gläsernen Karaffe, in der sich eine

schwarze Flüssigkeit befand, und goss sie über dem Kessel aus.

»Die Macht des Mondes, in Verbindung mit dieser Mixtur, wird dein Weib empfänglich sein lassen für die dämonische Saat. Er wird jeden ihrer Versuche, die Schwangerschaft zu vereiteln, außer Kraft setzen.« Dann, mit der Kaltblütigkeit einer Giftmischerin: »Was nascht sie am liebsten?«

»Schokolade«, teilte Cole ihr bereitwillig mit.

»Also soll sie Pralinees von mir bekommen. Trage Sorge, dass sie sie schon morgens verzehrt, und bringe das Werk zu Ende, wenn der Mond hoch am nächtlichen Himmel steht. Sollte dir Erfolg beschieden sein, wird der Samen des Bösen in ihr wachsen und gedeihen und allmählich Macht über sie erlangen. Wenn sie die Wahrheit erfährt, wird sie schon längst deinem Willen folgen.«

»Sie wird der *Stimme ihrer Liebe* folgen«, korrigierte Cole sie mit höhnischem Grinsen.

Die Mundwinkel der Seherin verzogen sich ebenfalls zu einem Ausdruck der Häme. Sie griff in die Falten ihrer Robe und zog einen Zeremoniendolch hervor. Langsam schritt sie auf Cole zu.

Coles Finger schoss drohend in die Höhe. »Für die Mixtur«, sagte die Seherin mit ruhiger Stimme und blieb vor ihm stehen.

Coles Hand sank wieder herab, öffnete sich und streckte sich dem Orakel entgegen. Die Seherin ließ die rasiermesserscharfe Klinge über seinen Handballen gleiten und trat einige Schritte zurück.

Cole wandte sich ab, ging zu dem brodelnden Kessel in der Mitte des Raumes und hielt seinen Arm darüber.

Tropfen um Tropfen seines Blutes rann hinab in den köchelnden Sud.

2

I<small>M</small> B<small>ADEZIMMER VON</small> H<small>ALLIWELL</small> M<small>ANOR</small> herrschte hektische Betriebsamkeit.

Paige, Phoebe und Piper huschten aufgeregt umher, als gelte es, in spätestens drei Minuten auf irgendeiner Bühne zu erscheinen, um den heiß begehrten Award für das erfolgreichste Hexentrio des Jahres in Empfang zu nehmen. Dass sie sich dabei mehr oder weniger gegenseitig im Wege standen und auf die Füße traten, war eine andere Sache.

»Kann ich mir den mal ausleihen?«, fragte Phoebe und schaute begehrlich auf Paiges Rouge-Applikator.

»Ja, klar.« Paige trug mit flinken Fingern ihren knallroten Lippenstift auf.

»Mist, meine Haarklammer ist hin«, fluchte Piper. »Kann mir mal jemand helfen?«

»Geht jetzt nicht«, gaben Phoebe und Paige wie aus einem Munde zurück.

Piper wühlte, mit einer Hand ihren Haarschopf zusammenhaltend, in einer der Schubladen des Toilettentisches herum, sehr zum Verdruss ihrer sich vor dem Spiegel drängelnden Schwestern. Beinahe sah es so aus, als würden die drei irgendeine obskure Badezimmervariante der ›Reise nach Jerusalem‹ veranstalten.

»Das nenn ich rote Bäckchen«, sagte Phoebe, als sie voller Genugtuung das Ergebnis ihrer Schminkorgie betrachtete.

»Als ob du noch rote Bäckchen bräuchtest«, murmelte Piper in sich hinein.

Phoebe musste grinsen. »Ist es nicht verrückt, wie rasch man Zubettgehen automatisch mit Sex gleichsetzt?«, sinnierte sie. »Ich frage mich, ob es irgendwelche wissenschaftlichen Studien darüber gibt.«

»Da sagst du was«, stimmte Paige ihr mit wissender Miene zu. »Ich hatte mal einen Freund, der war jedes Mal wie –«

»Mit einem Freund ist es nicht dasselbe«, unterbrach sie Phoebe. »Ich meine, es ist ja nicht so, als hätten Cole und ich vor unserer Hochzeitsnacht noch nicht von dem Kuchen genascht.«

»Genau genommen habt ihr die ganze Konditorei leer gefuttert«, bemerkte Piper augenzwinkernd.

»Stimmt. Aber irgendwie ist es völlig anders, seit wir verheiratet sind. Besser. Ihr versteht schon, was ich meine.«

»Äh –« Paige war nicht ganz sicher, ob sie verstand.

»Vollkommen«, bestätigte Piper. »Man fühlt sich dem anderen viel vertrauter, viel zugehöriger. Es ist einfach nur geil.«

»Ja, irgendwie intimer, finde ich.« Phoebe nickte beflissen und zog sich von der Enge, die vor dem Toilettentisch herrschte, zu dem weit geöffneten Fenster zurück, durch das die kühle Morgenluft in das Badezimmer drang.

»Häh?« Paige verdrehte die Augen. »Ich fürchte, ich kann da nicht mitreden, Kinder.«

»Na, dann hast du ja was, worauf du dich freuen kannst«, meinte Piper, während sie gleichzeitig versuchte, irgendeine Ordnung in ihr störrisches Haar zu bringen.

»Da wir gerade von Zukunftsaussichten reden«, sagte Phoebe mit merkwürdig gepresst klingender Stimme von ihrem Fensterplatz aus, »ich kenne da jemanden, der heute Abend in die Flitterwochen fährt. Ich denke, ein paar neue Dessous wären angesagt.«

»Neue Dessous sind für dich doch immer angesagt.« Piper drehte sich, ein wenig irritiert durch den quäkenden Tonfall, zu ihrer Schwester um. Staunend sah sie, wie ihre Schwester es in ihrem Bemühen, den Verschluss einer aus dicken Modeschmuckklunkern bestehenden Halskette am Nacken einzuhaken, beinahe schaffte, sich zu strangulieren.

»Doch nicht für mich, du doofe Nuss«, erwiderte Phoebe und verzog schnaufend das Gesicht, dessen tiefrote Färbung mitnichten auf Make-up zurückzuführen war. Endlich gelang es ihr, das Halsband zu schließen.

»Ja, klar.« Piper wandte sich beruhigt wieder ab.

»Paige? Kommst du mit?«, fragte Phoebe die jüngste ihrer Hexenmenage à trois.

»Nein, geht leider nicht. Ich muss zu diesem fürchterlichen Ort, an dem irgendein Witzbold meinen Schreibtisch und meinen Gehaltsscheck deponiert hat.«

»Oh, stimmt ja. 'Tschuldigung, war mir entfallen.« Phoebe streifte sich ihren Netzpulli über, zupfte sich ein letztes Mal ihr Haar zurecht und eilte ihren Schwestern, die bereits unterwegs zur Haustür waren, hinterher.

Draußen erwartete sie strahlender Sonnenschein – und ein nicht minder strahlender Cole, der ihnen in piekfeinem Anzug und mit stolzgeschwellter Brust seine neueste Errungenschaft präsentierte – einen scheinbar soeben vom Fließband gelaufenen Porsche Boxters, silbermetallic glänzend und mit offenem Verdeck.

»Überraschung!«, posaunte er ihnen fröhlich entgegen.

»Ein neues Auto?« Leo, der in diesem Moment ebenfalls aus der Haustür trat, staunte nicht schlecht angesichts des sündhaft teuren Wagens.

»Wie bist du denn an den gekommen?«, war Pipers
erste Reaktion.

»Sagen wir einfach, er kam zu mir. Zusammen mit meinem neuen Job.« Coles Augen glänzten wie die eines kleinen Jungen, der gerade sein erstes Fahrrad bekommen
hatte.

»Arbeitest du jetzt etwa als Autoeinparker?«, meinte
Paige.

»Nein.« Cole lachte. »Als Anwalt, aber vielen Dank
für die Blumen. Es ist ein Kanzleiwagen. Apropos Blumen . . .« Er kam um den Wagen herum und nahm einen
riesigen Strauß roter Rosen vom Beifahrersitz. Mit
galanter Geste überreichte er ihn der Dame seines Herzens.

Phoebe war schier überwältigt. »Machst du auch keine
Witze?«, fragte sie Cole schließlich ein wenig verunsichert.

»Wirklich bemerkenswert«, meinte Paige anerkennend. »Du musst die Leute in dieser Kanzlei ja förmlich
um den Finger gewickelt haben.«

»Ja«, sagte Piper. »Noch dazu, wo du bei deiner letzten
Anstellung behauptet hast, du hasst diese Paragraphenreiter.«

»Schon richtig.« Cole seufzte. »Aber der letzte Job, den
ich hatte, war ein einziger Stress, und zudem noch vollkommen unterbezahlt. Dieser jedoch . . .«

». . . kommt mit einem Porsche daher.« Leo nickte verstehend.

»Genau«, sagte Cole. Er beugte sich zu Phoebe hinab
und studierte ihr Gesicht wie ein Insektenforscher einen
seltenen Käfer. »Wieso freut sie sich nicht?«, fragte er mit
gespielter Verwirrung in die Runde.

»Ich freue mich«, sprang Leo in die Bresche. Mit Kennermiene umrundete er das Edelgefährt, um es einer näheren Inspektion zu unterziehen. »Hat er Tiptronic-System?«

»Nein«, erwiderte Cole ihm über die Schulter hinweg. Dann richtete er seinen Blick wieder auf Phoebe. »Ich dachte, ich würde dir damit eine Freude machen, Schatz.«

Ein Lächeln erschien auf Phoebes Gesicht. »Cole«, sagte sie und blinzelte in die Sonne, »ich bin glücklich, wenn du glücklich bist.«

»Na bestens.« Cole holte erneut etwas vom Beifahrer-sitz, diesmal eine kleine, mattschwarze Schachtel. »Hier habe ich noch etwas für dich.« Unter einem imaginären Trommelwirbel hob er den Deckel von dem flachen Karton. »Voilà! Deine Lieblingspralinen!«

»Und außerdem«, fügte er hinzu, »habe ich für uns im *Mark Hotel* die Honeymoon-Suite reserviert.«

»Die Honeymoon-Suite?« Phoebe sah ihn völlig ent-geistert an.

»Nur für heute Nacht. Was meinst du?« Cole mimte den Verschämten.

»Ich ... äh ...«, stotterte Phoebe, »ich meine, dass wir noch jede Menge Einkäufe zu erledigen haben ... nicht wahr, Piper?« Mit komplizenhaftem Grinsen wandte sie sich zu ihrer älteren Schwester um.

»Sorry, Liebes, Rebekah Ryan spielt heute Abend im *P3*. Ich muss hin und noch ein paar Dinge vorbereiten.«

»Das kann ich doch machen«, bot Leo ihr an. Dann, als er sah, dass sie zögerte: »Schließlich habe ich einiges auf-zuholen. Cole lässt mich ganz schön alt aussehen.«

Piper entschied, ihm seinen Willen zu lassen. Während sie bereits mit gezücktem Schlüssel zu ihrem Rover ging, beugte sich Cole noch einmal zu Phoebe hinab und hielt ihr die Schachtel Pralinen unter die Nase. »Riech doch mal«, lockte er. »Möchtest du nicht wenigstens mal eine probieren?«

»Hmmm«, machte Phoebe und gab ihm einen Kuss. »Was sind all diese Pralinen gegen dich?« Sie trat einen Schritt zurück. »Trotzdem, pass gut auf sie auf«, fügte sie hinzu. Dann ließ sie ihren Göttergatten stehen und eilte ihrer Schwester nach.

»Für wen arbeitest du denn jetzt?«, fragte Paige ihren Schwager.

»Du kennst dich mit den Anwaltskanzleien in San Francisco aus?«, fragte Cole sie verwundert.

»Na ja, ich hab von Zeit zu Zeit mit ihnen zu tun.«

»Sagt dir *Jackmann, Carter & Kline* irgendwas?«

»Nein.« Paige schüttelte den Kopf. »Nie gehört.«

Cole schenkte ihr ein Lächeln Marke ›Wusst ich's doch‹, und Paige schien einen Moment lang ein wenig verärgert.

»Okay«, sagte sie schließlich, »ich mach jetzt besser, dass ich zur Arbeit komme. Meinen Glückwunsch übrigens«, fügte sie hinzu und wies mit dem Kopf auf den Porsche. Dann ging auch sie.

Leo stieß heftig die Luft aus. Noch einmal ließ er seinen Blick beinahe neidvoll über das Traumauto gleiten. Cole griff in seine Hosentasche, holte den Porscheschlüssel hervor und hielt ihn Leo auffordernd hin. Ein solches Angebot ließ sich Leo nicht zweimal machen, *Wächter des Lichts* hin oder her. So schnell wie eine Eidechse schnappte er sich den Schlüssel, hetzte um das Heck des Wagens herum und schwang sich glücklich hinter das Lenkrad. Cole indes nahm, mit der gelassenen Miene des Gönners, auf dem Beifahrersitz Platz.

Ein jähes Aufheulen des Motors, und die beiden brausten davon.

»Na, wie ist es? Was denkst du?«

Phoebe trat aus der Umkleidekabine und lehnte sich in aufreizender Pose gegen einen der Holzbalken des *Intimate*, einer auf Damenunterwäsche spezialisierten Nobelboutique. Das zartblaue Negligé, das Phoebe trug, enthüllte mehr, als es verbarg, und war zusammen mit ihrem sündigen Auftritt nicht ohne Wirkung.

»Wow«, entfuhr es einem jungen Mann in der anderen Ecke des Ladens, der daraufhin sogleich Stress mit seiner Freundin bekam.

»Nun, ich denke, dass es *ihm* gefällt. Allerdings gefällt es *ihr* definitiv nicht«, erwiderte Piper, während sie interessiert das streitende Pärchen beobachtete.

»Lass den Quatsch. Ich will wissen, wie es rüberkommt. Ich suche etwas in der Art ›Wir sind vielleicht verheiratet, aber deshalb noch lange nicht tot‹.«

Piper musterte den Hauch von einem Negligé mit kritischem Blick. »Ich finde, es sieht mehr aus nach ›Ich werde es für eine Nacht anziehen und dann die nächsten sechs Monate damit verbringen, es abzuzahlen‹.«

»Oh, ich hasse es, wenn du Recht hast«, presste Phoebe hervor und trat zerknirscht den Rückzug in die Kabine an. Mit Vehemenz zog sie hinter sich den Vorhang zu.

»Vielleicht solltest du noch mal darüber nachdenken«, empfahl ihr Piper durch die Stoffbahnen hindurch. »Du schleppst doch Eulen nach Athen. Cole ist völlig vernarrt in dich, liest dir jeden noch so kleinen Wunsch von den Augen ab. Er würde einfach alles für dich tun.«

»Darauf möchte ich mich lieber nicht verlassen«, drang

Phoebes Stimme aus der Kabine. »Genauso wenig, wie ich die Absicht habe, als brave Ehefrau das Haus zu hüten, während mein Mann die Kohle heranschafft. Vielleicht wenn wir mal irgendwann einen Haufen Kinder haben, aber nicht jetzt.«

»Oje«, meinte Piper, »hab ich da einen empfindlichen Nerv getroffen?«

Phoebes Kopf schoss zwischen den Vorhängen hervor. »Ich finde nur, es wird allmählich Zeit, dass ich mich ebenfalls um einen Job kümmere. Das ist alles!« Der Kopf zog sich wieder zurück. »Was meinst du?«

»Ich meine . . .«, begann Piper, vorsichtig ihre Worte abwägend, ». . . so *zauberhaft* zu sein wie wir, ist bereits so eine Art Fulltimejob.«

»Ja, nur dass wir anstelle von Gehaltschecks lauter Morddrohungen bekommen.«

Piper sah sich besorgt um, doch niemand schien Phoebe gehört zu haben. »Stimmt«, sagte sie und versuchte das Gespräch wieder auf weniger kompromittierende Inhalte zu lenken, »wenn also Cole die Möglichkeit hat, in eurem Haushalt für die nötigen Finanzen zu sorgen, warum genießt du es nicht einfach?«

Phoebe kam aus der Umkleidekabine herausgeschossen, ihren Netzpulli noch auf dem Arm. »Darum geht es doch gar nicht, Piper.« Sie drückte ihrer Schwester ihre Jacke in die Hand und zog sich den Pulli über das T-Shirt. »Ich besitze einen Abschluss in Psychologie, für den ich mich ziemlich ins Zeug gelegt habe, und eigentlich würde ich ihn ganz gern auch nutzen, verstehst du? Um Menschen zu helfen, und zwar ohne Magie.«

Lautes Gehupe und das Quietschen von Reifen drang von der Straße herein. Erschrocken blickte Piper durch das Schaufenster der Boutique nach draußen. »Da wir gerade von helfen sprechen ...«

Auch Phoebe schaute alarmiert hinaus, und der Anblick, der sich ihr bot, ließ ihr beinahe das Blut in den Adern gefrieren. Mitten auf der Fahrbahn taumelte eine Frau vor und zurück, drehte sich dabei, die Arme abwehrend von sich gestreckt, hilflos im Kreise, als hätte sie jegliche Orientierung verloren. Haarscharf jagten aus beiden Richtungen lärmend protestierende Autos an ihr vorbei, und es schien fast ein Wunder, dass sie noch von keinem der Fahrzeuge erfasst worden war. Wie ein in die Enge getriebenes Wild schaute die Frau mit gehetztem Blick um sich, unfähig, die rettenden Schritte zum Bordstein zu tun.

Piper und Phoebe stürmten gleichzeitig aus der Boutique, gerade rechtzeitig, um zu sehen, wie ein gelbes Taxi direkt auf die verzweifelte Frau zuraste. Nur noch wenige Meter trennten sie von dem Aufprall, und die Geschwindigkeit des Wagens war entschieden zu hoch. Als die Frau den Kotflügel fast schon berührte, fror die Szene schlagartig ein ...

Phoebe startete los, während Piper ihre Hände wieder sinken ließ.

Mit einem Hechtsprung warf sich Phoebe auf die jäh erstarrte Frau und riss sie mit sich. Hart schlugen beide auf das Pflaster der Straße, während hinter ihnen der Verkehr auch schon weiterdonnerte.

Piper war im gleichen Moment bei ihnen und half der verstörten Frau auf die Beine. Passanten blieben stehen, machten sich gegenseitig auf das Geschehene aufmerksam, doch als sie sahen, dass alle Betroffenen unverletzt schienen, kehrte Gleichmut in ihre Gesichter zurück. Sie wandten sich wieder den eigenen Problemen zu.

»Sind Sie okay?«, fragte Piper die Frau. »Mein Gott, das Taxi hätte Sie um ein Haar erwischt. Ein Glück, dass es so gute Bremsen hatte!«

»Ja«, meinte Phoebe, »es hätte ziemlich übel für Sie ausgehen können.«

Die Frau schien das wenig zu interessieren. »Können Sie mir helfen, zu meiner Arbeit zu kommen? Ich hab einen dringenden Abgabetermin. Sie werden mich feuern, wenn ich zu spät komme.«

Phoebe ergriff besorgt ihren Arm und . . .

. . . *sah die Frau aus dem Nebel einer dunklen Gasse treten. Ein Mann stürmte auf sie zu, seine Rechte erstrahlte in tödlich weißblauem Licht. Er feuerte aus dem Laufen heraus einen Energieball ab, der die Frau im nächsten Moment traf. Sie wurde gegen eine Hauswand geschleudert, doch sie blieb auf den Beinen. Erschrocken blickte sie dem davoneilenden Dämon nach. Energie umwaberte ihren Körper, griff nach ihren Händen und Armen und ließ sie erschauern . . .*

»Phoebe?« Pipers Stimme riss sie aus ihrer Benommenheit.

»Sie ist . . . eine *Unschuldige*.« Phoebe blickte ihre Schwester viel sagend an.

»War ja klar«, erwiderte Piper, nicht eben begeistert.

Ihre Shoppingtour ad acta legend, nahmen sie die Frau in die Mitte und machten sich auf den Weg.

»Ich trau ihm einfach nicht. Ich meine, ich hab in dieser Anwaltskanzlei angerufen, und offenbar hat er hinsichtlich seines neuen Jobs die Wahrheit gesagt, aber . . .«

Paige stand in dem Großraumbüro des *South-Bay-Sozialdienstes* vor dem Schreibtisch ihrer Freundin und

Kollegin Lila und rang sichtlich um die treffenden Worte, mit denen sie der jungen Frau das Dilemma darzulegen vermochte, in dem sie sich befand.

»Das gibt's doch nicht«, meinte Lila sarkastisch, »er hat die Wahrheit gesagt? Diese Ratte.«

»Ich sag dir, Lila, da ist irgendwas faul. Denk doch nur mal daran, was er sich hier bei uns geleistet hat – er hat einen Klienten verprügelt! Und jetzt soll er auf einmal Mr. Aalglatt persönlich sein?«

»Die Menschen verändern sich.«

»Aber nicht so schnell, und schon gar nicht so oft.« Paige entging nicht der unausgesprochene Vorwurf, der in Lilas Blick lag, als sie kurz von ihrer Mappe mit Unterlagen aufschaute. »Irgendetwas ist merkwürdig an der ganzen Geschichte«, setzte sie, plötzlich in die Defensive gedrängt, hinzu, »und ich halte es für besser, wenn ich das Ganze im Auge behalte.«

»Ja«, erwiderte Lila, »indem du den Ehemann deiner Schwester ausspionierst. Viel Glück – wenn es dir darum geht, eine unüberwindbare Mauer des Misstrauens zwischen euch hochzuziehen, befindest du dich auf einem verdammt guten Weg.«

Auf Paiges Schreibtisch, halb verschüttet unter einem Stapel unerledigter Akten, klingelte das Telefon. Paige ging hinüber und nahm ab.

»Paige Matthews, wie kann ich ... oh, hallo, Phoebe, was gibt's?«

Einen Moment lang lauschte sie mit unbewegter Miene der Stimme am anderen Ende der Leitung.

»Okay«, sagte sie dann. »Bin schon unterwegs.«

Sie warf den Hörer auf die Gabel, schnappte sich ihre Sachen und rauschte davon. Kopfschüttelnd blickte Lila ihr hinterher.

Die hohen Wände in der Diele von Halliwell Manor sahen herab auf einen seltenen Gast.

Wie eine übellaunige Göttin der Rache stand die Seherin im gepflegten Ambiente des einladenden Flurs. Allerdings richtete sich diese Einladung wohl kaum an Gestalten wie sie.

»Was soll das heißen, sie wollte keine essen?«, fragte sie mit zornbebender Stimme.

Cole, kaum weniger gereizt, trat drohend einen Schritt auf sie zu. »Ich dachte mir, es könnte unter Umständen ein wenig befremdlich wirken, wenn ich ihr die Schokolade mit Gewalt in den Rachen schöbe«, gab er bissig zurück. »Und? Ist es jetzt zu spät für unsere Pläne?«

»Nein«, entgegnete das Orakel. »Das Mittel wirkt zwar umso stärker, je länger es sich im Körper zu entfalten vermag – aber noch *könnte* die Zeit reichen.«

Cole erwiderte ihren eiskalten Blick. »Dann halte deine Augen offen und lass mir eine Warnung zukommen, falls irgendein Dämon auftaucht und Anstalten macht, uns in die Quere zu kommen. Eine derartige Störung können wir uns nicht mehr erlauben.«

Hinter Cole wurde die Haustür aufgerissen, und Phoebe und Piper stürzten mit ihrem Schützling herein. Ein blitzschnelles Hervorzucken von Coles Hand ließ aus der Seherin einen untersetzten, glatzköpfigen Mann in beigebraunem Anzug werden, der ein wenig verwirrt auf seine Ärmelaufschläge sah.

»Cole, wir müssen . . .« Phoebe brach mitten im Satz ab, als ihr Blick auf den fremden Mann neben Cole fiel.

»Oh, äh . . . darf ich euch Mike vorstellen?«, sagte Cole. »Mein Anwaltsgehilfe. Er wollte gerade aufbrechen.«

Er legte seinem ›Anwaltsgehilfen‹ jovial eine Hand auf die Schultern. »Wegen dieser anderen Sache können wir uns dann morgen weiter unterhalten. Schauen Sie einfach irgendwann bei mir rein«, sagte er mit der Leutseligkeit des verständnisvollen Vorgesetzten.

»Ja ... äh ... sicher«, stammelte Mike/die Seherin und warf den drei Damen noch ein linkisches »Bitte entschuldigen Sie mich« zu. Dann begab sie sich zur Tür. Als sie an der großen Eingangsgarderobe vorüberkam, blieb sie, unbeachtet von den anderen, kurz vor dem Spiegel stehen und musterte ihr neues Erscheinungsbild mit einem Blick, in dem alle Verachtung der Welt zu liegen schien. Dann trat sie auf die Treppenstufen hinaus, ließ die Tür hinter sich ins Schloss fallen und löste sich unter einem bläulichen Schimmern auf.

Piper und Phoebe führten die um Haaresbreite dem Verkehrstod entronnene und immer noch völlig konfus wirkende Frau zu dem großen, bequemen Sofa, das im Wohnzimmer stand. Erschöpft nahm sie darauf Platz.

»Ich bin ziemlich früh losgegangen«, berichtete sie mit zitternder Stimme, »es war draußen noch dunkel. Ich hab meinem Mann einen Abschiedskuss zugeworfen ... und dann kann ich mich an nichts mehr erinnern.« Sie begann laut zu schluchzen, brachte die Worte kaum noch heraus. »Ich ... weiß nicht ... was mit mir geschehen ist!«

»Karen«, versuchte Piper sie zu beruhigen, »ich weiß, wie beängstigend das alles für Sie sein muss, aber ich verspreche Ihnen, dass wir Ihnen helfen werden.«

Erneut brachen die Tränen hervor.

Phoebe nahm Cole beiseite und zog ihn mit sich zur Wohnzimmertür. »Was ist los mit ihr?«, erkundigte er sich.

»Keine Ahnung«, erwiderte Phoebe. »Ich hatte eine

Vision, in der sie von Dämonen angegriffen wurde – aber ich glaube nicht, dass es ihre Zukunft betraf. Ich hab vielmehr das Gefühl, dass es bereits passiert ist. Jedenfalls wurde sie von einer Art Energieball oder so was getroffen –« Sie sah Cole mit flehendem Blick in die Augen. »Können wir unseren romantischen Abend vielleicht ein wenig verschieben?«

»Nein! Auf keinen Fall!«

Phoebe schluckte angesichts Coles ungewohnt heftiger Reaktion. »Cole«, sagte sie mit einem leichten Ton von Missbilligung in der Stimme, »mir passt es ja auch nicht, aber die Unschuldigen gehen nun mal vor.«

Cole schien sich wieder zu fassen. »Natürlich tun sie das ...«, erwiderte er, nun wieder deutlich ruhiger. »Ich kann es einfach nur nicht erwarten, endlich mit dir allein zu sein. Ich helfe euch natürlich so gut ich kann.«

Als wollte er seinen kleinen Ausrutscher wieder gutmachen, fischte er aus der Schachtel mit Pralinen, die sich neben ihm auf einem kleinen Tischchen befand, eine heraus und ließ das verführerische Konfekt mit lausbubenhaftem Grinsen auf Phoebes Mund zuschweben.

»Verzeihst du mir?«

Phoebe zögerte einige Sekunden, die sich für Cole zu einer halben Ewigkeit dehnten, bevor sie, verzückt lächelnd, ein kleines Stück von der Praline abbiss. Genießerisch schloss sie die Augen. Ein wohliger Schauer schien sie zu erfassen, und im nächsten Moment hing sie bereits an Coles Lippen.

Da trat Piper aus dem Wohnzimmer. »Äh, ich möchte ja ungern stören, aber wir haben da hinten auf der Couch ein Problem sitzen, um das wir uns kümmern sollten. Schon vergessen?«

»Ach ja, richtig.« Phoebe löste sich aus der Umarmung. Es fiel ihr sichtlich schwer.

»Sie hat sich ein wenig beruhigt«, wandte sich Piper an Cole. »Aber würdest du bitte bei ihr bleiben, während wir einen Blick ins *Buch der Schatten* werfen?«

»Klar«, entgegnete Cole.

»Danke.« Piper nahm Phoebe bei der Hand und zog sie vom Objekt ihrer Begierde fort Richtung Treppenaufgang. Noch im Vorbeigehen griff Piper nach einer der Pralinen und schob sie sich in den Mund.

Aus Coles Kehle drang ein Geräusch, das dem Knurren eines Wolfes ähnelte.

»Piper!«, rief er hinter ihr her.

»Was?«

»Ähm . . . ach nichts, schon okay.«

Piper ging weiter die Stufen hinauf. »Du meine Güte«, sagte sie mampfend und wandte sich zu Phoebe um, »ich kann es kaum noch abwarten, endlich in die Flitterwochen zu kommen.«

»Geht mir mit der Honeymoon-Suite genauso«, meinte Phoebe voll schwesterlichem Verständnis. »Muss wohl am Vollmond liegen.«

Kichernd und giggelnd stiegen sie auf den Dachboden hinauf.

Cole, der sich allmählich auch der komischen Komponente bewusst wurde, die das Ganze besaß, lachte still in sich hinein. Zumindest was die aphrodisierende Wirkung des Konfekts anbelangte, brauchte er sich wohl kaum noch irgendwelche Sorgen zu machen. Auf diese Weise hatte wenigstens auch Leo etwas davon.

Gemächlich schlenderte er zu Karen hinüber, die immer noch auf der Wohnzimmercouch saß. »Möchten

Sie mir nicht erzählen, was passiert ist?«, fragte er mit fürsorglicher Stimme, als er vor ihr stand.

»Ich habe keine Ahnung, das hab ich doch schon gesagt«, erwiderte Karen gereizt.

»Ich habe keine Zeit für solche Spielchen«, sagte Cole, mehr zu sich selbst. Er trat hinter Karen, streckte seine Hand aus und hielt sie über ihren Kopf. Ein weißblaues Glühen strömte von seinen Fingern zu ihrem Haar herab. »Wer hat dich angegriffen«, fragte er mit eindringlicher Stimme, während er mit Macht in Karens Erinnerung griff.

»Fassen Sie mich nicht an!«, kreischte Karen schrill auf und sprang von dem Sofa auf, erschreckt durch die plötzlich entstehende Hitze. »Wagen Sie es ja nicht, mich anzurühren!«

»Er hat mich angefasst!«, schrie sie über Coles Schulter hinweg jemandem zu. Cole drehte sich um und sah Paige, die wie zur Salzsäule erstarrt in der Wohnzimmertür stand, die Autoschlüssel noch in der Hand.

In Paiges Miene spiegelte sich blankes Entsetzen – und die bittere Ahnung, dass ihre schlimmsten Befürchtungen sich zu bewahrheiten schienen.

3

COLE UND PAIGE STANDEN SICH schweigend gegenüber.

Einige Sekunden des gegenseitigen Taxierens vergingen.

»Ich hab dich gar nicht reinkommen gehört«, sagte Cole endlich.

Paige starrte ihn immer noch stumm an.

»Alles in Ordnung mit dir? Du machst ein Gesicht, als hättest du ein Gespenst gesehen«, versuchte Cole die knisternde Spannung, die im Raum herrschte, zu verscheuchen. Lächelnd ging er auf Paige zu. Hinter ihm ließ sich Karen wieder weinend auf das Sofa sinken.

»Ich bin nicht ganz sicher, was ich gesehen habe«, presste Paige hervor.

»Wie meinst du das?«, fragte Cole.

»Was hast du mit ihr gemacht?« Paige deutete auf die Besucherin.

Coles Miene drückte Verärgerung aus. »Oh, ich hab versucht, sie zu beruhigen. Falls du es nicht bemerkt hast, diese Frau ist völlig hysterisch.«

Es folgte ein weiterer bedrückender Moment des Schweigens, nur unterbrochen von Karens gelegentlichem Schluchzen. Endlich kamen Phoebe und Piper vom Speicher heruntergestürmt, letztere von beiden mit dem *Buch der Schatten* unter dem Arm.

»Wir haben was gefunden!«, rief Phoebe Cole schon vom Flur aus entgegen.

»Das ging aber schnell.«

»Na ja, wir sind eben gut«, erwiderte Piper. »Danke, dass du gekommen bist, Paige«, sagte sie, als sie sich an ihrer Schwester vorbeidrückte. Ächzend legte Piper das schwere Buch auf dem Wohnzimmertisch ab.

Paige trat von hinten an sie heran. »Wir haben ein Problem.«

»So?«, meinte Piper und schlug das schwere Buch auf.

Paiges Blick wanderte hinüber zu Phoebe, die ihren Arm um Cole geschlungen hatte. Zögernd biss sie sich auf die Lippe. »Ich meine . . . äh, was für ein Problem hat sie?«, sagte sie schließlich und deutete auf Karen, deren Schluchzen inzwischen zu einem leisen Wimmern geworden war.

»Kräftemakler«, stellte Piper sachlich fest und tippte mit dem Finger auf die Abbildung eines Dämons, der dem Outfit nach direkt von der Wallstreet zu kommen schien.

»Kräftemakler?« Paige sah ihr verwundert über die Schulter.

»Natürlich!«, sagte Cole, als fiele es ihm plötzlich wie Schuppen von den Augen.

Phoebe blickte, an seine Brust geschmiegt, zu ihm auf. »Vermutlich verbirgt sich hinter dem Energieball, den ich in meiner Vision gesehen habe, irgendeine dämonische Teufelei.«

»Ja«, nickte Cole, »diese Brokerdämonen benutzen manchmal Menschen dazu, irgendwelche magischen Kräfte zwischenzulagern, für die sie noch keinen Abnehmer gefunden haben. Um zu verhindern, dass jemand sie ihnen klaut.«

Vom Sofa aus blickte Karen ihn verängstigt an.

»Ein Mensch, der als Depot für dämonische Kräfte dient, wird zunächst in einen Zustand der Verwirrung fallen‹«, zitierte Paige aus dem *Buch der Schatten.* »Es folgen Angstattacken, Paranoia sowie aggressives bis gewalttätiges Verhalten. Am Ende steht unweigerlich der Tod, sollte es nicht gelingen, den dämonischen Einfluss zu beseitigen.‹« Paige hob den Kopf und schaute betreten zu Karen hinüber.

»Die gute Nachricht ist«, ergänzte Phoebe die wenig ermutigenden Ausführungen, »es gibt einen Trank, der die dämonischen Kräfte wieder von ihr nimmt. Er sollte nicht allzu schwer herzustellen sein.«

Niemand nahm die flüchtige Handbewegung wahr, die Cole hinter seinem Rücken machte. Fast im gleichen Moment meldete sich sein Piepser. Cole zog ihn aus seiner Anzugjacke hervor, schaute kurz auf das Display und runzelte die Stirn. »Sorry«, meinte er entschuldigend, »ich muss in die Kanzlei. Wahrscheinlich wollen sie, dass ich noch mehr Formulare und Erklärungen ausfülle.«

»Schon gut, Baby, geh nur«, sagte Phoebe und nestelte an Coles Anzugrevers herum. »Wir rufen dich an, wenn wir dich brauchen.« Sie hauchte ihm einen sanften Kuss auf die Lippen.

Offensichtlich schweren Herzens brach Cole auf. Als er an Paige vorüberging, trafen sich ihre Blicke. Einen Augenblick lang sahen sie sich kalt und abschätzend an. Weder sie noch er konnte den Argwohn verbergen.

Plötzlich aufgeschreckt, erhob sich Karen von dem Sofa. »Ich muss hier raus«, greinte sie und klaubte hektisch ihre Sachen zusammen. »Ich hab eine Familie, um die ich mich kümmern muss.«

»Karen«, sagte Piper, »Ihrer Familie geht es gut.«

»Außerdem ist da noch mein Job«, fuhr Karen unbeirrt fort. »Ich muss meinen Termin einhalten! Elisa wird mich rausschmeißen.«

»Wir werden mit Elisa reden und ihr alles erklären. Machen Sie sich keine Sorgen, alles wird in Ordnung kommen.«

Karen starrte Paige nur wortlos an, doch immerhin schien die plötzliche Panik, die von ihr Besitz ergriffen hatte, von ihr abzufallen. Seufzend setzte sie sich wieder hin und schlug die Hände vors Gesicht. Dann begann sie erneut zu weinen.

»Ich mach mich am besten gleich auf den Weg in Karens Redaktion«, sagte Piper.

»Nein!«, widersprach Paige rasch. »Ich denke, Phoebe sollte gehen. Ich meine . . . du kennst dich am besten mit Tränken aus«, setzte sie hinzu, als sie Pipers verwunderten Blick sah. Sie streckte Phoebe ihre Autoschlüssel entgegen. »Hier, du kannst meinen Wagen nehmen.«

»Okay«, meinte Phoebe, »aber ruft mich an, wenn es schlimmer wird.« Sie nahm Paige die Schlüssel aus der Hand und eilte los.

»Piper . . .«, setzte Paige an, kaum dass Phoebe zur Tür hinaus war, doch Piper war bereits wieder in das *Buch der Schatten* vertieft.

»Es wird eine Weile dauern, bis der Trank fertig ist«, sagte sie, ohne Paige überhaupt anzusehen. »Außerdem ist uns der Ysop ausgegangen. Ich schlage vor, du bleibst hier bei Karen und beginnst in der Küche schon mal mit den Vorbereitungen, während ich eben noch schnell zum Kräuterladen düse.« Dass sie bei dieser Gelegenheit auch noch rasch einen Abstecher ins *P3* zu tun gedachte, um Leo ein klein wenig auf die süßen Finger zu sehen – und vielleicht auch noch ganz anderswohin – musste ja sonst niemand wissen. Schon erstaunlich, dachte Piper, wie sehr bevorstehende Flitterwochen die Phantasie zu beflügeln vermögen. Allein schon der Gedanke an Leo machte sie völlig kribbelig.

Sie schlug das Buch zu und traf Anstalten zu gehen.

»Nein, warte«, Paige hielt sie zurück, »ich muss mit dir über etwas reden.« Paige holte tief Luft. »Ich weiß, du wirst mich für das, was ich jetzt sage, hassen, aber ich glaube, ich habe Cole dabei gesehen –«

»Stopp!«, fiel Piper ihr ins Wort. »Paige, wir haben das doch schon hundertmal durchgekaut.«

»Nein, hör mir zu, diesmal ist es anders. Ich glaube, ich habe ihn dabei ertappt, wie er dämonische . . .«

»Halt, halt, halt! Kein Wort darüber!«, fuhr ihr Piper erneut in die Parade. »Cole ist kein Dämon mehr. Ob es dir passt oder nicht, er ist jetzt dein Schwager. Welche Probleme du auch immer mit ihm hast, geh zu ihm und mach das mit ihm selbst aus.« Sie wartete Paiges Antwort gar nicht erst ab und ließ ihre Schwester im Wohnzimmer zurück.

Paige Matthews hatte sich selten so abgekanzelt gefühlt. Mit mahlendem Kiefer starrte sie dumpf vor sich hin. Ein Schniefen drang an ihr Ohr und sie erinnerte sich an Karen, die immer noch auf dem Sofa saß und mit ihrem Schicksal haderte.

»Karen«, begann Paige vorsichtig und ging auf sie zu, »hätten Sie etwas dagegen, wenn ich Ihnen ein paar Fragen stelle?«

Stumm, mit tränennassem Gesicht, signalisierte Karen ihr Einverständnis. Behutsam wie ein Psychiater angesichts eines hypersensiblen Patienten ließ Paige sich neben ihr auf das Sofa sinken. »Was genau hat der Mann eben mit Ihnen gemacht?«

»Ich weiß es nicht . . .«, sagte Karen. »Es war eigentlich . . . mehr so ein Gefühl . . . als würde er hinter meinem Rücken irgendwas tun.«

Paige atmete auf. Sie wusste, sie bewegte sich auf sehr dünnem Eis, doch offenbar schien es zu tragen.

»Irgendwas?«, hakte sie ermutigt nach. »Haben Sie vielleicht etwas gesehen?«

In Karens Blick erschien wieder ein Flackern, und Paige konnte förmlich hören, wie das Eis unter ihren Füßen zu knirschen begann.

»Wer seid ihr?«, schrie Karen, abermals von Hysterie erfasst. »Warum habt ihr mich hierher gebracht?«

Bevor sie sich in einen neuerlichen Weinkrampf hineinsteigern konnte, trat Leo in das Zimmer. »Paige, hast du Piper gesehen?«, fragte der *Wächter des Lichts* mit der für ihn so typischen samtweichen Stimme, die möglicherweise mit dazu beitrug, dass Karen sich wieder beruhigte.

»Sie ist gerade vor einem Moment weg, Kräuter besorgen«, erwiderte Paige. »Hey, solltest du nicht eigentlich im *P3* sein?«

»Ich wollte, wir wären bereits auf Hawaii«, antwortete Leo ausweichend. Paige stand auf und nahm ihn ein paar Schritte zur Seite, damit sie ungestört reden konnten.

»Wer ist sie?« Leo deutete mit dem Kopf auf Karen. »Stimmt irgendwas nicht mit ihr?«

»Eine Unschuldige. Wir arbeiten bereits dran. Viel größere Sorgen bereitet mir etwas anderes ...« Paige nahm auf der mit pastellfarbenen Sitzpolstern ausgelegten Holzbank Platz und bedeutete Leo, sich neben sie zu setzen. Als sie fortfuhr, war ihre Stimme kaum mehr als ein Flüstern. »Ich glaube, ich wurde eben unfreiwillig Zeuge, wie Cole Magie angewandt hat.«

»Was?« Leo sah sie ungläubig an.

»Ich weiß, es klingt verrückt, aber ... ich habe gesehen, wie seine Hände glühten.«

»Paige ...«

»Nein, warte. Irgendetwas Merkwürdiges geht hier vor. All die teuren Geschenke, und dann dieses 50.000-Dollar-Auto – welcher Job kommt mit solchen Vergünstigungen daher, frag ich dich?«

»Ich verstehe ... Also nur, weil Cole mit einem superteuren Kanzleiwagen hier vorgefahren kommt, ist er in deinen Augen automatisch ein Dämon?«

»Nein.« Paige schüttelte den Kopf. »Das ist es nicht. Ich weiß nicht, wie ich es dir erklären soll ... irgendwie hat er sich in letzter Zeit verändert ... und ich fürchte, nicht zum Guten – bin ich denn die Einzige, die das sieht?«

»Vielleicht bist du die Einzige, die das sehen *möchte*«, gab Leo vorsichtig zu bedenken.

»Was willst du damit sagen?«

»Dass niemand gern das fünfte Rad am Wagen ist.« Leo fiel es offenkundig nicht leicht, sie mit dieser Wahrheit zu konfrontieren.

»Das ist nicht fair«, erwiderte Paige, sichtlich enttäuscht von dem *Wächter des Lichts*.

»Ich will dir sagen, was nicht fair ist«, holte Leo zum finalen Schlag aus. »Es ist nicht fair, dass du Cole für etwas verurteilst, was längst der Vergangenheit angehört. Er ist kein Dämon mehr, Paige, er ist ein Teil deiner Familie. Also warum hörst du nicht endlich auf, ihn ständig zu nerven?«

Leo erhob sich und ging. Zurück blieb eine Paige, die nun bereits zum zweiten Mal binnen weniger Minuten das Gefühl hatte, dass alle Welt sich gegen sie verschworen hatte.

Als Leo aus der Haustür trat, ließ er seinen Blick über die menschenleere Straße und über die Vorgärten schweifen, als wollte er sich vergewissern, dass ihn auch wirklich niemand beobachtete, flammte auf und verging ...

... um gleich darauf in der Kammer der Seherin aus einer feuerlodernden Säule neu zu erstehen – direkt vor Coles ›Anwaltsgehilfen‹ Mike, der ihn anklagend ansah. Einen Lidschlag später verwandelte sich Leo wieder in Cole.

»Es wurde allmählich Zeit«, sagte der speckgesichtige Advokat wider Willen. In seiner schneidenden Stimme schwang unverhohlene Wut. Cole befreite das Orakel aus seiner misslichen Lage und gab ihm seine wahre Gestalt zurück.

Erleichtert atmete die Seherin auf. »Danke.«

»Paige hat gesehen, wie ich meine Kräfte benutzt habe«, kam Cole ohne Umschweife zur Sache.

»Was sagst du? Sie hat dein Geheimnis entdeckt?« Unvermittelt trat Schrecken in die Züge des Orakels.

»Nicht ganz. Sie ist sich nicht sicher, *was* sie gesehen hat.«

»Das ist unerheblich. Sie muss sterben.«

Cole ging mit ruhigen Schritten hinüber zu dem thronartigen Stuhl aus kostbarem Holz, der an exponierter Stelle die düstere Kammer beherrschte.

»Ein wenig mehr Feingefühl, bitte«, sagte er herablassend. Unter ihrem zornig flackernden Blick machte er es sich genüsslich in dem Holzstuhl bequem.

»Meinst du nicht«, fuhr er mit hohntriefender Stimme fort, »dass der Tod ihrer Schwester ein denkbar ungeeignetes Mittel wäre, um Phoebe in einen hemmungslosen Liebestaumel zu versetzen?« Coles Züge verhärteten sich. »Außerdem bin ich zu nah am Ziel, um meinen Plan noch zu ändern.«

»Wenn eine dieser Hexen dein Spiel durchschaut, ist mehr gefährdet als nur dein Plan«, beschwor ihn die Seherin.

»Mag sein ... trotzdem, sie hegt ernsthafte Zweifel, ob

sie ihren eigenen Augen trauen darf. Und ich glaube, ich weiß einen Weg, wie ich dafür sorgen kann, dass *niemand* mehr dem traut, was sie mit eigenen Augen gesehen zu haben vermeint.«

»Und der wäre?«

»Diese Unschuldige, die die Mädchen mit nach Hause gebracht haben, wurde von einem Kräftemakler infiziert.«

»Was hat das mit unserem Problem zu tun?«, fragte die Seherin barsch.

»Wenn ich einem Kräftemakler befehlen würde, mit Paige das Gleiche zu tun«, erklärte Cole ihr geduldig, »befände auch sie sich bald in ähnlich labiler Verfassung. Allerdings wären ihre Schwestern zu dem Zeitpunkt, an dem sie den erwünschten Zustand erreicht, längst mit ihren Flitterwochen beschäftigt.«

»Sie könnte sie warnen . . .«

»Nicht, wenn ich ihr Abdriften in den Wahnsinn beschleunige, indem ich sie mit ihren innersten Ängsten konfrontiere und so eine vorzeitige Paranoia auslöse. Eine Paranoia, die sie selbst ihrer eigenen Familie gegenüber misstrauisch werden lässt. Kaum anzunehmen, dass sie dann noch mit ihren Sorgen zu ihnen kommt.«

Cole machte eine knappe Geste, wie ein gelangweilter Herrscher, der einem Nichtswürdigen huldvoll das Wort erteilt, und im gleichen Moment materialisierte, nur wenige Schritte vor ihm, ein Brokerdämon, der strauchelnd zu Boden fiel.

»Was soll das? Wer ist für diesen Unfug verantwortlich?«, krakeelte der Kräftemakler, rappelte sich fluchend auf und wischte sich den Schmutz von seinem Anzug.

Die *Quelle* erhob sich und zeigte sich ihm. Coles Augen verwandelten sich in zwei tiefschwarze Löcher, Abgründen gleich, in denen alles Böse der Welt sich zu sammeln schien. Dann glühten sie auf und waren von einer Sekunde auf die andere wieder völlig normal.

»*Ich* bin dafür verantwortlich«, sagte Cole.

»Die *Quelle*!«, stieß der Broker flüsternd hervor. »Du lebst . . .?« Er warf sich auf die Knie und senkte ergeben sein Haupt.

»Nun, dieses kleine Geheimnis wollen wir zunächst noch für uns behalten«, gab Cole spöttisch zurück. »Ich habe einen kleinen Auftrag für dich.« Er machte eine Pause, sah den Dämon mit finsterem Blick an. »Solltest du ihn zu meiner Zufriedenheit erfüllen, werde ich dich mit größerer Macht ausstatten, als du dir jemals erträumt hättest.«

Phoebe nahm all ihren Mut zusammen, stieß die mattgläserne Doppelschwingtür auf und betrat entschlossen die Höhle des Löwen.

Von jeher waren ihr Orte, in denen es verdächtig nach Schweiß und Arbeit roch und nach unter Stress stehenden Menschen, äußerst suspekt gewesen. Doch diesmal war sie in heiliger Mission unterwegs, und nur das allein zählte.

In dem Großraumbüro ging es zu wie in einem Bienenschwarm. Redakteure und Reporter hasteten umher, drückten sich irgendwelche Memos in die Hände, diskutierten und stritten mit wild gestikulierenden Armen. Und ständig klingelte irgendwo ein Telefon, manchmal sogar aus verschiedenen Ecken mehrere auf einmal – wie ein infernalisch plärrender Choral.

Unerschrocken schritt Phoebe voran.

»Wow! Hi, Sie sind . . .?« Ein junger Journalist kam auf

sie zugeschlendert, die Schreibtischtäterhände tief in die Hosentaschen versenkt. Wie von unsichtbaren Fäden gezogen, hängte er sich, als Phoebe an ihm vorüberging, sogleich an sie dran.

»... verheiratet«, drehte sie sich zu ihm um. »*Frisch* verheiratet. Und darüber hinaus ziemlich in Eile.«

Das Interesse des Journalisten erlosch so schnell wie eine Kerze unter einem Wasserfall. Schon wollte er sich wieder abwenden, um sich neuen Herausforderungen zu stellen, da hielt Phoebe ihn zurück.

»Entschuldigen Sie, vielleicht können Sie mir helfen«, lächelte sie ihn an, nicht zu reserviert, doch auch nicht zu ermunternd. »Ich suche eine Frau – ich glaube, sie ist hier so etwas wie der Boss –, ihr Name ist Elise.«

Der Journalist nickte und wies wortlos auf eine Tür im Hintergrund. Dann räumte er endgültig das Feld.

Phoebe ging zu der bezeichneten Tür und las die Aufschrift, die in großen Lettern auf der Milchglasscheibe prangte: »Elisa Rothmann. Chefredakteurin.« Irgendwie beschlich Phoebe das Gefühl, dass sie, nachdem sie die Höhle des Löwen betreten hatte, nun vor dem Bau eines Drachen stand. Sie hob die Hand, um anzuklopfen, da wurde die Tür auch schon von innen aufgerissen, und der Drache stürzte heraus. Zumindest brauchte die stämmige, ausgesprochen resolut wirkende Mittvierzigerin, die mit ebenso ungehaltener wie herrischer Miene auf sie herabsah, diesen Vergleich nicht zu scheuen.

»Was?«, fauchte der Drache Phoebe an.

»Hi, ich ... äh, komme im Auftrag von Karen Young«, stammelte Phoebe. »Sie ist krank und ...«

»Sagen Sie ihr, sie ist gefeuert.«

»Wie bitte? Nein ... äh ... Moment mal, warten Sie ...«

»Wenn Sie ihre Termine nicht einhält, kann ich meine Termine nicht einhalten ... Ich habe als Chefredakteurin wichtigere Dinge zu tun, als mich um ...«

»Aber sie hat ihren Abgabetermin doch noch gar nicht überschritten«, protestierte Phoebe. »Hat sie doch nicht, oder?«, fragte sie vorsichtig nach.

»Deadline ist heute Abend um acht«, stellte Elisa nüchtern fest. »Und sagten Sie nicht gerade eben, sie wäre krank?«

»Genau deshalb bin ich ja hier!«

Elisa sah Phoebe fragend an.

»Um ihre Arbeitssachen zu holen und sie ihr zu bringen, meine ich. Bitte, Sie müssen mir glauben, nichts ist für Karen so wichtig wie für den *Bay Mirror* über die aktuellsten Ereignisse zu berichten.«

»Nun«, erwiderte Elisa, »ich würde ihre Ratgeberkolumne nicht unbedingt als *aktuell* bezeichnen. Kommen Sie mit, dann verstehen Sie, was ich meine.«

Sie packte Phoebe am Arm und zog sie quer durch die Redaktion mit sich, bis sie zu einem mit Glasfenstern versehenen Einzelbüro kamen, dessen von innen heruntergelassene Lamellenrollos nicht Gutes verhießen. Als sie eintraten, konnte Phoebe in dem heillosen Durcheinander, das auf dem Schreibtisch herrschte und das aus aufeinander gestapelten Aktenordnern und Büchern sowie aus Bergen von Notizen, Memos und unzähligen Briefen bestand, tatsächlich einen Computerbildschirm entdecken. Sie meinte sogar aus dem Sumpf eine Ecke der Tastatur hervorlugen zu sehen. Doch welches grausame Schicksal die Maus ereilt haben mochte, darüber wollte Phoebe lieber gar nicht erst nachdenken.

»Wow«, sagte sie und starrte staunend auf das Schlachtfeld, das sich ihr bot. »Das ist wirklich eine Menge Korrespondenz.«

»Ja«, nickte Elisa. »Es gibt tatsächlich Leute, die ihr schreiben. Irgendwas muss sie wohl richtig machen.«

»Ähm ...«, begann Phoebe zögernd, »das scheinen mir doch mehr Unterlagen zu sein, als ich dachte, und ich muss den ganzen ... äh ... Schriftverkehr erst noch zu Karen bringen, ich meine, gibt es nicht irgendeine Möglichkeit, den Termin zu ver –«

»Hören Sie, ich weiß Karens Arbeit durchaus zu schätzen«, unterbrach sie Elisa, »und es ist mir auch klar, dass es einen ganz besonderen Typ Mensch erfordert, um sich durch das Elend und die Probleme völlig fremder Leute hindurchzuwühlen in der Hoffnung, ihnen vielleicht, *vielleicht*, helfen zu können. Fakt ist, dass ich das nicht könnte. Aber ebenso ist es Fakt, dass wir eine Tageszeitung sind und feste Drucktermine haben. Und damit aus, Ende und basta.«

Mit diesen Worten drehte sie sich um und stampfte davon.

Phoebe fühlte sich, nach Löwenhöhle und Drachenbau, wie Alice im Loch des Kaninchens.

Es war klar, dass es wohl wenig Sinn hatte, all den Krempel zu Karen zu schleppen. Also griff sie sich wahllos einen der Leserbriefe heraus und machte sie sich seufzend an die Arbeit.

Wenig später saß sie brütend über dem Schreiben einer achtundzwanzigjährigen Frau, die noch bei ihren Eltern lebte, weil sie Angst vor dem Alleinsein hatte. Phoebe dachte an Cole, an ihre geplante Liebesnacht in der Honeymoon-Suite eines Nobelhotels, an die feuchtfröhlichen Abende mit ihren Schwestern im *P3* und dann an den Morgentau, der bei Sonnenaufgang glitzernd auf Blüten und Blättern ihres Vorgartens lag. »Wachen Sie auf und fangen Sie an zu leben ...«, begann sie zu schreiben, dann flossen die Worte nur so aus ihren Fingern.

Noch ein wenig später grübelte sie bereits über dem nächsten Problem.

Derweil stand Paige in der Küche von Halliwell Manor und schlug sich mit wirklich wichtigen Problemen herum.

Auf der Anrichte vor ihr standen Unmengen von Fläschchen und Behältern mit Essenzen und Kräutern, von denen Nieswurz, Brennnesselkraut und Hibiskus die noch am wenigsten verfänglichen waren. In dem großen Kessel, der auf dem Herd stand, kochte und brodelte es, als gelte es, die sieben Zwerge abzufüttern, und mit jeder weiteren Zutat stiegen neue Wölkchen daraus empor.

Hinter ihr am Küchentisch saß in sich zusammengesunken Karen. Die verstörte Frau hatte die letzten knapp fünfzehn Minuten in dumpfem Schweigen zugebracht, ohne jedoch Paige dabei aus den Augen zu verlieren. Langsam schien wieder Leben in sie einzukehren.

Mehr Leben indes, als Paige lieb war.

»Ich muss hier raus!«, kreischte Karen jäh auf. »Jetzt gleich! Sofort!« Sie griff mit beiden Händen unter den Tisch und schleuderte ihn mit einer Kraft in die Höhe, von der ihr vorhergehender Zustand nicht hätte vermuten lassen. Obstschalen, Gläser und Wasserkaraffe gingen klirrend zu Bruch und wurden begraben unter der schweren Eichenplatte.

Wie eine Furie preschte Karen Richtung Küchentür. Paige ließ alles stehen und liegen, sprang hinter ihr her und stellte sich ihr in den Weg.

»Karen, warten Sie, die Medizin ist gleich fertig«, redete Paige beschwichtigend auf sie ein. »Sobald Sie sie genommen haben, können Sie gehen, wohin immer Sie möchten.«

Karen starrte sie voller Panik an. »Ihr wollt mich vergiften!«, keifte sie. »Ihr steckt unter einer Decke mit dieser Hexe Elisa. Ich werde sie töten, bevor sie mich umbringt!« Erfolglos versuchte sie, sich an Paige vorbeizuschieben.

»Nein«, sagte Paige mit ruhiger Stimme, »niemand von uns will Ihnen irgendetwas zu Leide tun. Das Einzige, was wir wollen, ist Ihnen helfen.«

»Ich . . . will . . . eure . . . Hilfe . . . nicht!« Sie spuckte ihr jedes einzelne Wort vor die Füße. Dann packte sie Paige und riss sie mit ungeahnter Kraft herum. Paige krachte mit Wucht gegen den Kühlschrank und sank mit einem Stöhnen zu Boden.

Benommen richtete sie sich auf die nächste Attacke ein, doch Karen rannte bereits hinaus auf den Flur.

»Verdammt!«, stieß Paige hervor und orbte sich in die Diele. Gerade als Karen um die Esszimmerecke bog, erschien sie vor ihr und stellte sich ihr erneut in den Weg. Als wäre sie gegen ein unsichtbares Hindernis geprallt, blieb Karen wie angewurzelt stehen.

»Tut mir Leid«, sagte Paige, »aber ich kann Sie nicht gehen lassen.«

»O mein Gott . . .«, stieß Karen, von jähem Grauen gepackt, hervor. »Was seid ihr?« Doch dann siegte in ihr der Mut der Verzweiflung über die Angst. Mit einem fast animalischen Aufschrei stürzte sie sich auf Paige – und landete direkt in Coles Armen, der genau in dem Moment, als Paige unter Karens Armen hinwegtauchte, die Haustür aufstieß. Zappelnd und kreischend versuchte sich die Frau aus seinem Griff zu befreien.

Dann begannen sich die Ereignisse zu überschlagen.

Hinter Paige materialisierte plötzlich ein dämonischer Broker, hob ohne Vorwarnung seine Hand und feuerte einen Energieball auf sie ab.

»Paige, pass auf!«, schrie Cole, doch Paige sah bereits, wie das weißblaue Licht sie erfasste, jeden Teil ihres Körpers mit eiskalter Hand berührte und mit einer laut dröhnenden Glocke aus Schmerz, und wieder Schmerz, von ihr Besitz ergriff. Gequält krümmte sie sich zusammen.

Sie sah, wie Cole von Karen abließ, auf den Kräftemakler zusprang, ihn mit sich zu Boden riss, sah, wie aus beiden ein unentwirrbares Knäuel aus Armen und Beinen wurde. »Paige, mach, dass du hier rauskommst!«, hörte sie Coles Stimme brüllen.

Das brachte sie wieder zur Besinnung.

Sie machte einen Schritt auf die Haustür zu, in der immer noch wie gebannt Karen stand, unfähig, diesem Ort teuflischer Macht zu entfliehen und dennoch in der Lage war instinktiv ihre Hände zu heben.

»Bleib mir vom Leibe«, schrie die Frau, als sie den Feind auf sich zukommen sah, während sich aus den Spitzen ihrer Finger dämonische Kräfte bahnbrachen, von deren Existenz sie nicht einmal wusste. Magische Säure schoss hervor und verätzte Paiges schützend vors Gesicht geworfene Arme. Wimmernd sank Paige in die Knie.

Fassungslos starrte Karen auf ihre Hände. Dann rannte sie blindlings davon.

»Leo!«, schrie Paige verzweifelt.

In der nächsten Sekunde stand Piper vor ihr, an der Seite des *Wächters des Lichts*. Offenbar hatte Leo den

Hilferuf empfangen und war direkt mit ihr vom Kräuterladen hierher georbt.

»Ein Kräftemakler!«, brüllte Cole Piper zu. »Mach ihn
fertig!«

»Wie bitte?«, war das Letzte, was der dämonische Broker von sich gab, bevor er mit einem lauten Puffen zerbarst.

Paige spürte, wie ein hysterisches Lachen ihre Kehle
heraufkroch, als sie sich vergegenwärtigte, was für ein
dummes Gesicht der Dämon in dem Moment gemacht
hatte, als er wie eine klitzekleine Blähung im Darmtrakt
des Bösen zur Hölle fuhr.

Leo bückte sich zu ihr hinab, strich mit seinen heilenden Händen über ihre Wunden. Dankbar nahm sie wahr,
wie die Schmerzen vergingen.

»Wo ist Karen?«, fragte sie Piper.

Doch das war Paige ziemlich egal.

Zumindest für den Augenblick.

4

*N*ACHDEM DAS CHAOS, das Karen in der Küche hinterlassen hatte, mit vereinten Kräften beseitigt worden war, sah es dort wieder aus wie in beinahe jedem durchschnittlichen amerikanischen Haushalt – abgesehen von den auf der Anrichte verteilten Wurzeln und Kräutern, die in einer ordentlichen Hexenküche nun einmal nicht fehlen durften.

Paige, die damit beschäftigt war, den fertigen Trank in drei kleine Fläschchen abzufüllen, griff sich, von plötzlichem Schwindel erfasst, an die Schläfen. Leo trat besorgt an sie heran.

»Eigentlich müsste es dir besser gehen, nachdem ich deine Wunden geheilt habe«, sagte er.

»Oh . . . ja, tut es auch«, beruhigte ihn Paige. »Ich schätze, ich bin einfach nur noch ein wenig angeschlagen.«

Cole saß am Küchentisch und verfolgte mit Argusaugen Piper, die in der Wohnküche auf und ab ging, während sie mit Phoebe telefonierte.

»Es war so eine Art Säurespray«, hörte er sie sagen. »Das Zeug hat Paige ziemlich übel zugerichtet. Wir müssen Karen unbedingt finden.«

Piper lauschte einen Moment in den Hörer hinein.

»Ja, genau«, sagte sie dann, »sie ist jetzt ein Dämon, wenn du so willst. Trotzdem ist sie nach wie vor unsere Schutzbefohlene. Hör zu, Paige meint, sie hätte sich fürchterlich über ihre Chefredakteurin, diese Elisa, aufgeregt.

Ich nehme daher an, dass sie irgendwann bei ihr aufkreuzen wird, wahrscheinlich eher, als uns lieb ist.«

Erneut einen Augenblick Schweigen.

»Phoebe«, sagte sie dann und verdrehte leicht die Augen, »sie spuckt keine Leute an. Die Säure kommt aus ihren Händen ... Ja ... Nein ... Ja ... Bin schon so gut wie unterw –«

Die letzte Silbe sparte sie sich. Aus dem Hörer erklang ein leises Tuten.

»Okay«, sagte Piper und kappte ihrerseits die Verbindung, »ich mach mich auf zu Phoebe, für den Fall, dass Karen bei ihr auftaucht.«

»Ich orbe dich hin«, erbot sich Paige.

»Nein, das sollte Leo übernehmen.« Cole erhob sich vom Küchentisch, die fragenden Blicke aller auf sich gerichtet. »Nichts für ungut, Paige, aber deine Orbkünste sind mir, ehrlich gesagt, noch ein wenig zu unsicher. Außerdem könnte es sein, dass Piper und Phoebe Leos Heilkräfte benötigen.«

»Er hat Recht«, stimmte Piper ihm zu. »Besser, du bleibst zusammen mit ihm hier, falls Karen es sich anders überlegt und doch wieder zurückkommt.«

Paiges Augen weiteten sich.

»Und wenn es irgendwelche Probleme geben sollte«, fuhr Piper mit deutlich missbilligendem Unterton fort, »ich meine, *ernsthafte* Probleme, ruf uns und wir sind sofort da.«

»Pass gut auf sie auf«, sagte Leo zu Cole. Dann legte er Paige fürsorglich eine Hand auf die Schulter und begab sich hinüber zu Piper.

»Klar«, erwiderte Cole, »du kannst dich auf mich verlassen.«

Piper griff sich zwei der abgefüllten Fläschchen und

schlang ihre Arme um Leos Taille. Einen kurzen Moment lang, kaum länger als ein Herzschlag, sahen die beiden in der weißblauen Aura, die sie umgab, wie ein verliebtes Götterpärchen aus. In der nächsten Sekunde verblassten sie wie ein Lichtreflex auf der Netzhaut.

Kaum waren sie fort, wandte Cole sich an Paige. »Paige«, fragte er sie, »du hast doch nicht wirklich immer noch irgendwelche Probleme mit mir?«

Paige gab ihm keine Antwort, sah ihn stattdessen nur mit Furcht erfüllten Augen an.

»Ich fass es nicht«, schüttelte er den Kopf. »Komm schon, ich hab dir eben das Leben gerettet!«

»Ich ... ich ...« Paige rang nach Worten. »Ich ... verstehe das alles nicht!« Damit rannte sie aus der Küche hinaus.

Coles Blick fiel auf das übrig gebliebene Fläschchen. Mit einer beiläufigen Bewegung, so flüchtig, als wollte er eine Fliege verscheuchen, fegte er es vom Tisch. Das Fläschchen zerbrach, und die helle Flüssigkeit ergoss sich über den Boden.

»Oops«, machte Cole und verzog erschrocken das Gesicht.

Die Lamellenrollos in Karens Büro wurden ein Stück weit auseinander gerissen, und zwei Augenpaare spähten verstohlen hindurch.

Doch in der Redaktion herrschte eine derartige Hektik, dass niemand sie bemerkte, und falls doch, hatte der- oder diejenige wahrscheinlich längst aufgehört, sich über irgendetwas zu wundern, was mit Karens ominöser Zentrale für Lebensberatung in Zusammenhang stand.

»Was, wenn sie nicht kommt?«, meinte Piper.

»Sie *wird* kommen, da bin ich ziemlich sicher«, erwiderte Leo und schielte zur Tür des Haupteingangs hinüber.

»Wie schreibt man ›misanthropisch‹?«, fragte Phoebe von Karens Arbeitstisch aus, der nach wie vor für jeden ambitionierten Bürohengst eine echte Herausforderung war.

»Mit der Rechtschreibhilfe«, gab Piper zurück.

In diesem Moment wurde draußen die große Doppeltür zum Großraumbüro aufgestoßen, und Karen stürmte in die Redaktion.

»Da ist sie!«, sagte Leo.

Karen bahnte sich wie eine Lokomotive ihren Weg durch die Reihen der Angestellten und Mitarbeiter, die wiederum, sobald sie ihren Gesichtsausdruck sahen, bereitwillig Platz machten. Einer von ihnen, der die Situation wohl unterschätzte, bezahlte seinen Leichtsinn mit einer unsanften Landung auf seinem Gott sei Dank gut gepolsterten Hinterteil.

»Aus dem Weg!«, brüllte Karen ihn überflüssigerweise noch an und stampfte weiter in Richtung Elisas Büro.

»Phoebe«, drehte sich Piper am Bürofenster zu ihrer Schwester um, schon auf dem Sprung.

»Hm.«

»Phoebe!«

»Bin gleich so weit.« Phoebe schien tatsächlich so etwas wie Schaffensdrang zu entwickeln, leider zu einem denkbar ungünstigen Zeitpunkt, wie Piper fand.

»Phoebe! Säureverspritzende Unschuldige im Haus!«

»Eine Sekunde noch.«

Piper verfluchte die Götter des Eifers und riss die Bürotür auf.

»Karen!«, rief sie mit gedämpfter Stimme, was die Mensch gewordene Lokomotive wider Erwarten innehalten ließ.

»Karen, sie ist hier drin. Sie wartet auf deinen Text.«

»Yep, da steht's ja: Drucken«, hörte Piper Phoebe hinter sich murmeln, während Karen einen Kurswechsel vornahm und nun den Weg in ihr eigenes Büro einschlug.

Schon rauschte sie herein, blieb abrupt stehen und ließ ihre Blicke über Leo und die beiden Hexenschwestern huschen. In ihren Augen loderte blanker Hass.

Rasch schloss Piper hinter ihr die Tür. »Hi«, begrüßte sie die Frau freundlich. Und zu Phoebe, entschieden unfreundlicher und mit äußerstem Nachdruck: »S-p-e-i-c-h-e-r-n!«

»Karen«, unterbreitete sie sodann ihrem Schützling, »wir haben Ihre Medizin.«

Einmal mehr erwies sich Karen als äußerst schwieriger Patient: Anstatt brav ihre Medizin zu nehmen, zog sie es vor, den beiden Samariterhexen nebst ihrem *Wächter des Lichts* eine äußerst ätzende Lehre zum Thema ›Sensibler Umgang mit Kranken‹ zu erteilen. Ein sich von ihren Händen aus verbreiternder Säurekegel dehnte sich zischend im Raum aus und ließ alles, was er berührte, Blasen werfend oder sich zersetzend zurück. Selbst der teure Flachbildschirm auf Karens Schreibtisch zerschmolz zu einer bejammernswerten unförmigen Masse.

Indem sie buchstäblich die Wände hochging, gelang es Phoebe, dem Säurebad zu entkommen, während Piper sich blitzschnell hinter den Arbeitstisch warf. Leo hatte das Glück, in einem toten Winkel zu stehen.

»Whoa!«, schrie Phoebe, als sie, um Gleichgewicht ringend, wieder mit den Füßen auf dem Boden landete. »Gut, dass ich einen Ausdruck gemacht hab.«

Bevor Karen einen weiteren Angriff starten konnte, ließ Piper sie mit Hilfe ihrer magischen Kräfte erstarren und verschaffte sich und den anderen erst einmal Luft. So weit zumindest ihr Plan.

»Da kommt jemand«, rief Leo von seinem Beobachtungsposten aus. »Und die verdammte Tür lässt sich nicht abschließen.«

»Das ist Elisa, Karens Boss!« Phoebe wurde noch aufgeregter, als sie es ohnehin schon war. »Sie will bestimmt ihre Textkopien holen. Mein Gott, hoffentlich findet sie sie gut . . .«

»Phoebe!« Allmählich fiel es Piper immer schwerer, für den ungewohnten Ehrgeiz ihrer Schwester Verständnis aufzubringen.

»Was? Oh . . . okay . . . okay . . . Was sollen wir tun?«, stammelte Phoebe.

»Schütte ihr den Trank einfach in den Mund.« Piper drückte ihr eines der beiden Fläschchen in die Hand. »Und du halt die Tür zu!«, befahl sie Leo. Dann eilte sie hinüber zu Karen. In demselben Moment, in dem sie den Bannzauber aufhob, schlang sie von hinten ihre Arme um Karen und machte sich auf ihren zappelnden Widerstand gefasst. In der Tat ließ der nicht lange auf sich warten.

Selbst Phoebe erkannte, dass äußerste Eile geboten war. Ein leises *Plopp* war zu hören, als sie den Korken aus dem Fläschchen zog, und noch bevor Karen richtig mitbekam, wie ihr geschah, war Phoebe bereits bei ihr und hielt mit einer Hand ihre Nase zu, während sie mit der anderen den Inhalt in Karens Rachen kippte.

»Sorry . . . sorry . . . wirklich echt sorry«, entschuldigte sie sich bei jedem von Karens verzweifelten Schlucken, was sie jedoch nicht davon abhielt, die bittere Medizin bis zur völligen Neige in ihre Kehle sickern zu lassen.

Derweil wurde die Situation an dem anderen Brenn-
punkt des Gefechts immer dramatischer. Während von
draußen Elisa »Karen, mach auf!« brüllte und heftiger
denn je an der Tür zu rütteln begann, stemmte sich Leo
mit aller Gewalt dagegen und versuchte, seine Ohren vor
dem schrillen Sirenengesang der Chefredakteurin zu ver-
schließen.

Wie so oft im Leben, kam mit der Klimax auch die Erlö-
sung. Aus der Brust der nach Luft ringenden Karen stieg
wie eine befreite Seele eine weiß leuchtende Kugel
empor, verharrte noch einen Moment lang zitternd in der
Luft – und verschwand.

Echauffiert ließ Leo den Türknauf los.

Schwitzend torkelte Elisa herein.

»Tut mir Leid«, sagte Leo, »das Ding hat geklemmt.«

Elisa stand mit heruntergeklapptem Kinn zwei Meter
weit im Raum. Mit gesenktem Haupt, wie ein angreifen-
der Stier, starrte sie die Versammlung an, als wäre soeben
in ihrer Redaktion eine Delegation von Außerirdischen
gelandet.

»Was, zur Hölle, geht hier drin ab?«, stieß sie endlich
hervor. »Wer sind Sie?«

»Äh ... das hier sind Karens Arzt und ihre Kran-
kenschwester«, stellte Phoebe Leo und Piper vor, mit
einer Ernsthaftigkeit in der Stimme, die kaum Zweifel
ließ an dem Besorgnis erregenden Zustand der Patien-
tin. »Ich sagte Ihnen doch bereits, dass sie sehr krank
ist.«

»Wird sie überleben?«, fragte Elisa.

»Oh, ja«, sagte Leo in seiner Funktion als behandelnder
Arzt. »Es geht ihr schon wieder ...«

»Gut«, erwiderte Elisa. »Wo sind meine Kopien?«

»Oh, die Kopien. Ja, sicher, einen Augenblick.« Phoebe

holte einen Stapel Blätter aus dem Printer, drückte sie Elisa in die Hand und nahm wieder am Schreibtisch Platz. Verwundert runzelte Karen die Stirn.

Elisa setzte ihre Lesebrille auf und studierte einige endlos scheinende Augenblicke lang Karens vermeintliche Arbeit.

»Hah!«, schrie sie plötzlich auf. »Echt witzig!«

Phoebe sah sie mit bangem Blick an. »Finden Sie? Ist witzig gut? Was bedeutet witzig?«

Elisa ging gar nicht auf sie ein. Stattdessen wandte sie sich Karen zu. »Sie sollten viel öfter krank sein«, sagte sie. »Das hier ist wirklich gut.«

»Tatsächlich?«, freute sich Phoebe und klatschte in die Hände. Sie sah Pipers strafenden Blick. »Äh . . . Ein Hoch auf Karen, meine ich.«

»Danke«, sagte Karen zu Phoebe, und sie meinte nicht Phoebes Glückwunsch.

»Keine Ursache«, erwiderte Phoebe.

Elisa drehte sich um und zog sich, noch immer vertieft in die Seiten, in ihren Drachenbau zurück.

»Ich hab's geschafft«, jubelte Phoebe verhalten. Wieder traf sie Pipers Blick. »*Wir* haben es geschafft, wollte ich sagen. Ein dreifaches Hoch auf uns.«

Schwer ließ sie ihren Kopf auf die Schreibunterlage sinken, erschöpft, aber glücklich.

»Paige«, rief Coles beschwörende Stimme. Dann schoss ein Feuerball an Paige vorbei und schlug durch das Dach. Weinend warf sie sich zu Boden.

»Was hast du denn nur, Paige?«

Angsterfüllt blickte sie zu ihm hoch. Mit einer weiteren Bewegung seiner Hand brachte Cole den angerichteten

Schaden in Ordnung, ächzend wuchs das Holz über dem Gebälk wieder zusammen.

»Geht's dir gut, Paige?«

»Wie hast du das gemacht?«, schrie sie ihn unter Tränen an.

»Was gemacht?«

»Du bist ein Dämon! Sag die Wahrheit! Los, gib's endlich zu.« Ihre Stimme zitterte und brach.

»Paige, ich kann nicht begreifen, wie du so etwas überhaupt von mir denken kannst. *Du* bist diejenige, die sich merkwürdig benimmt. Wenn du so weitermachst, wirst du dir noch irgendetwas antun.« Cole machte einige Schritte in ihre Richtung. Auf allen vieren kroch sie vor ihm davon.

»Nicht, geh weg, oder ich sag's Phoebe!«, jammerte sie wie ein kleines Kind.

Cole lachte. »Du glaubst doch nicht im Ernst, dass deine Schwestern dich mit mir allein gelassen hätten, wenn sie mich für einen Dämon hielten?«

Unerbittlich kam er weiter auf sie zu.

»Geh weg, lass mich in Ruhe.« Aufkreischend suchte Paige in einer Ecke Schutz.

Cole ließ sich in die Hocke nieder, sein Gesicht kaum zwei Handbreit von ihrem. »Meinst du etwa, Phoebe hätte mich *geheiratet*, wenn ich ein Dämon wäre?«

Seine Augen flammten jäh auf wie zwei angefachte, glühende Kohlen.

Entsetzt drückte sich Paige noch tiefer in die Ecke und klammerte sich verzweifelt an einem der Bücherregale fest. Über dem Geräusch ihres keuchenden Atems hörte sie Coles Handy klingeln.

Cole erhob sich und kramte das Mobiltelefon aus seiner Anzugtasche hervor. »Hallooo!«, flötete er in den Hörer, und Paige sah seine Züge in den Abgründen ihrer

wirren Gedanken bereits zu denen des Clowns Penny-
wise mutieren, der ihr mit diabolischem Grinsen einen
Luftballon überreichte.

»Phoebe, Darling, wie kommt ihr voran?«, fragte Cole.

Paige, wo bist du?, dröhnte es in Paiges Kopf.

»Du meinst, ihr habt sie gefunden?«

Ich kriege dich, Paige.

»Und sie ist wieder vollkommen okay?«

Ich kriege euch alle.

»Perfekt . . .«, sagte Cole, »ich meine, wenn sie sich an
nichts mehr erinnert, braucht ihr wenigstens keine Angst
zu haben, dass sie durch die Gegend rennt und aller Welt
erzählt, ihr wäret Hexen.«

Ihr könnt mir nicht entkommen.

»Hey, was meinst du, sollten wir unter diesen Umständen nicht noch einmal zurückkommen auf unsere
ursprünglichen Pläne für den Abend?«

Brennen werdet ihr, allesamt brennen.

»Mach dir keine Sorgen, ich werde dir schon was Net-
tes heraussuchen, schließlich weiß ich, was mir gefällt
. . . hey, warte mal, warum sagst du Leo und Piper nicht,
sie sollen auf das Gepäck pfeifen und direkt von dort aus
nach Hawaii orben. Man weiß nie, wann der nächste
Dämon dazwischenkommt . . . Ja, ich dich auch.«

Flammen, so heiß wie der Atem der Hölle.

Cole unterbrach die Verbindung.

Paige sprang auf, getrieben von nichts als Verzweiflung,
stürmte auf dieses Monstrum zu, das dort mit dem Rücken zu ihr stand, wollte es mit ihren eigenen Händen
zerfleischen, ihre Fingernägel tief in seine dämonischen
Augen graben.

Kurz bevor sie ihn berührte, fuhr Cole herum, umhüllt
von lodernden Flammen, Flammen, die wild züngelnd

nach ihrer Seele griffen – *Flammen, so heiß wie der Atem der Hölle.*

Dann war das Trugbild verschwunden.

»Hör auf damit«, flehte Paige ihn an, »bitte hör auf.« Ihre Worte waren kaum mehr als ein Winseln.

»Was ist mit dir?«, fragte Cole und sah sie mitfühlend an. »Hast du Halluzinationen?«

Ein undefinierbares Lächeln umspielte seine Lippen, als er sich umwandte und ging. Sachte schloss er die Tür hinter sich, doch das leise Klacken schwoll in Paiges Kopf an und vervielfältigte sich zu tausendfachem Donnerhall.

Paige spürte, wie etwas in ihr zerriss.

Laut aufbrüllend begann sie zu toben, griff nach Stühlen und Hockern, schleuderte sie weit durch den Raum, warf ihnen Lampen, Bücher und alles, was sie in die Finger bekam, hinterher, riss in irrsinniger Raserei alle Wandregale um, ließ nicht ein einziges von ihnen stehen, doch kein Klirren und kein Bersten, nicht das Zerspringen von Glas noch das Krachen der Möbel, noch ihr eigenes verzweifeltes Schreien vermochten das Dröhnen in ihrem Kopf zu übertönen.

Sie hob die Hände, streckte sie von sich. Ein greller Blitz zuckte aus ihren Fingern hervor und fuhr in das in mühseliger Kleinarbeit zusammengebastelte Modellhaus, das auf einem der Tische stand. Explodierend stob es auseinander. Das Dach segelte hoch durch die Luft und fiel direkt vor Paiges Füße, schaukelte auf dem First noch ein, zwei Mal unentschlossen vor und zurück, kippte schließlich auf die Seite und blieb schwelend liegen.

Mit irrem Blick betrachtete Paige ihre Hände.

Dann sank sie wimmernd zu Boden.

5

*P*AIGE WUSSTE NICHT, wie viel Zeit vergangen war, seit sie auf dem Speicher allen Glauben an das Gute verloren hatte.

Sie hatte in die hohntriefende Fratze des Bösen geblickt, gespürt, wie es langsam und quälend in jeden ihrer Gedanken gekrochen war.

Und dann hatte sie begriffen, dass es gar nicht das Böse war, sondern eine Macht, die weit, weit jenseits von Gut oder Böse stand. Eine Macht, die sie mit besonderen Kräften ausgestattet hatte, Kräfte von unheilvoller Vernichtung, um sie anzuwenden gegen das, was Finsternis über die Welt bringen wollte.

Und sie, Paige Matthews, war die Einzige, die davon wusste.

Alle, alle würden sie ihr dankbar sein, würden endlich erkennen, in welch großer Gefahr sie geschwebt hatten, wie blind sie gewesen waren und wie sehr sie ihr Unrecht taten.

Tausend Augen starrten sie an, aus Wänden, aus Türen, ja selbst aus dem Spiegel heraus, auf den ihr Blick in diesem Moment fiel. Sie hob den Arm und feuerte einen Blitz auf ihn ab, sah, wie berstend ihr eigenes Gesicht zersprang, hörte alle Dämonen der Hölle Beifall johlen und kreischen, als die Scherben kichernd zu Boden fielen.

»Ich weiß, dass ihr hier seid!«, schrie sie und drehte sich im Kreise. »Ihr könnt euch vor mir nicht verstecken!«

Sie sah das Foto von Phoebe und Cole auf dem Tisch, die sie aus dem mit Blumenornamenten versehenen hölzernen Viereck heraus anzugrinsen schienen. Ein weiterer Blitz aus Paiges Fingern, und ihr Grinsen erstarb. Mit verkohlten Rändern lag das Bild im nächsten Moment vor Paige auf dem Boden, während kleine, hungrig züngelnde Flammen sich weiterfraßen und die Gesichter entstellten.

Triumphierend schaute Paige hinab auf die glimmend vergehende Maske des Bösen. Ein weiterer, wenngleich auch bescheidener Sieg über die Ränke schmiedende Hölle. Nicht mehr lange und allen Dämonen sollte das Lachen vergehen.

Und Cole würde der erste von ihnen sein ...

Als Paige in die Honeymoon-Suite des *Mark Hotels* orbte, hatten es sich Phoebe und Cole gerade auf dem riesigen Doppelbett bequem gemacht und waren damit beschäftigt, sich gegenseitig mit Erdbeeren zu füttern.

Kerzen tauchten das Zimmer in ein schummriges Licht, während der Mondschein durch die sich sanft vor den geöffneten Fenstern wiegenden Vorhänge drang, um seinen samtenen Schimmer über die im Raum verteilten Kleidungsstücke auszubreiten, hilfreich wie immer, *The Old Devil Moon*.

»Ich liebe dich«, sagte Phoebe und schob Cole eine weitere Erdbeere in den Mund. Dann fiel ihr Blick auf den ungebetenen Gast, der plötzlich wie aus dem Nichts in der Hotelsuite stand.

»Oh mein Gott ... Paige!«

Ohne Vorwarnung feuerte Paige einen grellweißen Blitz auf Cole ab, der sich reaktionsschnell flach auf den

Rücken warf. Haarscharf schoss der energetische Strahl über sein Gesicht hinweg.

»Die Kräftemakler haben sie infiziert!«, schloss Phoebe blitzschnell und sprang aus dem Bett. »Schnell, da drüben, in meinem Beutel ist noch ein Fläschchen mit dem Gegengift!«

Mit einem Satz war Cole bei der Kommode und begann hektisch, in Phoebes Beutel herumzuwühlen, während Phoebe selbst sich zwischen ihn und Paige warf.

»Er ist böse«, sagte Paige und fixierte Cole mit einem Blick voller Hass.

»Paige, tu das nicht!«, schrie Phoebe. »Kämpf dagegen an!« Sie sah, wie ihre Schwester erneut den Arm hob, holte fast reflexartig mit dem Fuß aus und trat ihr mit aller Macht dagegen. Aufbrüllend taumelte Paige zurück.

Inzwischen hatte Cole das Fläschchen, das Piper Phoebe zur Aufbewahrung überlassen hatte, gefunden. Er starrte auf das Gegenmittel in seiner Hand, blickte dann zu Paige, die mittlerweile in ein wildes Handgemenge mit Phoebe verwickelt war ... und ließ die kleine Glasflasche achtlos auf den Boden fallen, wo sie klirrend zerbrach.

In der nächsten Sekunde musste er sich mit einem jähen Hechtsprung vor einem weiteren Blitzstrahl in Sicherheit bringen. Paige, der es gelungen war, sich für einen kurzen Moment aus Phoebes Umklammerung zu lösen, hatte ihn abgefeuert.

Dann gewann Phoebe die Oberhand. Sie bekam Paiges Arm zu packen, drehte ihn der Schwester mit der Kraft der Verzweiflung auf den Rücken, zwang sie so in die Knie, griff gleichzeitig nach dem anderen Arm und verbog ihr auch diesen. Wutschnaubend, doch zunächst außer Gefecht gesetzt, stierte Paige zu Cole, der soeben hinter dem Bett wieder auftauchte.

Phoebe spürte, wie ihre Kräfte erlahmten. »Leo!«, rief sie.

Es dauerte kaum den Bruchteil einer Sekunde, da standen der *Wächter des Lichts* und Piper bereits im Raum – er noch einen Arm um ihre Schultern gelegt, sie einen Longdrink mit zwei Strohhalmen in der Hand, und beide einen knatschbunten Kranz aus Blumen um den Hals.

»Ich hoffe, es gibt hierfür einen triftigen ...«, begann Piper, die freie Hand in die Hüfte gestemmt, »... Grund«, setzte sie etwas verspätet hinzu, als sie Phoebe erblickte, die keuchend versuchte, ihre Schwester zu bändigen.

Piper griff einen in Reichweite stehenden Kerzenständer, schritt sodann zielstrebig auf Paige zu und zog ihn ihr resolut über den Schädel.

Aufstöhnend sackte Paige in sich zusammen und blieb besinnungslos liegen.

»Piper!«, schrie Phoebe entsetzt.

»Was? Dafür sind diese Dinger doch da!« Sie warf den Kerzenständer beiseite. »Also, wo ist die Flasche mit dem Trank?«

»Zerbrochen«, sagte Cole und wies auf die kleine Pfütze am Boden.

»Macht nichts, zu Hause haben wir noch eine«, meinte Piper.

»Leider nein«, erwiderte Cole niedergeschlagen. »Die hat Paige ebenfalls auf dem Gewissen.«

»Wie bitte? Was soll das heißen? Es dauert fast eine Ewigkeit, diesen Trank herzustellen. Bis dahin könnte sie längst tot sein!«

»Wie konnten wir es nur so weit kommen lassen?«

Phoebe blickte angstvoll auf die am Boden liegende Schwester.

»Ja«, nickte Piper betreten, »sie hat mir von ihrem Misstrauen gegenüber Cole erzählt. Aber auf den Gedanken, dass die Brokerdämonen für ihre paranoiden Wahnvorstellungen verantwortlich sein könnten, bin ich nicht gekommen ... es ist alles meine Schuld.«

»Nein, es ist nicht deine Schuld, niemand von uns konnte das hier ahnen.« Phoebe kniete sich neben Leo, der immer wieder seine Hände über den bewusstlosen Körper gleiten ließ, und befühlte Paiges Stirn. Entsetzt schaute sie den *Wächter des Lichts* an. »Leo, sie verbrennt!«

»Ich habe versucht, sie zu heilen, aber meine Kräfte reichen nicht aus«, erwiderte Leo, nicht weniger betroffen, ihren Blick.

»Also, was sollen wir tun?«, schrie die sonst stets so besonnene Piper ihn an. »Einfach hier herumstehen und zusehen, wie sie stirbt?«

Schweigend senkte Leo den Kopf.

»Nein, nein, nein ...!«, stieß Phoebe unter Tränen hervor. »Das darf nicht geschehen ... nicht noch einmal ...« Sie hob ihre Augen und sah Cole flehentlich an. In ihrem Blick lagen alle Angst und Verzweiflung der Welt.

Cole starrte zurück. »Es gibt noch eine Möglichkeit«, sagte er, fast wider Willen.

Hoffnung flackerte in Phoebes Blick auf.

»Wir müssen einen Brokerdämon finden, der die dämonische Kraft wieder von ihr nimmt«, erklärte er mit matter Stimme.

»Ich hab ihn zur Hölle geschickt, schon vergessen?«, erinnerte ihn Piper aufgebracht.

»Es gibt noch andere von seiner Sorte«, erwiderte Cole

und griff, nunmehr entschlossen, nach seinem Hemd, das vor ihm auf dem Boden lag. »Du musst mich in die Unterwelt orben.«

Leo wollte etwas sagen, doch Phoebe kam ihm zuvor. »Wir gehen alle.«

»Nein, es ist zu gefährlich«, widersprach Cole. »Man weiß nie, über welche Kräfte sie gerade verfügen ... ganz abgesehen davon, dass eure eigenen dort unten möglicherweise versagen könnten.«

»Du hast überhaupt keine magischen Kräfte, Cole!«, protestierte Phoebe mit sich beinahe überschlagender Stimme.

»Cole, wir haben keine Zeit, hier herumzustreiten«, setzte Piper der Diskussion ein Ende. »Los, wir brechen auf. Alle!«

Phoebe und Leo nickten.

Cole blieb nichts übrig, als sich dem Mehrheitsbeschluss zu beugen.

»Ich geb dir einen Energieball für einen Lichtblitz.«

Die Worte des Dämons schallten durch den Raum, brachen sich an den felsigen und verwinkelten Wänden der düsteren Halle in den Tiefen der Unterwelt und kehrten als raunendes Echo zurück.

Versammelt um einen runden Tisch, auf dem knapp ein Dutzend weißer, etwa schneeballgroßer Kugeln lagen, saßen drei Broker schachernd beisammen und versuchten, ihre unheiligen Schäfchen ins Trockene zu bringen. Einer sah aus wie der andere, etwas, das sie mit ihren Brüdern im Geiste, einige Etagen höher auf der Wallstreet oder in den rauchgeschwängerten Hinterzimmern irgendwelcher dubiosen Konzerne, verband ... nur, dass diese hier außerdem absolut identische Gesichtszüge besaßen.

»Was machen die da?«, fragte Leo flüsternd.

»Mit magischen Kräften handeln«, erwiderte Cole.

Beide gingen einen Schritt zurück in den Gang, von dem aus sich ein breiter Pfad zu diesem Umschlagplatz des Bösen erstreckte, und beobachteten gespannt die Szenerie.

Zwei weiße Bälle wechselten ihre Besitzer.

Ein blauer Ball wurde in die Mitte des Tisches gerollt.

»Wie wollen wir vorgehen?«, wisperte Leo Cole zu.

»Wir platzen einfach rein! Schnappt euch Paige!«

Ehe einer von beiden reagieren konnte, stiefelte Piper an ihnen vorbei und marschierte schnurstracks auf den Tisch zu, an dem drei dämonische Herren saßen, dicht gefolgt von Phoebe, die ebenfalls nicht viel von ausgeklügelten Strategien zu halten schien.

»Entschuldigung, dass ich störe«, hob Piper an, »aber ich glaube, ihr habt eines eurer Energiebällchen verlegt.«

Die drei Kräftemakler standen drohend von ihren Stühlen auf.

»Ich hole Paige«, sagte Cole leise zu Leo. »Halt du dich bereit, sie hier rauszuorben.«

»Wer seid ihr?«, fragte einer der Dämonen.

»Wir sind die *Zauberhaften*«, erwiderte Piper, während sie aus den Augenwinkeln sah, wie Leo an ihre Seite trat, »und einer von euch Hornochsen hat meine Schwester infiziert.«

Nach einer angemessenen Pause, um ihren Worten Wirkung zu verleihen, ging sie zum geschäftlichen Teil über. »Hier mein Angebot – ihr nehmt eure beschissenen Dämonenkräfte von ihr, und wir lassen euch dafür am Leben.«

Cole trat, mit Paige auf dem Arm, heran und legte seine Last vorsichtig auf dem Boden ab.

»Die Stärke der *Zauberhaften* gründet sich auf die *Macht der Drei*«, entgegnete der Broker zur Linken grinsend. »Soweit ich das sehe, liegt eine von euch Hexen am Boden.«

»Äh ... sicher, dass ihr diese Theorie in der Praxis überprüfen wollt?«, meinte Phoebe mit einem Gesicht, das wohl als die etwas verunglückte Variante eines Pokerface zu deuten war.

Anstelle einer Antwort schleuderte der Dämon einen Blitz auf sie ab, und nur der Reaktionsschnelligkeit Pipers, die ihre Schwester mit einem jähen Ruck beiseite riss, war es zu verdanken, dass der Energiestrahl Phoebe haarscharf verfehlte und Funken sprühend hinter ihr in die Felswand schlug.

»So ein Pech«, spottete Piper. »Daneben.« Sie machte eine rasche Handbewegung, um den Dämon nach altbewährter Art explodieren zu lassen, doch der torkelte lediglich ein paar Schritte zurück und schüttelte leicht benommen den Kopf.

»Ich sagte doch, dass eure Fähigkeiten hier unten nicht die gleiche Kraft haben wie oben«, zischte Cole ihr zu.

»Wir sollten von hier verschwinden«, sagte Leo ebenso leise.

Doch im Gegensatz zu Phoebe beherrschte Piper die Kunst des Pokerns. »Nimm zur Kenntnis, dass das nur eine kleine Warnung war«, drohte sie dem Dämon. »Das nächste Mal kommst du nicht so glimpflich davon.«

Sie war selbst überrascht, als sie sah, dass die beiden anderen Kräftemakler tatsächlich auf die Knie sanken und demutsvoll ihre Häupter neigten.

Was sie allerdings nicht sah, war Cole, der hinter Leo

und den Schwestern stehend sich den teuflischen Brokern durch zwei abgrundtiefschwarze Augen, in denen jäh ein unirdisches Feuer aufloderte und gleich wieder erlosch, als *Quelle* zu erkennen gab.

»Vergib uns«, sagte einer der beiden niederknienden Broker. »Wir hören deine Befehle und gehorchen.«

»Na bitte, geht doch«, stellte Phoebe erfreut fest.

Weitaus weniger erfreut zeigte sich indes der dritte Dämon, der immer noch aufrecht stand und offensichtlich zu den Spätzündern im Reich der Schatten gehörte.

»Was zur Hölle tut ihr da?«, brüllte er die anderen beiden an, mit dem Ergebnis, dass angesichts eines solchen Mangels an Respekt einer seiner Brokerkollegen sich genötigt sah, ihn mit einem Energieball zum Schweigen zu bringen.

Der Spätzünder zündete spät, aber gewaltig.

Danach herrschte einen Moment lang eisige Stille.

»Worauf wartet ihr?«, fuhr Piper schließlich die beiden niederknienden Kräftemakler an und wies auf die reglos am Boden liegende Paige.

Die Dämonen erhoben sich und gingen, die Blicke zu Boden gerichtet, zu Paige hinüber, hockten sich neben sie und legten ihr die dämonischen Hände auf.

Langsam strömte die unheilige Kraft als blauweißes Glühen aus Paiges Körper und ballte sich über ihr zu einer handlichen Kugel zusammen. Einer der Kräftemakler nahm sie und trug sie zum Tisch.

Paige keuchte auf und sah sich verstört um. »Wo bin ich?«, fragte sie, während Piper und Phoebe ihr auf die Füße halfen.

»Reg dich nicht auf, es ist alles in Ordnung«, beruhigte sie Phoebe.

»Können wir gehen?«, fragte Leo ungeduldig, der sich

als *Wächter des Lichts*, in diesen düsteren Gefilden nicht länger aufzuhalten gedachte als unbedingt nötig.

»Einen Moment noch«, sagte Piper. Sie holte aus und ließ eine der sich im Raum befindlichen Kräftekugeln nach der anderen explodieren, einschließlich der, die sich noch in der Hand des Dämons befand.

»Ha!«, rief sie aus. »Dafür reicht's allemal.«

Dann kehrte der Halliwell-Clan der Unterwelt den Rücken.

Einzig Cole wandte sich noch einmal zu den Broker-dämonen um. Mahnend hob er einen Finger an die Lippen, grinste und folgte dann den anderen.

Noch in der gleichen Nacht fiel der flackernde Kerzenschein in der Kammer des Orakels auf zwei dunkle Gestalten. Ein Mann und eine Frau, verbunden allein durch den Willen zur Macht.

»Warum hast du sie gerettet, nachdem du alles getan hast, sie zu vernichten?«, fragte die Seherin.

Die *Quelle* starrte gedankenversunken zu Boden. »Sie hätten ohnehin einen Weg gefunden, sie zu retten«, sagte sie schließlich. »Auf diese Weise gebührt mir wenigstens ihr Dank.«

»Hast du es deshalb getan – oder aus Liebe?«

Die Worte der Seherin verhallten unbeantwortet in der Weite der Grotte.

»Allem Anschein nach gibt es Dinge«, fuhr sie fort, »gegen die nicht einmal die *Quelle* zu bestehen vermag.«

Der Mann wirbelte herum. »Vorsicht«, sagte er mit drohender Stimme.

»Ich *bin* vorsichtig«, entgegnete das Orakel, »aber bist du es auch?« Dann, mit deutlicher Schärfe: »Wir haben zu viele Mühen, zu viele Bürden auf uns genommen, um zuzulassen, dass ein winziges Körnchen Menschlichkeit das Vermächtnis des Bösen besiegt.«

»Paige hat keine Erinnerung an das, was geschah. Sie stellt für uns keine Gefahr mehr dar.«

»Ich spreche nicht von ihr.« Die Heftigkeit in der Stimme der Seherin nahm zu. »Ich spreche von *Cole! Er* ist die Bedrohung, die dich wie mich vielleicht eines Tages in den Untergang zieht. Er hat Paige gerettet, nicht du.«

»Ich teile deine Sorge nicht«, gab die *Quelle* zurück. »Es gibt nichts, womit er unsere Pläne noch vereiteln kann, seit Phoebe schwanger ist.« Ein Augenblick des Zögerns, ein fragender Blick. »Sie ist doch schwanger, oder?«

Vor die Augen der Seherin legte sich ein milchiger Schleier, durch den sie Dinge sah, die in des Schicksals Händen lagen. Und doch, so wusste sie, waren diese Hände nicht starr, nicht für den, der sie mit weisem Arm zu lenken verstand.

Der Blick des Orakels klärte sich wieder.

»Und?«, fragte der Mann.

»Ich sehe nicht nur *eine* mögliche Zukunft«, erwiderte die Seherin. »Allein die Zeit wird erweisen, welche zur Wirklichkeit wird.«

Die Gestalt des Orakels löste sich auf und ließ Cole, die *Quelle*, in der Grotte zurück.

Ein stampfender Rhythmus dröhnte aus den Boxen der PA-Anlage und brachte die Luft im *P3* zum Vibrieren.

Auf der kleinen Bühne des Clubs legte Rebekah Ryan einen Hüftschwung nach dem anderen hin und heizte dem ohnehin bereits schwitzenden Publikum auf der Tanzfläche mächtig ein.

Big trouble – lot's of fun, röhrte die Lady in ihr Mikro, und ›lot's of fun‹ schien sie reichlich zu haben.

Nach den vielen *Lalalas* das gestrigen Abends ein echter Fortschritt, dachte Paige, und außerdem eine tröstliche Art, die Dinge zu sehen.

»Ich kann einfach nicht fassen, dass ich beinahe das halbe Mobiliar zerlegt habe«, entschuldigte sie sich nun bereits zum hundertachtzigsten Mal bei ihren Schwestern. Sie hatten sich in eine Ecke des Ladens zurückgezogen, wo man sich trotz des Wirbelwindes, der auf der Bühne tobte, noch einigermaßen zivilisiert unterhalten konnte, ohne sich gegenseitig anzubrüllen.

Nachdem der Abend für alle Beteiligten mit einer Reise in die Unterwelt geendet hatte, waren Leo und Cole nicht mehr dazu zu überreden gewesen, dieser Exkursion eine weitere folgen zu lassen – schon gar nicht in einen Schuppen, gegen den die Halle der dämonischen Broker sich wie ein Ort kontemplativer Stille ausnahm. Also waren die Schwestern allein losgezogen, Piper aus mehr oder weniger beruflichen Gründen, Paige und Phoebe rein privat.

»Und was ich nicht fassen kann«, meinte Phoebe lachend, »ist, was du alles mitgekriegt hättest, wenn du nur fünf Minuten früher in dem Hotelzimmer aufgetaucht wärst.«

»Lalü, lalü!« Piper stopfte sich beide Finger in die Ohren. »Bitte keine Details.«

Etwas weiter vorn, am Rand der Tanzfläche, schälte sich Karens Gesicht aus der wogenden Masse.

»Hey, Karen!«, rief Phoebe und winkte ihr zu.

»Hi«, sagte Karen ein wenig außer Atem, als sie, nach

einem Slalom um vereinzelte Grüppchen von Disco-Gaffern herum, endlich am Tisch der drei Schwestern ankam. »Ich hab gehofft, dass ich euch hier finden würde.«

»Kennen wir sie?«, fragte Paige Piper, während Phoebe aufstand, um Karen zu begrüßen.

»Wow«, staunte Piper, »du kannst dich ja echt an nichts mehr erinnern.«

Ein wenig verunsichert blickte Paige Piper an, doch in Anbetracht der Umstände entschied sie, dass es vielleicht besser war, nicht näher nachzufragen. Möglicherweise ließen sich ja aus dem Gespräch zwischen Phoebe und Karen einige Rückschlüsse ziehen.

»Sie haben ›Allein auf hoher See‹ geraten, sich einen Hund anzuschaffen«, sagte Karen, was Paige auch nicht eben weiterhalf.

»Oh, ja ... tut mir wirklich Leid.« Phoebe schien untröstlich. »Ich wusste mir keinen anderen Rat, und ich fand die Idee auch nicht mal so abwegig. Auf diese Weise ist sie nicht mehr allein und hat gleichzeitig einen Beschützer.«

Paige verstand immer weniger.

»Ich hätte ihr geraten, sich einen guten Therapeuten zu suchen und an sich zu arbeiten«, entgegnete Karen.

Aha, dachte Paige, allmählich kam Licht in das Dunkel.

»Siehst du«, stichelte Piper, »ich hab's dir doch gesagt, Phoebe!«

Karen sah Piper an. »*Ihr* Ratschlag« – sie zeigte lächelnd mit dem Finger auf Phoebe – »war aber besser.«

»Wirklich?« Phoebe machte ein zweifelndes Gesicht. »Ist das Ihr Ernst?«

»Ihr Tipp fördert aktives Verhalten, Sie versetzen sich in die Lage der Hilfesuchenden, ohne überheblich zu sein . . . die ganze Kolumne hat eine Herzlichkeit und Frische bekommen, wie sie sie noch nie hatte.«

»Ist ja irre«, entfuhr es Phoebe. »Äh . . . ich meine, vielen Dank.«

»Ich werde Elisa sagen, dass Sie alles geschrieben haben, jedes einzelne Wort.«

»Oh, nein, das sollten Sie besser nicht tun, Karen – es könnte sein, dass sie Sie dann . . . na ja . . . rausschmeißt.«

»Und stattdessen Ihnen den Job anbietet«, nickte Karen. Sie wirkte alles andere als bekümmert angesichts dieser Aussicht. »Und wenn es Ihnen nichts ausmacht, für diese Hexe zu arbeiten . . .«

»Auf mich wirkte sie eher wie ein Dämon«, warf Piper ein.

»So oder so«, meinte Karen achselzuckend, »ich hasse sie. Und wenn ich auch nicht genau weiß, was heute eigentlich mit mir geschehen ist, eins steht jedenfalls fest: Ich möchte viel mehr Zeit zu Hause bei meinen Kindern verbringen.«

»Ich bin gekommen, um Ihnen zu danken«, fügte sie nach einer kleinen Pause hinzu, während der sie Phoebe mit strahlenden Augen ansah. »Für alles.«

Sie berührte sanft Phoebes Arm, drehte sich um und tauchte wieder ein in die Masse.

Gerührt setzte Phoebe sich auf ihren Platz.

»Was war das gerade?«, fragte Paige, die nicht wirklich schlau aus der ganzen Sache geworden war.

»Ich glaube, Phoebe hat einen Job«, klärte Piper sie auf.

Selbst Phoebe musste bei dieser Vorstellung lachen. »Ich weiß nicht . . . soll ich denn . . . ich meine, ich kann doch nicht einfach . . .« Ihr Lachen verebbte und machte einer unschlüssigen Miene Platz. »Oder etwa doch?«

»Phoebe«, sagte Piper mit der Autorität der älteren

Schwester, »wenn dir jemand anbietet, dich dafür zu bezahlen, dass du anderen Leuten sagst, was sie tun sollen – dann halt einfach die Klappe und freu dich!«

Das leuchtete Phoebe ein, und somit stand ihrer Karriere nichts mehr im Wege.

»Auf Phoebe«, hob Piper ihr Glas, »darauf, dass sie nie irgendwelche tödlichen Ratschläge erteilt!«

»Und auf Piper«, ließ Paige sich nicht lumpen, »darauf, dass sie morgen endlich in ihre wohlverdienten Flitterwochen kommt!«

»Und auf Paige . . .« Phoebe schien einen Augenblick zu überlegen.

». . . darauf, dass ich niemals mehr versuche, dich umzubringen«, schlug Paige zerknirscht vor.

»Ich bitte dich«, meinte Piper, »du bist keine richtige Halliwell, wenn du deine Schwestern nicht mindestens zwei Mal mit dämonischen Kräften malträtiert hast.«

Alle drei brachen in lautes Gelächter aus. Klirrend trafen sich ihre Gläser über dem Tisch.

»Eigentlich ist sie nicht uns mit dämonischen Kräften zu Leibe gerückt«, sagte Phoebe, plötzlich wieder ganz ernst. »Es war Cole, dem sie an den Kragen wollte.«

»Das ist in diesem Fall doch gehopst wie gesprungen«, meinte Piper leichthin.

»Karen wollte in ihrer Paranoia Elisa töten, weil sie sie schon hasste, *bevor* sie von diesen Kräftemaklern infiziert wurde.«

Keine der beiden anderen sagte ein Wort.

»Was bedeutet«, fuhr Phoebe fort und blickte Paige unverwandt an, »dass du Cole ebenfalls schon vorher gehasst haben musst.«

»Nein, Phoebe, ich hasse Cole nicht.« Paige hielt Phoebes Blick stand, schüttelte, während sie sprach, kaum merklich den Kopf. »Ich trau ihm einfach nur nicht. Ich hab keine Ahnung, warum, aber...so ist es nun mal ... es tut mir Leid.«

Phoebe stieß mit einem bitteren Lachen die Luft aus. »Ja, mir auch.«

Sie stand auf und ging.

Piper erhob sich, um ihr zu folgen.

Paige blieb allein am Tisch zurück.

Sie fühlte sich, als hätte sie mit einer riesigen Abrisskugel einen Palast in den Wolken zerschlagen, darin ein Herz, dessen einziges Verbrechen es war, ohne Wenn und Aber zu lieben.

Sie kam sich vor wie ein Stück Dreck.

Einfach zauberhaft!
Die Charmed-Bibliothek, Bd. 1–4

ISBN 3-8025-2709-7
Hexenpower

ISBN 3-8025-2727-5
Schwarze Küsse

ISBN 3-8025-2728-3
Der purpurne Fluch

ISBN 3-8025-2747–X
Stimmen der Vergangenheit

Egmont vgs verlagsgesellschaft, Köln

www.vgs.de

Die Macht der Drei!
Die Charmed-Bibliothek, Bd. 5–8

ISBN 3-8025-2751-8
Blutmond

ISBN 3-8025-2792-5
Der Geist mit der Maske

ISBN 3-8025-2817-4
Zirkuszauber

ISBN 3-8025-2818–2
Merlins Erbe

Egmont vgs verlagsgesellschaft, Köln

www.vgs.de

Die Zauberhaften hexen weiter ...
Die Charmed-Bibliothek, Bd. 9–12

Die Zauberhaften hexen weiter . . .
Die Charmed-Bibliothek, Bd. 13–16

ISBN 3-8025-2929-4
Die Macht der Gefühle

ISBN 3-8025-2945-6
Hexenhochzeit

ISBN 3-8025-2946-4
Der Garten des Bösen

ISBN 3-8025-2948-0
Prues Vermächtnis

Egmont vgs verlagsgesellschaft, Köln
www.vgs.de

Neue Abenteuer der Zauberhaften!
Die Charmed-Bibliothek, Bd. 17–20

ISBN 3-8025-2949-9
Das Drachenschwert

ISBN 3-8025-2950-2
Date mit dem Tod

ISBN 3-8025-2992-8
Phoebe und Cole –
Gesichter der Liebe

ISBN 3-8025-2993-6
Die Saat des Bösen

Egmont vgs verlagsgesellschaft, Köln

www.vgs.de